凉山热雪

LIANGSHAN
REXUE

傥城稻香 著

语文出版社
·北京·

图书在版编目（CIP）数据

凉山热雪 / 傥城稻香著. -- 北京 : 语文出版社, 2014.6
ISBN 978-7-80241-621-5

Ⅰ. ①凉… Ⅱ. ①傥… Ⅲ. ①长篇小说－中国－当代
Ⅳ. ①I247.5

中国版本图书馆CIP数据核字(2014)第087782号

责任编辑 李 勇
装帧设计 吴燕妮
出　　版 语文出版社
地　　址 北京市东城区朝阳门内南小街51号 100010
电子信箱 ywcbsywp@163.com
排　　版 语文出版社照排室
印刷装订 北京市兆成印刷有限责任公司
发　　行 语文出版社 新华书店经销
规　　格 787mm×1092mm
开　　本 1/16
印　　张 15.75
字　　数 233千字
版　　次 2014年10月第1版
印　　次 2014年10月第1次印刷
印　　数 1-3,000
定　　价 35.00元

010-65253954(咨询) 010-65251033(购书) 010-65250075(印装质量)

内容简介

自称为诺苏的彝人,据说是由雪变成的,又自称为雪族,俗称凉山彝族,世居于四川大凉山和云南小凉山深处。其生存条件十分恶劣,磨砺出了顽强坚忍的性格,生成了特异的文化,有着不同一般的生产方式和生活习俗。他们是西南几省区彝族同胞中最为特殊的组成部分(新中国成立时仍为奴隶制社会),曾经刀耕火种、吃坨坨肉和荞粑粑,把诺苏以外的人(包括其他彝人)统称为汉嘎,与之保持距离。他们等级森严,奉行等级内婚和姑表舅亲,习惯指腹为婚或订娃娃亲,结婚并非男女双方本人的意愿,而是家支与家支之间的一种利益的结盟,"事事皆可嬉,婚姻不可戏",退婚是要打"冤家"的。

本小说以此地域文化为背景,书写了一家两代人坚忍而奇特的人生。故事梗概如下:

稻香娥嫫因家中欠了阿约黑彝主子的钱被抽为阿加娃子。身为曲诺娃子的傥城加布十一岁丧父,在出远门找粮食的路上遇到随小姐远行的娥嫫,她给了饥饿的加布一坨荞粑粑。随后,加布的妈妈死于天花,为避免几个孤儿被主子抽为最低等的嘎西娃子,亲戚们分别收养了他们。成年后,阿约黑彝家的小姐嫁给了莫度黑彝家的长子莫度巴觉,娥嫫成了陪嫁娃子,送亲的路上遇到熊袭,猎人加布与熊搏斗使熊摔下山崖而死。当他们在傥城雪山下的温雪村再次相遇时,他从虎口中救下了她。二人热恋,向主子提亲受阻后私奔,在稻香雪山的北边安家,成为托尼黑彝的新娃子。加布替主子征战时惹下了凶悍的仇家,为躲避仇家一次又一次不依不饶的追杀,又举家逃到稻香雪山的南边,成为海泽黑彝的新娃子。由于不堪忍受主子的欺压盘剥和新的仇杀,加布一家与一些亲戚喝鸡血酒结盟脱离主子的统治,逃到江西雪山脚下铲草立寨安了家,这个新的村子叫热雪村。为了找回自家"会走路的财产”，海泽黑彝准备了多年于一个雪夜奔袭热雪村，八岁的傥城雪儿深夜发梦呓右手杵进了火塘里，他的哭叫声救了全村人，妇女带着老人和小孩逃到山背后，男人藏在树林里抗击，最后黑彝仇家烧了村子并赶走了牛羊。

后来，解放军来到了热雪村。村里的人不愿送小孩去读书。傥城雪儿因右手烧成残废变成“鸭手”，家人认为他没有多大用处而推出去充数。雪儿才几岁时就与远在半个月路程外稻香雪山脚下舅舅家的女儿订了亲。十二岁时父母逼其结婚，他在痛苦中一直处于逃婚状态。家里千方百计要把他揪回来分灶另过，但他在老师的帮助下上了高小，又自作主张上了七天路程之外的州城中学，直至考入了中央民族学院。雪儿一去不归，退婚在所难免。于是，本是亲戚的傥城家支与稻香家支势不两立，再加上紧随其后的政治运动，两个家支的成员陷入悲剧命运的漩涡。直到改革开放后，已成为州长的傥城雪儿遭遇了一场车祸，稻香家支的人碰巧在车祸发生地，并参与了营救，两个家支的仇恨才冰释。

目　录

1　雪地里的葬礼

江西(注:指金沙江以西)雪山的这场雪好大啊,跟傥城雪儿出生时的那场雪一样大。

当年那场雪,厚厚的积雪覆盖了热雪村,满天的雪片还在纷至沓来,一座座篱笆柴房变成了一个个巨大的雪堆,除了雪片飞落的簌簌轻响,到处都没有一点声音。加布家的篱笆柴房也被大雪覆盖了。在加布和娥嫫的生命里,永远在下着一场不会停息的大雪,他们从傥城雪山逃到稻香雪山的时候在下大雪,从稻香雪山逃到江西雪山的时候仍然在下大雪。傥城雪儿就降生在江西雪山的那场大雪中,所以叫雪儿。雪儿,就是雪的儿子。诺苏人都是由雪变成的,叫雪族,是凉山上的雪。没有雪就没有诺苏人,更不会有小雪儿。如今两层的砖瓦房取代了过去矮小的篱笆柴房,积雪再厚也盖不住房子了,只能高高地堆在房顶上,有时压碎一些瓦片发出咔嚓咔嚓的碎裂声。

傥城雪儿的生命里也永远下着一场不会停息的大雪,有关爸妈的人生信息就像一场大雪一样不时下在地面上,堆在他的身上,积在他的心里。

夜里,他的专用越野车在马店乡政府大院停下,他钻出车门就往热雪村方向跑去。雪片在空中飞扬,他自言自语地说:“每次回家都下雪!”在积雪的山路上,他跌跌撞撞地小跑着前进,而他就是从这条小路走出去的,这是他的痛苦之路,更是他的希望之路。现在连夜小跑在上面,感到既熟悉又陌生,诸多不堪回首的往事像落雪一样降临心头,与痛失妈妈的悲痛之情交织杂糅在一起，令他心力交瘁。

那年隆冬里，他向上司汇报说：“在北京读书时，父亲受到不白之冤惨死在牢里，死后四年我才知道消息，对他我没有尽过一点孝道。我小学毕业就离家出走了，三十多年里和妈妈相处的时间加起来也还不到两个月，而现在妈妈年迈了并且经常生病，但我却没有办法服侍她一下，实在是愧为人子啊。”其实，他想请组织准许他调回江西县去任书记，那样离家近一点，也好最后对妈妈尽一点孝道。他说着说着已是泪如雨下。领导沉吟良久，对他的一番孝心表示称赞和理解：“你还有更重的担子要去挑，老人可以接到身边服侍。”然而，到了可以把妈妈接到身边享福的时候，却突然接到了她去世的消息。现在，他才彻底明白世上最不能等的事情就是孝敬父母，所谓“子欲养而亲不待”。平时，他总说等自己事业有成、条件好了再好好孝敬爸妈让他们安享晚年，可事实上还没有等你对此付诸行动，老人家就已不在人世了。当爸妈在世时，他没能好好陪伴过他们，报答他们就更提不上了，而现在他的内心如何能够平静得下来呢？

娥嫫断气前，家人就为她穿戴好了罗锅帽、黑襟衫、百绉裙和银耳环。一只陪灵羊被拴在屋里，她断气的刹那间便立即宰杀了，那时有人朝天上放了一枪，亲人们跟着哭唱起了丧歌。听到报丧的枪声，四邻自动来到丧者家里帮忙。帮忙的人们把她的遗体停放在锅庄前的抬尸架上，并让她双脚卷曲、双手握着一坨烧好的羊肉放在胸前，最后再把一块银子放进她的嘴里含着，这样她的灵魂将会纯洁而富有。

沾亲带故的人都带着粮食、牲畜、白布和钱纷纷赶来吊丧，而每一批来吊丧的人都要在村外停下来向天空打枪，主人家也都要到村口打枪回应。在枪声中，双方都会哭起来对唱哀歌，来者然后才被迎入村中。当傥城雪儿跑进村子时，亲人的恸哭声和毕摩的念经声形成的浪潮立即把他淹没了，他泪如雨下却一点声音都哭不出来。妹妹各各说：“五哥呀，你不会哭哇，这样哭会伤身体哩，要哭出声来才要得哇！”

当他缓过神来时，傥城雪儿看见一些稻香家支的人也来了。这边有老人去世了，这是面子上的事，也是大是大非的事，他们不过来露一下面是说不过去的。此时，他心里已经有底了，双方之间打破坚冰消除隔阂的时机终于来临了，母亲的葬礼结束后这场亲人间历史上的恩怨应该要得到化解。

一帮学识渊博、能说会唱的人来到了灵前，他们唱起灵歌并表演起了丧葬歌舞，而他们的羊毛披毡裹住了以黑为主色的彩装。几个身上带着法器的毕摩应邀而来，他们挥动法器翩翩起舞，相互穿插着诵唱《送魂经》，把逝者匆匆忙忙、悲悲喜喜的一生浓缩成一般人听不懂的经文，高低错落的诵经声相互交织掺杂，形成了一种让人难受和压抑的氛围。此时，有人用铜片口弦吹弹起了哀乐，这深厚的曲调浸透了古老的忧伤，催人泪下，而这曲调却一直在诺苏人中代代相传，流行广远。

相对于这么多人来说，房子太小了，村中空阔的雪地成了吊唁场，而披着羊毛披毡的人们只得在雪地里黑压压地围着一堆堆柴火观看着仪式中的各种表演。

口弦之音声声不断，强烈的忧伤和阴郁把傥城雪儿的神思引向一条无限漫长曲折的隐形道路。在那条路上，有他的祖祖辈辈，有他的爸爸妈妈，有他的兄弟姐妹，有他的诺苏同胞。他们漂泊，他们抗争，他们忍受，他们生离死别，他们悲伤，他们欢乐，他们身不由己，他们备受命运摧折……

雪还在下。上午九点钟是为娥嫫出殡起灵的时刻，这是毕摩根据她的生辰八字和去世时间推算定下的。起灵前，大毕摩身披厚披毡，头戴羊毛毡包皮的竹斗笠，一手拎鹰爪一手持法铃，然后念起了《指路经》，为她的灵魂指点通往祖先发源地的道路。

当哭唱的声音停止了，毕摩给她的亲人们招了魂。一阵枪声响起，起灵了，四个小伙子抬起尸架在众人的簇拥下朝村外的山坡上走去。

雪野中，抬尸人走在前面，一路上都是送葬的人。在雪山，把死者送上山有严格的规定：死者有儿子，则要用肩膀扛；没有儿子，则只能用手抬，当然这在诺苏看来是一件很不光彩的事情。娥嫫有三个儿子，当然要享受用肩膀扛上山的最高待遇了。

管火葬的倮乌早在选定的地方掀开积雪挖了一个浅坑，并按照七七四十九的数量把符合规定的松树柴块按“井字形”堆放在土坑上面。最后，娥嫫和抬尸架一起被整个搁在柴堆上面，头向东、脚朝西，然后倮乌在上面盖上一床被子，并把一些容易燃烧的松枝压在上面。

当毕摩的一个仪式结束之后，倮乌点燃了柴堆，一柱壮硕的青烟顿时升到了雪空中，而满天空的白烟里唯有此烟是黑色的。送葬的人们继续上前，围成一圈向火堆上抛掷树枝向逝者诀别；毕摩继续为逝者念经超度：从天上来，回天上去；由雪变成，变回成雪……

雪在继续下。前来送葬的人们披着羊毛披毡散乱地站了一山坡，白色的雪地上点缀着黑色的成百上千的人们，而主人家请来的帮手们在分发烟酒、苦荞粑粑和坨坨肉，等拿到自己的份额后他们也纷纷离去了。

“逝者你一人，逝时如日耀，生时如月美，在世百事顺，寿长如松柏。而今粮备足，用物俱齐全，彩云腾腾寨边降，微风徐徐传言来。现在把路指，人逝名来叫。”毕摩念的《指路经》感人肺腑，所指之路是诺苏人死后灵魂回到祖先发源地的模糊道路，路的尽头就是先人放牧生活过的祖界。诺苏人就是这样世世代代骑着马，赶着牛群和羊群，带着火种和荞种，从这条路上一直迁徙而来到了目前生活的地方。生死两界就是阴阳两界，人死了灵魂就脱离了躯体，要按照《指路经》的引导从阳界出发走过这条路，回归到阴间的祖界与先祖相聚过另一种日子。然而，人在俗世生活，看到和触及到太多污浊肮脏的事而致使病魔缠身，所以必须要由毕摩举行仪式作法摆渡，在除污去病一身清白后祖先方能接纳，否则亡灵将成为孤魂野鬼无家可归。

“去兮去兮，欲行路边站。堂狼山旁，除秽摇神扇，倘若不摇扇，难把秽来除，人逝名犹在，倘若名不在，难把路来指。去兮去兮，朝前行，你父在等你，你母在等你。”俍城雪儿看着毕摩摇动青克法扇为妈妈举行除秽仪式，不遗余力地想要把她送到虚无缥缈的祖先生活过的中心堂狼山，但是他心里清楚毕摩指出的这条路不是妈妈娥嫫回家的路，也不是爸爸加布回家的路，因为爸妈走过的那条路远在《指路经》之外——险恶至极，世间罕见，非一般人所能行走。

2　苏尼看见的鬼

“加布，晓不得哪里来的恶鬼纠缠住你阿大不放，还钻进他的脑壳里蹦蹦跳跳，再由它折腾下去你阿大就要不得了哇。”爸爸又在叫唤了，妈妈满怀希望地看着加布：“我两只脚杆痛得厉害，莫说走路了，连大门都出不了。你已经九岁了，是我的大儿子，我不靠你靠哪个哇！你去坡头村请苏尼来把鬼撵走。”

加布坐在火塘边没有动，嘟着嘴说：“阿大天天痛天天躺在篾折笆上叫唤，阿妈天天去请苏尼来撵鬼把钱财都掏空了，弄得我们吃的都没有也没有见阿大的病好转。你听哇，他的叫唤声更响了。”

“只有苏尼才能把鬼撵走，不请苏尼来，我们有啥子办法哇？”妈妈深深地陷在愁苦里。

“要得哇，我去请苏尼。”爸爸的叫唤声更响了，弄得加布全身都在疼痛。

其实，加布在还没有迈出篱笆柴房的门槛时就已经感到害怕了。山里的天黑得厉害，苏尼家在山坡那一边的村子里，两个村子之间的必经之路上有很多汉嘎的坟堆，而且一路上都是烧过诺苏死人的地方。人们总是天天讲这里晚上闹鬼，所以天黑后谁都不敢走这条路，这也是加布一生中感到最害怕的一个地方。此时，天地一团漆黑，加布打着松明子火把出发了。当他走过汉嘎的坟地和诺苏烧死人的地方时，他害怕得脚都迈不动了，心脏也不停地颤抖，甚至连每一根头发都站立起来了，而他的眼睛只盯着火光照到的一小块地面，丝毫不敢看向别处。这时，一只野物突然从近处蹿出来，“妈呀！”他惊叫了一声，但由于惊吓过度声音却没有从嘴巴里发出来，然而他全身仿佛被定住了一样动也不会动了。“加——布！加——布！……”他突然听见妈妈在高声喊着他的名字，这喊叫声把他的身子激活了，他又开始重新迈步走路。

加布没有回头，也没有出声回应妈妈，他心里明白：这个时候，妈妈比儿子还要感到害怕和难过。她把儿子送出屋门，拄着棍子站在篱笆柴围院里看着儿子走开，然后像沉入深水一样沉入了黑夜。她站在那里没有动，双眼却一直追随着儿子的背影，在最害怕的时候甚至扯开嗓子喊出了儿子的名字。当儿子继续前进，她再继续喊，然后隔上几口气就喊一声给儿子做伴壮胆。加布头皮硬了起来，妈妈的喊声仿佛驱散了害怕的感觉，他感觉到好像有一双力气很大的手在背后推着他向前走，最后妈妈的喊声响彻了整个夜空，也响彻了他的整个生命。小路上的石头很多，加布的光脚被硌得火辣辣地生疼，连路都差一点走不动了。于是，他很想大哭一场，但是哭了也没有人听见，所以他没有哭出来。然而，直到加布像一位大英雄一样领着苏尼回来，妈妈还依然拄着棍子站在围院里，这时加布的眼泪却止不住地流了出来。

加布有点害怕苏尼，他的头上有几根又长又结实的发辫，但别的头发却很散乱，而他的脸上还有着鬼见了都害怕的狰狞表情。家里杀不起羊了，连一只大鸡都没有了，苏尼只得杀一只半大的鸡做牺牲品。然后，他开始作法，嘴里唱着，脚下跳着，奇形怪状的鼓槌敲击着羊皮手鼓，挂在手鼓周围的铜铃跳荡着响了起来，鼓肚子里发出了难以捉摸的沙沙声，而他的嘴里发出了凄切撩人的呼唤，似乎想把一些厉害的亡灵招来附在身上，于是他不再是自己，他的全身也在剧烈抖动。此时，他的麻布衣裳又宽又大，像一件蓑衣一样罩在身上，上面缀着的野猪牙晃来晃去，缀着的铜铃乱舞乱响。他看见了大家都看不见的恶鬼，恩威并施地跟鬼讨价还价，让它走得远远的或者束手就擒，否则就要对它不客气了。他们吵得很厉害，丝毫没有达成和解的意思，所以他变得异常愤怒了，于是他解开衣裳从火塘里抓起放在火里烧着的一把树枝，并让火把在自己裸露的胸口、脖颈和脸上燎过。然而，这样还是没有吓着鬼，他怒吼一声用火钳从火塘里夹出烧红了的铧口举在身前，再抬起光脚在上面一下接一下地划过去，只听见皮肉在红铁上发出被烧得嗞嗞的响声。不过，他的吼叫和全身的抖动却没有停下来，整个人更加紧张和恐怖了，而鬼仍然没有屈服，但因为害怕开始逃跑了，于是他扔掉手里的东西去追，却因为鬼跑得太快而没有追上，只得朝着鬼的身后恶狠狠地打了一枪。

“打着了没有哇？”加布的妈妈不放心地追问着。

苏尼喘着大气摇头，并不住地吐着舌头：“它可恶得很，也很厉害，还跑得这样快，我只打着了它的一只手。”

加布的妈妈不放心：“它还会回来不？”

苏尼胸口挺得高高的：“它着我打了一枪，受伤了，害怕我了，不敢再回来了。”

加布的妈妈继续担心着：“它到哪里去了哇？千万不能让它再回来了，它把加布的阿大心肝五脏和脑髓都快要掏空了！”

苏尼若有其事地凝望着远方：“不好！它逃到大弯村你姐姐家那里去了！它不会罢休哩，还要继续在那里伤人！”

过了几天，大弯村传来了消息，那里发生了一件匪夷所思的事情。加布的姨父上山砍柴，一棵砍倒的大青树却把他的铁皮水壶砸扁了，但这可是他从汉嘎手里弄到的心肝宝贝啊。他心痛地抱着它看了又看，想了又想，终于有了办法。于是，他把水壶灌满水并拧紧盖子放进火堆里烧，想用热气把瘪水壶弄胀起来，然而水壶烧着烧着却开始发出怪叫声并在火堆上跳动。“真是奇怪，好吓人哇！”他立即把身子藏到一棵大树后面，然后再一伸一缩地探头出来想看个究竟，当他的头再一次伸出来时，水壶突然“砰”的一声爆炸了，铁皮骸却飞起来“咣”的一下打在了他的太阳穴上。

当苏尼听了这个消息，自得地撮起嘴巴说：“你们亲耳听见了，我说过哩！”苦主家请这个苏尼去作法撵那个恶鬼，法事还没有做完苦主就断气了。苏尼气急败坏地叫起来：“我来晚了哇！它在这里做完了恶事害了人，晓得我会来收拾它，已经先一步逃走了。坏了！它又回到加布家那里去了，加布的阿大凶险了哇！”

第二天，加布的爸爸离世了。

3　困境中你会遇见谁

越来越大的苦难集中到了妈妈身上，但妈妈身子一歪斜承受不住了，而那种比大山还要沉重的苦难就顺势倒在了加布的身上，于是越来越多的悲伤滋味把加布的身心塞得满满的，越来越深的人情冷暖也把加布的世界淹没了。

“加布，你带个口信到山那边的舅舅家去。”

“加布，你去姨妈家找点粮食回来。”

这样的话是妈妈经常会说出口的话，她的病越来越重了。

“加布，屋头只有一升燕麦炒面了，吃完了这些就一颗粮食都没有了，弟妹都很快会饿死掉。”

“阿妈，我晓得。闹饥荒了，亲戚家也借不出粮食了。”

“加布，我们咋个整哇？”

“阿妈，我想好了，我挣到了五块钱，我跟着大人去盐山上买盐巴，然后背到汉嘎集市上去换粮食吧。”

“加布呀，路那样远，你这样小，让你空着手走你也走不起哇！”

“阿妈，你说了，我已经是男人了，要做男人该做的事情了。”

“加布呀，你把这些炒面装进皮拉褡里背着它上路，等吃完这些的时候你就背回了救我们的粮食了。”

“阿妈，我在路上找得着吃的，炒面留着一半给你们吃。在我回来之前，你们去山上找点野菜就着炒面汤吧，我会背着粮食回来的。”

加布把一半炒面装进皮拉褡里，而妈妈又硬装了一些进去才把它挎到了加布的身上。

到盐山走了两天，从盐山到汉嘎的集市又走了两天。从汉嘎的集市回家里的路上，村里背粮食的人碰上了阿约黑彝家出行的队伍，然后就一直跟在后面走而没有遇到土匪，但光着脚板的加布只好跟在大人们身后小跑着赶路。

阿约黑彝家队伍里的一个小姑娘不时被落在后面，她同情地对加布说：“你皮拉褡里不是有燕麦炒面哇，咋个不见你吃哇？吃完了炒面，还可以煮背着的麦粒吃。现在身上背着这么重的东西却饿着肚皮赶路，你不要命了哇？马不吃饲料都驮不起东西哩！”

这么一说，身上背着五升麦子的加布感到好像背了一座山，重得无法形容，而身体里也空虚得发慌，于是脚步飘晃得更厉害了。但他心里想着生病的妈妈和饿得哭着叫着的弟妹们，家里仅有的一升炒面都被自己带走了大半，他们吃掉了那小半升炒面后就什么吃的都没有了，也许他们都已经饿得奄奄一息地躺在篾折笆上面了，自己身上背着的不光是粮食，还是他们的几条人命哇。加布使劲地吞了吞口水，咬紧了牙关，从牙缝里说出这样的话来：“饿死、苦死、累死，我也舍不得多吃掉一嘴救命的粮食。”

太阳下山前，背着粮食走路的人们见阿约黑彝家的队伍在一条溪水边停了下来，好像是要宿营的样子，于是大家也在旁边停下来宿营了。加布脱下羊皮褂，将毛面朝下光面朝上铺在水边的地上，再把皮拉褡里的炒面倒了一些在上面，双手捧水浇上把炒面搅拌揉成团，他计算着掰下一小半吃掉，而把另一大半用大树叶包了塞进了怀里。

白天对他说话的那个小姑娘看着加布，又说话了：“我相信这一整坨炒面团也不够你吃一顿，你咋个要分成两顿吃哇？”

加布珍惜地舔食着手上的炒面，坚忍地说道：“晚上不走路，也不背粮食，只是睡觉不花力气，我吃少一点也过得下去。这样累，走着的时候就差点睡着了，这下吃完炒面团倒在地上就睡着了，啥子饥饿的滋味也感觉不到。”

小姑娘把一块肥厚的苦荞粑粑塞进加布的手里："我人小，肚量小，又空着手走路，主子分给我的苦荞粑粑吃不掉，你帮我吃一点哇。"

"你心肠这样好，你是不是阿约黑彝家的娃子？"

小姑娘愣了一下，忧伤瞬间从她甜美的小脸上滑过，泪花出现在了她明亮的眼睛里，她想了想："我家是阿约黑彝家的曲诺，就住在盐山东边的巴拉村。我家欠了主子的债，主子家就把我抽走成为小阿加，当了阿约小姐的贴身丫鬟。"

"我叫加布。你叫啥子哇？"

小姑娘又重新喜笑颜开："我不叫啥子，叫娥嫫。"

这时小姑娘听见小姐在召唤，便站起来转身走开，加布看见她的小百褶裙和小锣锅帽下的饰物一晃一晃的，异常轻灵。

后来，他们白天背着粮食走路到了饿得实在受不了的时候，人们看见加布在一小点一小点地从怀里掰出荞粑粑吃进嘴巴里，还听见他念念叨叨地嘀咕着："白天很饿，我要吃饱一点，这样才能坚持回到家里。"

4 出天花了

加布回到家里的时候，妈妈放声哭了起来："加布呀，你本来就瘦瘦小小的一个娃儿，这一趟远门下来你又整个人都缩小了一圈，你这受的是啥子罪哇！"加布在妈妈的哭声中沉沉睡去，整整睡了一天一夜才醒过来。

加布把背回来的麦子磨成了细细的面粉，全家人将之视为救命粮舍不得多吃，只是用木碗一小点一小点地量出来熬成稀面汤，再把野菜和嫩树叶切碎后拌进去煮，而且一天只能吃两顿勉强保命。幸好，地里的新洋芋能吃了，山坡上的苦荞也渐渐熟了。

非常糟糕的是，被苏尼打伤的那个恶鬼还继续待在加布家，妈妈的病也越来越重了。家里除了煮饭的铁锅外，其他什么都没有了，如果从门口扔进一个石头却是什么也打不着的。加布他们连一只半大的鸡都杀不起了，也没有能力请苏尼来接着收拾那个恶鬼了，更没有能力请毕摩来做法事祈福消灾了。

加布从破衣服的口袋里摸出两块钱，望着骨瘦如柴的妈妈说："阿妈，我还有两块钱，你想吃啥子我给你去买。"

妈妈没有动弹，只是咂了咂嘴巴："好想吃一碗汉嘎的大米饭哇。"

加布下山了，他跑到坝子里的汉嘎集市，从饭店里买了一碗白米饭端着跑回家里，自豪地喊起来："阿妈，阿妈！我把汉嘎的白米饭给你买回来了！"妈妈的眼睛突然发亮了，看着白生生的大米饭，像桃花一样灿烂的笑容盛开在幸福的脸上，生动得很。转眼间，黑沉沉的乌云划过天空，太阳光一下子消失了，而妈妈脸上的表情也瞬间凝固了，然后消散无踪。

“出天花了！出天花了！”恐慌的气氛随着人们的惊叫声淹没了山坡上的整个村子。此时，一些大人纷纷跑动着，像打仗一样慌乱，而加布跑得最快，他在给大人们打下手，帮他们折来树枝绑成抬尸架。

当抬尸架绑到一半的时候，一位婶婶跑了过来：“加布！你这是啥子命哇！你妈妈还没有放到担架上，你妹儿又没有声气了！你赶忙点去看一眼哇！”

加布飞快地跑进四处漏风的篱笆柴房里，看到妹妹躺在妈妈旁边不远的篾折笆上面一点动静都没有，身子好像突然变小了一样。他学着大人的样子把手放在妹妹的鼻孔前，却一丝一毫的气息都没有感觉到。跟着进来的大人也摇摇头：“得赶紧再绑一个小担架了。”

妈妈和妹妹在山坡上化为了青烟。加布听见大人们在商量说：“篱笆柴房的杈柱一根接一根地断掉了，家就立不起了。世道艰难，这几个孤儿太小了还不能自食其力，伯伯叔叔们一家带走一个哇，要不然黑彝主子就要吃绝业，把他们抽走降成嘎西娃子使用了。”

5 老熊沉重的脚步声

撵山狗兴奋的追咬声和猎人像刀子一样尖利的呐喊声响彻山野，从三个不同的方位向老鹰崖这边收缩而来。时光一晃而过，加布已经从一个小娃儿长成了壮实的猎人，男人们都愿意约着他去打猎，只要他在便每次都会满载而归。悬崖半腰上凿刻着一条可走一人一马的窄路，加布负责在路拐处蹲守。这里上不着天下不着地，猎物不来就不说了，只要来肯定得自己撞在蹲守猎人的枪口上。

突然，可以到达三座山尖之外的呼叫声忽然传了过来："加布！一头老熊去找你报到了！"然而，加布也听见了悦耳的马铃铛声音，很清脆也很洪大，而且是从他的背后传过来的。他不禁自言自语起来："这下麻烦了哇！这支马帮要跟老熊打照面了！"马铃铛声已经来到加布身后，是一支送亲的诺苏队伍——一个清秀的妙龄姑娘快捷地走在最前面，她身后是驮着新姑娘的马，然后是几匹驮着尊者和礼物的马，后面跟着的是走路的一大群男女。

加布从隐身的岩石后面走出来面向送亲者，大大的光脚稳稳地踩在石头路上，头顶上留着比手巴掌小的菩萨褡褡，长而大的双手紧握着一杆老火枪，卡在火夹子上的火绳已经点燃了，并在冒着若有若无的青烟。"前面来了一头老熊，你们先坐起休息一下，等我把它收拾了你们再起身过去。"已经走到他面前的姑娘突然像见了鬼一样惊叫起来，好像一下子被吓瘫了一样。加布的双耳翼动了动，身后沉重的脚步声送来一阵凉风，还把震动传到了他的脚底板。当他转过身时，一头高大的壮年老熊正在向他走过来，已经离他不到十步远了。一眨眼，老熊和加布熊脸对人脸处在了一块，无法逃避，只有进攻和反攻。

狭路相逢勇者胜，加布把枪口对准老熊按下了火夹子，而老熊十分紧张地大吼一声，两条后腿站起来整个身子向前扑，两条前脚变成强有力的手去扑打抢夺加布的枪，然后它一巴掌就把加布的枪挡开了。枪响了，一大团火光和一小把铁砂白拉拉地打在了岩石上，加布也后退着躲过了老熊的扑打和抢夺招数，而脚后跟却碰到了吓瘫在地上的姑娘。加布立即停止了后退，嘴里大叫着，双手疯狂地舞动着，一下接一下地用枪管去刺老熊，把老熊逼退了好几步。麻烦的是，老熊一嘴咬住枪管就不松开，并愤怒地甩打了几下把枪夺走了，再头一甩把它扔下了悬崖。于是，加布只得立即摆开了格斗的架势，决定要跟老熊徒手搏斗了。老熊打了加布一巴掌，抓烂了他的衣裳，加布也打着了它几拳，当他再挥拳痛击熊脸时，老熊一闪后回嘴咬住了他的一只手，然后拖着他向悬崖下面拉去。加布身子向后靠，双脚紧蹬地面，碎石被一双光脚犁得四处乱跳，等到了路沿外侧时加布的双脚紧紧地蹬住了一棵大树，老熊再也拖不动他了。在僵持了片刻之后，加布突然把自由的那只手凶狠地掏向老熊的肚皮并试图抓破它，而出人意料的事情发生了：老熊忍噤不住大笑起来，整个身子使劲向空中弹跳而起，自己坠到悬崖下摔死了。

悬崖对面和附近的同伴以及那群在错误时间出现在错误地点的送亲者都眼睁睁地看见了这惊心动魄的一幕，人人双手里都捏出了一把冷汗。送亲者里面的男人都背着枪，他们都取枪在手瞄准了老熊，但它一直跟加布滚打成一团，谁也没有找到开枪的时机。此时，他们纷纷收了枪，惊魂未定地吐着舌头，脸上滚满了汗珠。

送亲队伍中的一位老者吐出憋了好长时间的气，甩了甩双手上的汗水后把舌头吐得长长的：“我活了六十多年，第一次见着把这么大一头老熊抱了丢下岩子摔死掉的人，佩服了！扎实佩服了！”

加布喘着气，憨厚地笑着：“老辈子讲过，说老熊的肚皮摸不得，摸着就会像人被哈了胳肢窝一样痒得受不了又笑又跳。这回我亲自见识了，真的是这样哇，它不是我抱了丢下去的，是它自己痒得受不住跳下去的。”

那个姑娘逐渐恢复了平静，见多识广的大方表情重新回到脸上，不住地向加布道谢：“大英雄救了我的命哇！要不是有你，我今天肯定被这头老熊撕碎了！感谢了！太感谢了！”

加布脸红了，眼望着送亲者重新上路。突然，他双眼一亮，鼓起勇气问道：“哎，你叫啥子？”

姑娘还在不断回头望着加布：“我不叫啥子，我叫娥嫫。”

加布心花怒放地说：“我看出来了，你就是新姑娘的陪嫁娃子，是贴身丫鬟。”他还在目不转睛地望着不断回头来看他的娥嫫，猛然听见一个声音说：“小伙子，你是不是莫度黑彝家的曲诺哇？”

加布赶紧回头，说：“是哩。这个新姑娘是不是阿约黑彝家的小姐哇？”

“是哩。现在她要嫁给莫度黑彝家的长子巴觉当媳妇了。”

6　遇见巴觉

夏天。州城的一条大街上，一辆军用吉普车在飞驰，然后停在州城中学大门口。车里的军人把证件递给门卫："我是州城统战部的，你们学校是不是有一个叫黄卫华的学生？"

门卫把证件还回去："有啊！这个假期他正好没有回家，现在就在学校里面，我看着他才从外面回来的。"

军人打开车门："你上来，带我们去找他。"

门卫钻进车里："好的。"

两个军人跟在门卫的后边走进了黄卫华的宿舍。

门卫叫起来："黄卫华，这两个是统战部的，要找你。"

黄卫华反应不过来："啊？找我？"

一名军人说："是的，我们要找你。你是不是傥城县的人？莫度巴觉县长是不是你家的亲戚？"

"是的。我听说过他，但从来没有见过他。当初的彝务办事处就设在他家里，傥城县成立后他当了县长。"

"莫度巴觉县长刚刚从北京参观回来，现在正住在州城。他听说有一个亲戚家的娃儿在这里读书，就说想见一下。"

"太好了！我做梦都想见一下他呢！"

"你现在就跟我们走。"

“我想让我的同学傥城雪儿跟我一起去。”

“好吧，就一起去。”

傥城雪儿和黄卫华跟在军人的后面走进了一座古色古香的四合院。

那名军人说：“这座院子是政府专门用来接待民族上层人物的，莫度巴觉县长就住在这里。你们见了他一定要有礼貌，好好说话，他问什么就说什么，不要跟他顶撞。”

军人领着黄卫华和傥城雪儿走进屋子，把黄卫华推到前面：“莫度巴觉同志，这就是你家的亲戚黄卫华同学。黄卫华同学，快向你的长辈问好！”

头缠黑包布、身披百褶羊毛披毡、脚踏长马靴的莫度巴觉正靠在床榻上抽着水烟壶，脸上呈现出一副淡定高贵的样子。见有人进来，他坐了起来。

黄卫华鞠躬叫道：“表舅，您好！”

莫度巴觉看着黄卫华，又看看傥城雪儿：“好，好。听说你在这里读书，对凉山的诺苏娃儿来说，这很难得。跟你来的这个娃儿是哪里的人？”

“是江西县的。”

于是，莫度巴觉与傥城雪儿展开了诺苏见面时常见的攀谈对话。

“哦，江西县。哪一家？”

“傥城家。”

“从哪里去江西的哇？”

“傥城雪山。”

傥城雪儿感觉到莫度巴觉似乎对他产生了极大的兴趣。

“离开傥城雪山的是哪一代？”

“我阿大阿妈。”

“你阿大叫啥子名字？”

“傥城加布。”

莫度巴觉一下子站了起来，马上又坐下了。

“你阿妈是哪一家的姑娘？”

“稻香家的。”

“叫啥子名字？”

"稻香娥嫫。"

莫度巴觉一下子把水烟壶搁在了桌几上:"你晓不晓得,我就是莫度黑彝家的传人,你阿大加布从我家拐走的姑娘正是我媳妇的首席陪嫁娃子稻香娥嫫。我家是很看重首席娃子的,她很能干,也是我家的内当家,就这样白拉拉地被你阿大拐走了,整得我家一点面子都没得。按理,如果双方相遇,正可谓是冤家路窄,你应该向我赔礼道歉的!"

年少的傥城雪儿一惊,他开始害怕了:"是,是,我晓得……按照诺苏规矩,冤家是不能面对面相遇的,相遇了就得有一个说法。"

屋里的人们正在不知所措的时候,莫度巴觉哈哈大笑起来:"不过,那些都是过去的事情了,现在也不应该再追究了。当初你阿大他们跑到那么远的地方去还好好的活了下来,人口也发展到这么多,这个很不简单,也是一个好事情。"

傥城雪儿愣住了。

随后,莫度巴觉又问道:"你阿大阿妈都还好好的吧?"

"都好好的。"

莫度巴觉把手伸进了口袋里,傥城雪儿不知道他会从那里掏出什么来,心里正感到不安时却见他拿出了十五块钱:"既然你阿妈还在也活得好好的,那你就把这点钱交给她,作为我补给她的陪嫁钱。"

傥城雪儿感到深深震惊:"十五块钱不是一个小数目,这……"

"不是给你的,是给你阿妈的,请你代我转交给她。"

一场突然出现的虚惊就这样过去了,傥城雪儿完全放松了,开始向那位不怒自威的前辈打探起温雪村的亲人来:"我阿大还有几个兄弟和一些亲戚在傥城雪山的温雪村,隔山隔水的将近二十年音讯全无了,也晓不得他们咋个样了哇?"

"你的几个叔叔还在,比如拉塔、史拉、阿各等我都认识。不过,他们都过得不咋个好。"

"您啥子时候回温雪村哇? 我想跟着您一起去看看他们!"

莫度巴觉以一种不容分说的口吻说:"现在你不要去,那边正在打仗,你去了不安全,等以后叛乱平息了再去。"

7　鸦片贩子

学校总务处的主任突然来到宿舍里:“傥城雪儿,有你的电话。快点去接!”

傥城雪儿愣了愣,轻声地问黄卫华:“啥子叫电话哇?”

“我也晓不得。”

傥城雪儿一边跟着总务主任走,一边打探:“这究竟是咋个一回事哇?”

“到了你就知道了。”

“我一点都不明白。”

总务主任把话筒递给傥城雪儿:“接吧。”

傥城雪儿拿着话筒,不知道该怎么办。

总务主任告诉他:“有人在里面跟你说话,你就跟他说话!”

傥城雪儿拿着电话筒紧张起来:“我还从来没有打过电话,真人又不在跟前,而要对着电话筒跟从来没有见过面的人说话,我感到很害羞,也感到无所适从,简直开不了口。”

没有想到,电话里却响起了一个诺苏男人的说话声:“喂!喂!我是你叔叔拉塔!巴觉县长告诉我们,你在州城读书,我们都很想见你,你能不能来一下……”

电话和从天而降的亲人令傥城雪儿非常紧张,想要到达亲人身边的愿望也十分迫切,他急促地问道:“你在哪里哇?”

"我在傥城。"

"傥城哪里哇?"

"我在傥城王家营店子。"

"我能来!"

"你啥子时候来哇?"

"我明天就来!"

回到宿舍后,黄卫华着急地问道:"咋个一回事哇?"

"是我叔叔的电话!他在傥城王家营店子等着我!你看,我已经从总务处把假期的粮票退了出来,我明天要去傥城!"

"我表舅不是叫你现在不要去哇?"

"可是我叔叔就在那里等着我!"

"你晓不晓得傥城在哪个方向?离这里有多远?"

"我晓不得。但是,我恨不得马上长出一对翅膀来,一下子飞到那里去!"

"我晓得傥城在哪个方向要走多久,我回家要经过傥城。"

"赶忙点告诉我哇!"

"傥城在东边方向,从州城出去顺着州城坝子走,再爬山爬过十八盘,再翻过青石山到大江桥,再走过傥城坝子再翻山,要走三天才能走到傥城。"

"我明天一早就要出发!"

"十八盘、青石山、江边,那些地方都是相当难走的,到处都是悬崖峭壁……"

"不管他!"

一大早,傥城雪儿急匆匆地出发了。当他走到江边小集市的时候,天已经黑下来了。集市很小,没有一家旅社。他走进一家马店,里面有马圈有空房,而马锅头正在用自己的锅煮饭。

傥城雪儿只得去跟马锅头套近乎:"大叔,你在煮饭哇?"

马锅头瞟了傥城雪儿一眼:"嗯。"

"在外面赶马帮很辛苦哇。"

马锅头又瞟了傥城雪儿一眼,没有吱声。

“这里没有一家旅社，我一个人没有地方可以去……我想跟你们在这里混过一晚上……”

马锅头很客气：“在家靠父母，出门靠朋友。大家都出门在外，路上碰到了就是朋友。你就在这里过一夜哇，这么宽的地方你想在哪里睡就在哪里睡。”

“谢谢大叔！”

赶马人开始吃饭，那个马锅头向傥城雪儿发出了邀请：“一起吃一点哇。”

“谢谢大叔！”

马锅头不解而关切地问道：“你一个半大娃儿，咋个一个人跑出来哇？东跑西跑的，不被老虎豹子吃掉也要被土匪打死掉哩！”

“我在州城中学读书哇。我家是从傥城雪山热雪村搬出去的，但还有一些亲人留在温雪村。昨天我的一个叔叔给我打了电话，他在傥城王家营店子等着我，我要去那里找他跟他一起去温雪村。”说到“电话”这个词时，傥城雪儿不禁有点洋洋得意。

马锅头听了就叫起来：“你去那些地方搞啥子哇！那些地方到处都有土匪叛乱，天天都在打仗，会打死掉哩！你去送死哇？你不要去了，赶紧调头回州城读书去！”

“我听了的确也是有些害怕，但是现在是假期，我要去温雪村寻亲的愿望是相当强烈的，一般的困难是吓不倒我的。我在长话里跟我叔叔约好了，他在傥城王家营店子等着我，我一定要去见他。”

第二天，傥城雪儿在街上买了两个馒头便踏上了远去的江边小路。

天黑透了，傥城雪儿终于走到了傥城。傥城到处黑漆漆的，街边鳞次栉比的铺子里不时地亮着一盏昏暗的煤油马灯，根本无法把窄窄的青石板街道照亮。浑身疲惫不堪的傥城雪儿又渴又饥，仿佛是刚刚才通过时间隧道来到了一百年前的另一个完全陌生的古老小镇。

古城有城墙和城门，傥城雪儿走进城门后逢人便问：“傥城王家营店子在哪里哇？”可是，谁也不知道这家店在哪里，偶尔遇到耐心好的人会用浓郁地道的傥城话这样回答他：“这里就是傥城了，不记得有一个王家营店子哇！”

倪城雪儿在街边买了一碗冰粉喝下去，暂解饥渴。然后，他从城南门走到城北门，又从城北门走到城南门，继续打听倪城王家营店子在哪里。由于对方独具特色的倪城话让倪城雪儿很难听懂，而他带着诺苏口音的外地汉话对方也很难听懂，所以他在打听倪城王家营店子的过程中费尽了口舌也没有得到任何结果。他又累又饿，当他在城南门碰到一家马店时决定暂时停下来，准备在这里度过一个陌生的没有任何记忆根底的夜晚。

住在马店里的人大多都是走南闯北的人，他们的见闻肯定比没有出过远门的人多，于是倪城雪儿又跟他们聊起天来，并向他们打听："你们晓不晓得倪城王家营店子在哪里哇？"仍然是没有人知道。

幸好，一个做饭的老头这样告诉他："城北门外面农村倒是有一个王家营，店子没有的。"

倪城雪儿终于松了一口气："对，有王家营就行！我决定明天就去那里找我的叔叔。"他再也扛不住困倦了，沉沉地睡过去了。

早上，倪城雪儿又出发了，出了城北门走进乡村去了。这是一个晴天，走近王家营的时候，太阳已升起了几丈高，小娃儿们开始把牛羊从家里赶出来放了。

倪城雪儿问一个放羊娃儿："你们这里是不是彝人村子哇？"

"我们这里是汉人村子，不是彝人村子。"

倪城雪儿心头一凉："咋个可能哇？我叔叔不是说他在王家营店子等着我哇？好不容易找到一个王家营村子，竟然是汉族村子！"

倪城雪儿不甘心地追问道："有没有彝人住在这里哇？"

"没有的。"

"来这里耍的、来串亲戚朋友的彝人有没有哇？"

"对面陈家来了一个彝人。"

"对！那就是我叔叔！"

倪城雪儿欣喜若狂，飞快地奔跑起来，几下子就到了牧童所指之处。有一个老妈妈就在屋前不远处，倪城雪儿一直跑到她面前："你家是不是陈家哇？是不是有一个彝人在你家哇？"

老妈妈用地道的傥城口音回答他:“堂屋头睡起哩!”

傥城雪儿高兴得用巴掌一拍脑门:“那是我叔叔！踏破铁鞋无觅处,得来全不费工夫。原来叔叔竟然在这里!”

傥城雪儿径直冲到堂屋门前,伸出双手一下子向着屋门推去,两扇厚实的木板门立即往里边砰然洞开并发出了沉重的响声。只见一个三十几岁的诺苏汉子正裹着羊毛披毡躺在火塘边厚厚的稻草席上睡觉,当听到这么大的急促响动后他立即翻身爬了起来。

傥城雪儿激动万分地呼叫着:“叔叔!”

当傥城雪儿扑上去抱那汉子时,那汉子吓得东躲西藏,并惊恐万状地尖叫道:“你要整啥子哇？你要整啥子哇?”

“叔叔！我是雪儿呀！我从州城跑来找你来了!”

“你是哪个哇？我不晓得你！我也不是你叔叔!”

“你不是我叔叔傥城拉塔哇？那你是哪一个哇?”

“我不是你的叔叔傥城拉塔。我是下坝来卖鸦片的,名叫金克。你这样吓死人了！我还以为你是来抓我的官员呢,还有可能你是来抢我的歹徒呢,我才被吓成这样。”

一场虚惊过后,金克镇静下来,听了傥城雪儿的一席话后长长地出了一口气:“拉塔是你叔叔？我昨天还见到他了。今天正好是街子天,他肯定会来街上哩,等一下我带你去找他。”

傥城雪儿仍然是显得一副兴高采烈的样子:“虽然你不是我叔叔,还闹了那么大的一场误会,但好歹还是找到了我叔叔的线索,我还是很高兴。”

金克开始用土罐在火塘里煨茶。茶水涨了,他从皮拉褡里抓出炒面放进洋碗里,两个人就着苦茶水吃了一顿炒面,然后出门向街上走去。

8　死人跟活人见面了

金克带着傥城雪儿穿行在繁华熙攘的大街上，傥城雪儿仿佛感觉到自己恍然进入了一部正在拍摄的古代电影里。这里是一个古风犹存的大市集，各种各样的人都在街上走着或者做着生意。就在这种杂乱中，他忽然闻到了一种熟悉的味道，然后看到了一些熟悉的身影，他们令他倍感亲切：一些头顶脑门上留着一撮菩萨头发的诺苏男人披着羊毛披毡和一些戴着罗锅帽、穿着百褶裙、耳朵上缀着玛瑙珠或者银耳环的诺苏妇女也在熙来攘往的人群中走动。

金克把傥城雪儿带到了几个地方都没有找到拉塔，最后才在一个小茶馆里找到了。拉塔激动得声音哽咽，拉着傥城雪儿的手惊叫不已："你这么快就来了！我还以为你明后天才到得了哩！我已经把你要来的消息都放出去了，今天就来了好些人，他们都在等着见你哩！"

拉塔把傥城雪儿拉到街上，随口一喊便呼啦啦地扑过来了一大堆穿着百褶裙、戴着锣锅帽的诺苏妇女。傥城雪儿惊讶得说不出话来，说不定他刚才都已经看见过他的这些隔世的亲人了。

傥城雪儿正感到自己快哭了的时候，那些妇女已经呼叫着扑上来抱住了他，边喊边流泪并断断续续地说着一些极具特色的话：

"活人跟死人见面了哇！"

"自从加布带着娥嫫逃走后，二十来年走掉的人和留下的人之间音讯全无恍如隔世，大家都牵挂着对方却又没有对方的下落，对方跟死了是一样的哇。”

“现在像做梦一样见面了，当然就是活人跟死人见面了！”

傥城雪儿已经是一个小伙子了，在大街上众目睽睽之下突然被一群对外人来说穿戴奇异的妇女们抱着哭得昏天黑地，除了想哭就是感到很害羞，希望她们早点哭完快点放开他。她们总是哭不够也不把他放开，他又不能顾自从她们的怀抱里挣脱出来，只得难堪地任由她们摆布个够。

终于折腾够了，她们把傥城雪儿放开了。有人说：“村子里的人都晓得雪儿要来，都在等着见你，我们要马上赶回村子里去。”

黄昏，坝区村路上，一大帮男男女女的彝人在赶路。

拉塔说：“从傥城街子走到傥城雪山下面的温雪村要一天，我们差不多中午才出发，今天是走不到哩。”

傥城雪儿有些着急：“那咋个整哇？”

“雪儿，你放心，不会让你没有地方过夜哩。到处的诺苏都很擅长跟坝区的汉嘎结盟交朋友，有一些地方管这种结盟叫‘打老庚’，而在我们这一带称为‘打亲家’。我也有自己的亲家，今天晚上我们就住在我的亲家那里。”

天黑了，天又亮了，他们又开始赶路，直到下午太阳落山的时候才到达温雪村的街上。

拉塔介绍说：“雪儿，你不是出生在老家这里的，你晓不得这里是温雪区的中心，而我们温雪村还在山上面，还有一段山路要走。我们过去的黑彝主子莫度巴觉就住在这里，他现在当了县长。”

傥城雪儿很担心：“我会不会突然在这里遇见巴觉哇？”

“很难说，他家就在这里。”

傥城雪儿的那些亲戚就坐在街边上休息，他跟拉塔叔叔去购销点买酒。

拉塔说：“诺苏家来客人了不聚在一起喝几碗酒是要不得哩，失散二十年的亲人回来了，我们也需要用酒肉来祭祀一番我们共同的先人。”

突然，傥城雪儿抬头看见一个穿着灰色中山装的男人仪表堂堂地向着自己走过来。远远一看，那个人在外表上与头缠黑包布、身披百褶披毡、脚踏长马靴时的莫度巴觉已经判若两人，但他浑身上下散发出来的威严仪态还是让傥城雪儿一眼就认出来了。于是，傥城雪儿一下子把头低垂下来，还往一边扭着身子。

拉塔问道："雪儿，你咋个了哇?"

"我要躲避那个人，不要让他认出来。他在州城的时候跟我说过了，叫我现在不要来，等以后再来。我很担心他会骂我。"

莫度巴觉走得更近了，打量起眼前的这个青年来，很快他确定无疑地说起话来："啊，这个娃儿我见过哇。我不是叫你现在不要来哇？你咋个还要来哇?"

傥城雪儿脸上发烫了，头低得更厉害了，不敢向巴觉回话。突然间，又听见巴觉说话了："赶忙给他换掉衣裳！不然土匪还以为汉嘎来了，一枪就把他打死了！现在形势很紧张，昨天还在打哩!"

拉塔一听也被吓了一跳，他立即把自己的黑布对襟衣裳脱下来，让傥城雪儿把身上的学生装换下来，又把自己的头帕缠裹在傥城雪儿的头上，让人一看就知道他是一个诺苏小伙子。

此后的路程更陡险了，傥城雪儿他们几乎都在密林中翻爬绕行。

拉塔背着大酒壶："雪儿，你晓得不？我们的村子就在傥城雪山的雪线下面，住地高寒，时常下雪，又有很好的温泉，这才叫温雪村。我们的家支在这个寒冷却风景如画的地方定居了很长时间，只有你阿大阿妈逃离了这里。"

"这个我晓得哩。我时常会有一种感觉，傥城雪山就在我的生命里活着，老辈子的故事已在我的脑壳里生根发芽。"

9　猛虎的咆哮声

清晨，娥嫫踏着深厚蓬松的积雪来到村外野地里的温泉边，当她弯下腰往木桶里舀水时，一只猛虎从身后一下子就把她扑进了在雪地石槽内湍急奔流的热水沟里，并想要在水里把她吃掉。

猛虎的咆哮声和姑娘的尖叫声刚刚响起来，一个头戴竹篾帽、身披羊毛披毡的男人就像做梦一样从雪堆里蹦出来了，同时他那震天动地的怒喝声也响起来了。在石破天惊中，那名英雄手握砍刀破雪而出，雪块和雪末应声迸散，纷纷扬扬。他似乎是从天上跃空而降，一刀就劈开了猛虎的头，虎血一下子就把整条温泉都染红了。

姑娘已经吓瘫了，任由温泉水把她冲着走，而那个男人噼噼啪啪地顺流扑腾着，很快就追上了她并把她从水里抱了起来，就这样抱着她走回到了黑彝主子的家里。

在这个过程中的某一瞬间，莫度黑彝家英俊的曲诺娃子傥城加布那高耸的大鼻子突然雁落湖面般沉入了莫度黑彝家漂亮能干的阿加娃子稻香娥嫫脉脉含情的深深双眸，一下子激起了层层迷人的涟漪，令他们双方都陶醉不已，就像触了电一样让他们浑身战栗，从此再难忘怀。

转眼就到了春天。白云下，树林里，羊群在吃草，一对恋人在相互倾诉心中的爱恋和苦楚。

娥嫫躺在加布的怀里："你真的是从天上飞下来砍死老虎的哇？"

“我是从雪里面飞出来哩。”

“睡在积雪下面，你不冷哇？”

“你不晓得哇？诺苏是由造物神撒下的雪变成的，诺苏就叫雪族。”

“我当然晓得哩。老辈子讲过：没有诺苏的时候，天地一片混沌。为了造出万物，造物神降下三场大雪，第一场是黄雪，第二场是红雪，第三场是白雪。三种颜色的雪融化后，生出了雪族十二子。无血的有六种：平原上的草，山坡上的灌木，山顶上的针叶树，沼泽地里的灯芯草，山崖上的藤子，山脚下的蕨科；有血的有六种：沼泽地里的蛙，水沟边上的蛇，天上飞的鹰，森林里的熊，丛林里的猴，凉山上的人。其中，凉山上的人就是我们诺苏雪族。还说，雪化了九天才化成我们，结冰来做骨，下雪来做肉，风吹来做气，星星来做眼睛。”

“我化成了雪，和雪在一起。”

“为啥子哇？”

“下雪的夜里，我家的篱笆柴房四面都在漏风，虽然火塘里彻夜烧着火，但是前面烤煳了背后却冻僵了，而把背后烤煳了的时候前面又冻僵了。一家人都围着睡在火塘边的篾折笆上，我感到不自在，觉得还不如跑出来坐在温泉边的石板上面安逸，但雪下得实在是太大了，并把我整个人都盖住了。我本来想把身上的积雪抖落下去，但是厚厚的雪抱住披毡，而披毡又裹住我，让一点风也吹不进来，这样反而感到更加温暖了，于是我就继续这样坐着。当听到老虎的吼叫声和人的尖叫声时，我晓得老虎正在吃人，便气得像汉嘎的孙悟空一样石破天惊地从雪堆里飞了出来。”

“你第一次在老鹰崖把我从老熊手掌里救出来，第二次又在温泉里把我从猛虎嘴巴里救出来，我的两条命都是你的了。”

“那年在背粮食的路上，我差点饿死、累死，你拿一大块肥厚的苦荞粑粑救助了我。那块荞粑粑这个时候都还在我的身体里，我的命也是你的哇。”

姑娘靠在小伙的腿上，忧心忡忡地呢喃道：“加布，我们该咋个整哇？”

小伙用手轻轻抚摸着她的头发，沉默了一会儿：“我打酒请调解人加拉尔伙去向主子提婚！”

10　规矩的受惠人

风很大，又在下大雪。温雪村的调解人加拉尔伙披着黑色的羊毛披毡向黑彝主子家走去。在老家奴子琼的引导下，加拉尔伙走进了主子家宽大的堂屋里。火塘里的柴火烧得旺旺的，老主子正躺在火塘边的矮榻上抽大烟，他的黑色包头帕没有在头上而是被堆放在床榻上，他的长筒马靴也没有在脚上而是被脱了放在床榻脚边的地上，但他的双脚上套着厚实的羊绒长袜，屋子里这样温暖，即便没有袜子他也不会感到寒冷。

加拉尔伙打招呼道："啊吧！外边在下大雪，风大得很！"然后，他巧舌如簧地向主子请安："尊贵的主子，你的堂屋温暖得很哇！我就像一只可怜的麻雀，被外面铺天盖地的寒风一下子就刮了进来。"

老主子应付道："加拉尔伙是无事不登三宝殿，是不是我又惹出了什么麻烦事哇？"

"主子咋个会惹麻烦事哇！惹麻烦事的是阿力家！"

老主子不出声了，继续抽他的大烟。加拉尔伙不安地动了动身子，断断续续地咂着辛辣呛人的兰花烟锅，当他听到老主子无意识地咳了一声后，加拉尔伙便滔滔不绝地讲起来："娥嫫是少主子巴觉媳妇阿恰的首席陪嫁娃子，能干得很，善良又漂亮，受到了主子家的器重。老实人阿力家的养子加布长着一个迷人的高鼻子，身形高大魁梧，一表人才，捕熊杀虎毫不畏惧，正像主子晓得的那样，是一个英雄。自从加布从老虎嘴里救下娥嫫后，他们两个都感到一个离不开一个了。阿力家请我来向主子提亲。”

老主子剧烈地咳嗽起来，加拉尔伙停止了讲话，静静地等待着老主子发话。老主子抽足了大烟才把银制的烟枪放下，坐起来振振有词地说道：“见多识广的加拉尔伙不会晓不得诺苏的规矩哇？诺苏是有等级的哇，各个等级的骨头和血统都不一样，这是不能混乱的哇！婚配必须等级相等，诺伙必配诺伙，曲诺必配曲诺，阿加必配阿加，嘎西必配嘎西。混乱的人都要受到惩罚，无法无天的阿尔就是这样的一个人，与自家的曲诺娃子生下了两个娃儿。家支族人曾警告他最好是带着媳妇和娃儿远远地离开这个地方，但阿尔不听，使得大家都觉得丢尽了脸面，最后不得不开除了他的家支族籍，并雇了枪手来把他打死了，他的娃子老婆和娃儿也被捆绑起来卖到远方去当最低等的嘎西娃子了，而他们没有被捆起来由各家各户积柴烧死算是便宜他们了。”

舌辩之士加拉尔伙却有自己的见解：“加布是主子家的曲诺，给主子放羊子，娥嫫是主子家的阿加。除了等级不一样，他们都同是主子家的被占有者，他们成了一家还是主子家的被占有者。”

老主子总是说一不二：“他们之间是不能正常通婚的。按诺苏习惯，他这个曲诺娃子要娶黑彝主子家的阿加娃子，必须要向黑彝主子赔礼取得允许。娥嫫是一个很得力的内当家，我家很器重，阿力家要拿十条牛或者是一百只羊和一大笔钱来给我家赔礼才行得通。”

加拉尔伙为难地说道：“阿力家总共才有一条耕牛和十几只羊。”

“那就让加布来给我家当最低等的嘎西娃子，我就让他跟娥嫫成亲，而且他们今后生下的娃儿也像大人一样属于我家的完全财产，否则我是不会同意的。”

灵活应变的加拉尔伙回复说：“那我就去问问阿力家有没有十条牛或者一百只羊以及一大笔钱，如果没有就叫加布来给主子家当嘎西娃子。”

老主子不置可否：“你去问问哇。”

听了这话，加拉尔伙不得不站起来告辞了。走出屋子的时候，他高声地说道：“啊吧！好大的雪哇！”算是跟老主子告了别。

11　跑到城墙那里去背水

好大的雪啊！穷人家矮小的篱笆柴房都几乎被蓬松肿胀的积雪淹没了，山上到处都是铺天盖地的白雪，松树也都变白了。

雪后的清晨，除了静悄悄的飞雪和积雪压树发出的若有若无的轻响外，温雪村外面的山野雪地里什么声音都没有。后来有声音了，那是娥嫫艰难地踩着厚雪前进时发出的咯吱咯吱的响声，还有她在雪地里走得很累的喘息声。

来到村外温泉边的平台上，娥嫫停住了脚步，看到了汩汩地在深雪的怀抱里默默流动着的温泉水，看到它在呼呼地冒着乳白色的热蒸汽，难怪这么厚的积雪也盖不住它呢。她环眼到处看了看，雪地上除了自己留下的一串深脚印外什么印迹都没有，她不禁使劲地踢了踢雪，一些雪都被踢得飞了起来。

娥嫫开始顾自在娇嗔地埋怨："砍脑壳的加布！说是天不亮就要在这里等起我，现在天都亮了他还没有来。我一个人在荒郊野外，要是被老虎吃掉了他就高兴了！"

"它敢！我不一刀把它的脑壳砍成两半！"

娥嫫转身一看，到处都没有人，这时她才一下子明白过来：加布又一次变成了雪，他和雪待在一起取暖，而且还跟她说了话。她四处观察着，想着要是由她自己来选择的话会选择在哪里藏身呢？娥嫫看到了温泉水拐弯的地方有一处背静的石壁，一株枝繁叶茂的小杉树被蓬松的积雪掩埋住了，而紧挨着它好像还有另一株更小的树被积雪覆盖住了。她暗暗地笑了起来，走过去朝着雪堆踢了一脚，积雪垮掉了一些，露出了黑色羊毛披毡的一角；她又一巴掌打在雪堆的上面，雪堆顶上的积雪垮了下来，露出了一顶竹笠和它下面加布硬朗的脸庞。

“砍脑壳的加布！难道你真的是雪变成的哇？”说得姑娘自己忍不住咯咯地笑起来。

加布坐着不动：“这下你该相信了哇？温雪村在傥城雪山主峰脚下，是莫度黑彝的管辖范围，地处高寒，时常降雪，雪下又有温泉，所以称为温雪村。我是温雪村的精灵，雪里来，又到雪里去。”

娥嫫有些发呆：“随着小姐陪嫁到这里有一年了，我都看见了。这个地方虽然寒冷，但风景就像汉嘎的画儿一样美丽。可惜我是一个陪嫁娃子，这样的风景不属于我。要是它属于我，我就一直在这里定居下来，生儿育女，多美哇！唉，哪个叫我从小就被阿约主子家抽去做了小娃子了哩！”

“你不要再叹息了，我们会找到这样一个属于我们自己的地方哩。”

娥嫫把背在身上的空木桶放在雪地上，从里面提出了一只鼓鼓胀胀的皮拉褡交给加布：“我又偷偷地省下了一些燕麦炒面，你赶紧拿去跟前面的那些熟腊肉一起藏好哇。”

加布没有接皮拉褡，一下子站起来把面前穿着百褶裙、戴着罗锅帽的姑娘按倒在了雪地上，一场激烈异常的战斗开始了。过了好一会儿，姑娘气喘吁吁地开始摆脱了：“快放了我哇……小姐又该骂我了，说：‘你难道是跑到傥城的城墙那里去背水的哇？’……”娥嫫把加布从身上推开，整理好衣装后开始去舀水，一瓢一瓢地把冒着蒸汽的温泉水装进了木桶里，木桶里也开始冒蒸汽了。

12　通往稻香雪山的路

天空万里无云，柔和的阳光照耀着满大山厚厚的积雪。林中的一块大岩石上，娥嫫躺在加布的怀里："山那边来人带来了消息：萨萨家的儿媳妇的送亲队伍已经出发了，后天就到这里了。"

厚厚的羊毛披毡和羊毛衣裤让他们感到更加温暖，加布和娥嫫互相望向对方的脸，双方都看见了爱人脸上露出了难以掩饰的喜悦表情。

"娥嫫，我们干脆明晚上就逃走算了，逃到九十九座山的那边去，逃到九十九条河的那边去！我们傥城家在好些地方都有亲戚，他们会收留我们哩。"

"诺苏谚语说：不说晓不得，说了是亲戚。说起来，我们稻香家还是你们傥城家的亲戚哩！稻香家在别的地方也有亲戚，他们也会收留我们哩！我们逃回盐山东边的老家去！"

"要得哩，我们明晚上走！"

"加布，我巴不得现在就跟着你逃走，逃得远远哩。可是，主子家留在村子里的人还很多，要是被发现了他们就会来撵我们，要是被抓回来我们就完蛋了：挖眼睛、割脚筋，然后拿去卖掉。不如再等一天哇，后天萨萨家就要迎娶新姑娘了，到时大家都会很忙，顾不得留心别的事情，正好让我们逃走。"

加布听得心服口服，对姑娘的爱意更浓了："要得，这次听你的。"

娥嫫忧心忡忡地说："你和我都是被主子家像财产一样占有的不自由的人，要像羊毛一样长在主子家的羊身上才能生存。离开了主子家，我们就像是从羊身上掉下来的毛，变成了没有归宿的孤魂野鬼，是遗失在路上的无主的财物，人人都可以捡起来自己拿着，或者归还主人。晓不得我们能不能跑得掉哇？”

加布也意识到了问题的严重性：“是哇，周围一带是像世界一样大的凉山，除了平坝和谷地被汉嘎占有之外，别的能住人的地方都被大大小小的黑彝老财像分羊肉一样分走了，我们百姓娃子都成了黑彝主子的财产，只能在主子的辖地里和势力范围内活动，超出了这个界线就成了没有身份的人。”

“不走，我们又永远只能像牛马一样过日子。”

“我们一定要走！”

太阳快要落山了，来帮忙的人在离萨萨家不远的地方烧起了三堆火。送亲队伍来到跟前停下，村外敬酒仪式也开始了，男方家的代表向送亲客人敬酒敬食，假婆婆给新姑娘换了装，并把七彩的盖头披在新娘头上。娥嫫是帮着假婆婆给新姑娘换装的，做完了该做的她就闲下来了。她向四周看了看，人人都沉浸在热火朝天的仪式当中，于是她悄悄地溜进了旁边的松树林里，然后在雪地上奔跑着。到了约好的地方，加布早已等在那里，他们又紧张又幸福地紧紧地抱在了一起。

他们从石洞里拿出了提前藏好的两条鼓囊囊的外边挂着铁皮水壶和洋口缸的皮拉褡，并脱下披毡每人背上一只皮拉褡再重新披上披毡，然后他们相携着在密林的掩护下踏雪快速离去。

天亮的时候，加布和娥嫫已经走出了傥城雪山，在长着密密的杂木林的山谷里淙淙奔流着的小溪边停了下来。

“娥嫫，跑了一夜了，你一定很累了。我们休息一下，吃一点炒面。”

“我去沟里打水来。”

加布从皮拉褡里抓出一些炒面放进洋口缸里，随手折下一根细树枝从上面断出一双简易筷子，而娥嫫用铁皮水壶从沟里打来了水，并把水倒进加布准备好的洋口缸里，然后加布用简易筷子搅起来，一会儿就搅好了面浆。他先递给娥嫫喝，等娥嫫喝过之后加布才重新搅一缸给自己喝。

太阳升起来了，明净的阳光普照大地万物，苍茫的凉山像世界一样广大和深远，若有若无的小路常常飘晃于大江大河旁边的悬崖峭壁之上，而人处于这样的背景之下是比蚂蚁还要渺小脆弱的，并且一不小心就会消失得无踪无影。加布和娥嫫像蚂蚁一样出没在山野中，他们为爱情吃尽了苦头——既要防野兽又要防人，所以他们只好夜行昼伏或者日夜兼程，只能晚上走村庄边的大路而白天只能走山间的小路……

从山高天阔的冷凉山地来到密不透风的干热河谷里，加布和娥嫫热得实在受不住了。他们把披毡脱下来裹成一个卷筒，然后用绳子拴起来横背在身上，而背在他们身上的还有空瘪瘪的皮拉褡，在经过长途跋涉之后他们的干粮已经吃光了。

“加布，想不到汉嘎的地方这样热，江水也那样浑浊，我的嗓子眼都干得快要冒烟了，空空的肚子里面也有怪物在打架，不如走进地里拔出两个萝卜来吃一下。”

加布为难地望了望四周：“我们诺苏的地里面不管长着啥子，过路的人口干了、肚皮饿了随便拿来吃，只要不多多地带走就是了。可是，你晓不得汉嘎地里的东西是不能动的，更不能由我们诺苏人来动。他们与诺苏之间有着很深的隔阂和误解甚至是仇视，防得严得很哩，最好不要跟他们打照面，更不能不打招呼就吃他们的萝卜，不然会出大事哩。”

娥嫫在说服加布：“这里一个人都没得，咋个打招呼哇？吃一个萝卜算啥子哇！二天让他们到我们的地里去吃一百个圆根(萝卜)！”

说着，娥嫫已经走进了汉嘎的萝卜地，弯腰拔起一根萝卜一下子折成两段，一边啃吃一边把另一半递给有些紧张的加布。他们正吃着，突然听见有汉嘎在喊叫：“诺苏下山来偷东西了！大家快来逮贼儿子！”

加布吓得扔下萝卜，拉起娥嫫就向山林里跑去。在慌不择路中，娥嫫的萝卜也弄丢了，她拼命地要去把它拿回来，而加布强有力地拖着她跑，以至于她没有办法实现自己的愿望。一帮汉嘎在后边追撵了一阵子，见很难追上也就停了下来，于是站在那里骂骂咧咧了一阵子后转回去了。

加布和娥嫫像野人一样饥不择食地在灌木林里的落叶里拨拉着找残存的山核桃吃。黄昏的时候，他们趴在山冈上的一片密林里向前面观望，那里有一个难以判别居住者的小山村。

“靠感觉和气味，我认为这是一个诺苏村子，但是他们的房子又有点像汉嘎的土墙房。”

娥嫫惊喜地叫起来：“是诺苏的村子！看！他们是诺苏！”

他们看到了穿着诺苏服装的妇女在村子里走动。

“对！他们是诺苏！我们有吃的了！我们有睡的了！”

他们站了起来，放心大胆地向村里小跑而去。加布有些气喘地交代说：“汉嘎常说：逢人且说三分话，未可全抛一片心。对我们诺苏也适合，我们对他们就说是要过江到盐山那边去串亲戚的，进来找点吃的并顺便在火塘边睡一夜。”

加布和娥嫫坐在火塘的右边，主人坐在火塘的左边。

男主人开始交谈了：“你们去盐山的哪一家支哇？”

加布想了想：“稻香家支。”

男主人叫了起来：“稻香家支？我侄儿子的媳妇就是稻香家支的姑娘！我们还是亲戚哇！”

惊喜的表情从加布和娥嫫脸上划过。

男主人滔滔不绝地讲起来：“你们人年轻，路没有走多。前方深山老林里狼蛇虎豹再咋个说也要比人多，森林也主要还是它们的地盘，它们不会欢迎人这种两只脚的大型动物在它们的地盘上随意走动哩，而势单力薄的人要是前往它们的地盘，那就是自己送上门去的美餐。”

加布和娥嫫面面相觑。

“就算过了那里，到了金沙江上的堡桥时你们也必须要过江了。再往前去到处都是汉嘎住的地方，要整整走上四五天才走得出汉嘎的地盘，你们这样年轻扎实不安全。”

加布的忧虑更深了：“那我们咋个走才合适哇？”

“我劝你们往回走，然后改变路线经过乌谷、巴里、渔门，从诺苏居住的地盘上面绕起走，这样才能安全地走到你们想要去的地方。”

早上，女主人把一些炒面装进加布的皮拉褡里，男主人把一些昨夜和今早吃剩的坨坨肉装进娥嫫的皮拉褡里。加布和娥嫫与主人家告别后，折头走上了通往稻香雪山的小路。

13　尔古是咋个卦的水

傥城雪儿他们这一群夜行人深更半夜才到了温雪村。这里没有报纸，没有广播，更没有电话，但他们有一种神奇地快速传递消息的方法，傥城雪儿的到来早已广为人知。人一吼叫，全村的狗也都吠了起来，大家都知道失散已久的加布的一个后人到来了，到处都出现了一些点火把的人叫嚷着向拉塔家簇拥而来。

全村人都来到了拉塔家，来看他们失而复得的亲人。拉塔家马上杀了一头大猪，以整村人彻夜不灭的热情就着坨坨肉和烈酒盛情款待这个神奇归来的傥城家的游子。

亲人是拉塔带回来的，拉塔显得十分自豪："雪儿，你是神在无意中给我们送来的最好的礼物。现在山里面这样乱，我们都成了聋子和瞎子，晓不得外边都发生了一些啥子事情，大家很想从你的身上得知更多的情况，你给大家说说哇！"

傥城雪儿有口无心地活灵活现、绘声绘色地讲了个痛快："土改工作队枪毙恶霸地主时我们不敢靠近，只敢爬到核桃树上远远地观看，等跪在地上的恶霸地主趴倒下去了一会儿，我们才听到了枪声。"

有人眼里含着泪水："好！好！干得好！"

傥城雪儿讲的外面的事情对这里的人们来说就像听天书一样，他讲的江西雪山热雪村的故事让他们眼里涌起了泪水。

第二天，一个男人扛着一把斧头走在边，斧柄上挂着一根挽结好的羊毛绳，像是要去山上砍柴的样子，而另一个男人蹲在一片较为茂密的林子里拿着石烟锅抽烟。扛斧头的男人看看左右没有人，快速地钻进了茂密的林子里。

蹲在地上抽烟的男人迫不及待地问道："搞清楚了没有哇？昨天来的那个外地小伙子是啥子人？来搞啥子？是不是汉嘎派来的奸细？"

扛斧头的男人报告说："是二十年前拐走了巴觉家首席陪嫁娃子的加布的儿子，是跟着拉塔来哩。具体来搞啥子，弄不清楚。"

蹲在地上的男人狠狠地说："一定要弄清楚！"

扛斧头的男人很服从："好。"

傥城雪儿和拉塔走在山林中。拉塔在用自己的语言和方式向傥城雪儿说："你连续几天都在走长路，昨晚上又陪亲人们摆龙门阵到天亮，肯定很累了。"

"这里的风景实在是太迷人了，亲人也太多了，我不觉得有多累。"

"今天我带你去另一个叔叔史拉家里。他说了，要给你最高的礼遇——杀一条牛。"

在上边不远隐蔽的岩洞里有一些叛匪在活动，头裹黑帕子的匪首则歪躺在地铺上抽大烟。

一个年轻的喽啰走到匪首跟前报告："尔古回来了。"

匪首眨了眨眼睛："哦。"

蹲在隐蔽林子里抽烟的那个男人就是尔古，他走进洞里来到匪首面前："那个陌生的外来小伙子是二十年前拐走了巴觉家首席陪嫁娃子的加布的儿子，是跟着拉塔来哩，具体来搞啥子弄不清楚。我让窝尔巴继续去探听了。"

匪首说一不二的样子："千万要小心！我们吃的没得了，抽的也没得了，正当我们要下山进村去弄点东西回来的时候，这个小伙子却来了，我担心有鬼。"

尔古显得很干练："听说他在州城读汉嘎的书。"

匪首显得警觉的样子："诺苏哪个会去汉嘎的学校读书哇？他的来头很

不对！”

笠帽上挂着鹰爪的军师也站在匪首旁边点头哈腰：“主子说得对，他的来头很大！”

尔古继续说：“窝尔巴说那个小伙子跟大家讲，土改工作队隔几天就要杀掉一两个跟他们作对的地主。”

匪首露出了忧虑的表情：“我担心那种可怕的事情终有一天会落在自己的头上，我们必须要干到底！”

军师向前倾身说：“但是，穷鬼们很欢迎这种事情。”

尔古说得更清楚一些了：“他讲的那些事情都是几年前的了，我们直到现在才晓得。”

匪首想了想：“我们被困在山里头这么长时间了，不光是肚皮瘪了，耳朵差不多都聋掉了，眼睛也差不多瞎掉了，对外面的啥子事情都晓不得。”

军师开始献计：“我们干脆进村去把他抓上山来，让他讲讲外边的事情。这里能讲好汉话识汉字的人都没得一个，我们可以让他给我们当翻译和秘书。”

匪首高兴起来了：“要得哇。我们半夜三更下山，几个人负责去抓那个小伙子，别的人去找粮食和大烟。”

夜里，史拉家把牛杀翻了后立即取出了一些质地最鲜嫩的牛肉放在火塘里的柴炭上烧，准备用来抢先下酒吃。然而，还没等牛肉烧熟，突然听到村边传来了一阵紧似一阵的密集枪声。

史拉惊慌地扔下酒碗：“叛匪下山来了！赶忙去拿枪！”

但是来不及了，几个荷枪实弹的叛匪开着枪已经冲进了史拉家里。

一个叛匪凶恶地叫道：“哪个是傥城雪儿？”

史拉和拉塔不由自主地挪动身子把傥城雪儿挡在身后。

另一个叛匪眼睛一亮：“肯定就是那一个！你们都给我老实一点，不然把你们全部都敲死掉！”

叛匪们用枪把史拉和拉塔逼到了一边，然后架着傥城雪儿快速离去。村里的枪声更加密集，此起彼伏的喝吼声也开始不绝于耳，而民防队加紧了防御反击并击退了叛匪。史拉和拉塔每人拿着一杆火药枪在飞跑，同时史拉在大声地喊叫："不好了！不好了！他们抓走了我刚刚到来的远方亲人！"

凌晨，匪首在一帮叛匪的簇拥下奔逃。匪首暴跳如雷："尔古是咋个卦的水?!(意思是打探消息。)人家张好了口袋等我们去钻他都没有看出来，巴觉差点把我们一网打尽了！"

温雪村里，巴觉威严地走在前面，一边一个警卫员保护着他，一些解放军和民防队的民兵押着一大群缴了械的叛乱人员来到了村子里。

史拉跑到巴觉面前哭诉："巴觉县长啊！我刚刚到来的远方亲人被他们抓走了哇！"

这时，傥城雪儿出人意外地跑了过来："叔叔！我在半路上被巴觉县长救回来了，那些抓我的人也投降了！"

巴觉说："你们立即送这个娃儿走！让他回去好好读书！"巴觉说着已经走过去了。

傥城雪儿心有余悸地说："叔叔，我简直吓坏了！"

史拉安慰他说："不要怕，叛匪不敢硬跟大家拼命，有些人的亲人还留在村子里，他们多多少少担心会伤到自己的亲人。"

村中的空地上，巴觉正在召开群众大会。那些被押回来的叛乱人员仍然被严严实实地看守着，村子里的人也乱哄哄地站满了一地。

巴觉声音洪亮地吼起来："都不要讲话了，听我说上几句！"

人们的吵闹声静下来。

巴觉说："中国有多大，你们晓不晓得？中国是一只羊子，那我们温雪村只算得上是羊身上的一根毛！这么大的中国都成了共产党的天下，共产党建立了新中国，几只跳蚤还能翻得了天哇?"

下面有人无法理解地嘀咕道："那是有多大哇？我还以为傥城雪山就是天底下最大的地方了哩！"

巴觉继续讲话："我们已经说过了，这是极少数反动的上层头人为维护对他们自己有利的奴隶制和封建领主制，挟持裹挟部分群众挑起的武装叛乱。在省军区和州军分区平叛部队和县工委的领导下，我们的平叛工作进行得很顺利，叛乱很快就会平息的。”

下面另外的人开始更小声嘀咕：“是不是真的哇？”

巴觉还在继续说：“现在，多数受骗参加叛乱的人都放下武器回了家，只有少数顽固的反动分子仍然负隅顽抗，但是他们已经一天比一天孤立，像秋后的蚂蚱一样蹦跶不了几天了。共产党是有政策的，只要放下武器回家种地的人都不会受到追究。你们现在就回家去，不要再跟着心术不正的人乱跑了。”

嘀咕的人多起来：“是不是真的哇？那我马上就回家，山上的日子实在是受不了啦！”

巴觉鼓励道：“只要认清形势，不与人民为敌，不一错再错，都会得到政策的保护！”

这天晚上，史拉的几个兄弟和他们的一部分家人在他家里吃晚饭。火塘里的火烧得很旺，但比起前两天来气氛却已经沉闷得多了。吃过晚饭后，史拉说：“现在局势缓和下来了，我们明天就要把雪儿送回州城去读书。”

拉塔却有另外的打算：“我不仅要把雪儿送到州城，还要叫雪儿把我从州城带到江西雪山。我要去那里看一看大哥他们，要是那里土地好、形势好、生活好，我们就要约着几个兄弟搬迁到那里去投奔大哥。”

14 小媳妇在哭泣

初秋的白天，倪城雪儿和拉塔风尘仆仆地走在州城中学校园内。整个校园显得空旷寂静，没有学生也看不到老师，秋天的树叶开始飘落下来。倪城雪儿很紧张："咋个一回事？这个时候应该开学好几天了，咋个一个人都没有哇？"拉塔不安地东张西望起来。

倪城雪儿和拉塔走进了宿舍里，正在看书的黄卫华跳了起来："雪儿你可回来了！我还以为你出啥子事了呢！"

"现在差不多已经是9月中旬了，我还以为自己迟到了呢。学校里空荡荡的，这是咋个一回事哇？"

"老师们的反右运动还没有结束呢，所以学校迟迟没有开学。"

倪城雪儿长长地舒了一口气："哦，是这样！我被吓了一跳。"

"当然了，是反右帮了你的忙，不然，你肯定迟到了。"

"你问过老师没有，反右啥子时候会结束？我们啥子时候开学？"

"我问过了。老师说，怕是十天半月也难结束。"

"那太凑巧了！我正好带着叔叔回家去一趟。"

倪城雪儿和拉塔走到热雪村的时候天已经黑了，他们在狗吠声中钻进了加布家的篱笆柴房里。娥嫫正独自坐在火塘边烤火，昏暗中她没有认出又长大了许多的倪城雪儿，只是站起来招呼来客："你们是从哪里来的哇？要找哪一家?”

妈妈连自己的儿子都认不出来了,傥城雪儿双眼里盈满了热泪:“阿妈!我是雪儿哇!”

娥嫫吃了一惊:“哦,是雪儿哇!你都长得这么大了。你一去两年半,音讯都没得一个,阿妈都认不出你来了。这个人是啥子人?是哪里的哩?”

“这是温雪村的拉塔叔叔,我把他从傥城雪山老家带来了。”

娥嫫一下子停顿住,忧愁满布的脸面上展现出内心的震惊。傥城雪儿把莫度巴觉交给他的钱拿了出来:“阿妈,你拿着,这是有人拿给您的钱。”

娥嫫有些反应不过来:“这是啥子钱哇?从哪里来哩?”

傥城雪儿把这笔巨款的来龙去脉讲了出来,娥嫫听得大惊失色,并趔趄着冲过去用拳头连连捶打傥城雪儿:“你这个背时娃儿!咋个会有本事跑到那个地方去见那些人哇,是不是想掉脑壳了?”

傥城雪儿不禁得意洋洋地说道:“您看,我的脑壳还好好地在这里。”

已经有亲人闻风冲进屋里来,他们的篱笆柴房挨得这样近,好像是一个没有围墙的大杂院,而猛然间来了两个外面的人,这样的动静不可能不为人所知。加布冲进来抱着这个恍若隔世的兄弟哭了一个够,然后他抹掉眼泪说:“拉塔,你坐起,我去拉牛来杀。”

村子里所有的人都来了,火塘里的火在熊熊燃烧,牛肉的香味在夜色里弥漫开来。大家在热火朝天地轮番跟拉塔喝酒,同时轮番地跟拉塔和傥城雪儿谈天说地。最后,大家把话题集中在了傥城雪儿的身上。

六斤说:“雪儿真是了不起!从那么遥远的地方独自把隔世的亲人找回来,还见到了被加布拐走了首席陪嫁娃子的黑彝主子,不但没有被追究过错和要求赔礼道歉,而且还好手好脚地带回了一大笔钱。这不是一般人做得到哩!”

子坡说:“这说明雪儿已经长大了,成了家庭里最有能耐的人。”

加布的脸被激动和骄傲烤红了:“我也渐渐变老了,也该轮到下一辈人来扛起家庭重担的时候了。雪儿这次回来了就不要再走了,阿依都娶回家五年了,你们必须要分灶另过了。”

侻城雪儿吓了一跳，一抬头发现已经长成大姑娘的阿依正在偷偷地盯着他的脸看，当一看见他的眼睛她就吓得立即扭开了头。

拉塔说："我们在侻城雪山过得不好，那里又发生了土匪叛乱的事情。我们几个兄弟商量过，要是这里好过，就决定搬到这里来投靠大哥。"

加布激动起来："你们搬过来哇！这么大的江西雪山还容不下我的几个兄弟哇？你们快点搬过来，免得我日日夜夜地牵挂着你们！"

侻城雪儿打了一个呵欠："天都要亮了。叔叔，你继续在这里吃酒，我要去双都家睡瞌睡了。"

侻城雪儿走了出去，阿依的眼光跟了出去，但她的身体只能一如既往地定在火塘边上。

早上，双都走了进来。

娥嫫看了看空荡荡的双都身后："双都快来坐下烤火！雪儿哩？"

双都感到奇怪："雪儿？我晓不得哇。"

"他不是说去你家睡瞌睡去了哇？"

"没有哇，我没有见着他。"

"那他去哪家了哇？"

白天，阿依站在村边哭泣。娥嫫从后面走了上来："阿依，不要哭了，跟我回家去。"

"到处都找不到雪儿的影子，他肯定又悄悄地跑掉了。"

"阿依乖啊，雪儿跑不了！"

厚厚的积雪早已从江西雪山顶上蔓延下来，一直覆盖到了山下的坝子里。天上正在下大雪，积雪还在继续加厚，整个热雪村被积雪的厚被子严严实实地盖住了。

加布家火塘里的火烧得旺旺的，一家人围在火塘边烤火，而加布、娥嫫、阿依三个人脸上却被浓重的忧愁笼罩着。

娥嫫骂起来："这个雪儿，总是喜欢这样长期失踪！两年多以前，他不声不响就去读中学了，害得我们以为他失踪了，还花钱请来毕摩给他算卦。两年半他一次都不回来，这突然回来一趟却屁股还没有坐热又悄悄地跑掉了，是不是他的心真的被汉嘎的书取走了哇?"

加布说:"你以为从州城回家是那么容易的哇?听说要走七八天哩,多辛苦哩。"

娥嫫更加愁闷了:"家里没有给过他一分钱,他是咋个活下来的哇?国家真的会有那么好的心,白拉拉地给他钱拿来吃饭穿衣哇?我猜想,是不是因为没有路费,他才不回家来的哇?啥子都来不及问,他又悄悄地跑掉了!"

阿依突然哭起来:"我看,雪儿是因为不想见到我才这样做哩,路远回不了家正好是一个借口。"

加布坚决地说:"阿依,你不要担心,等过了冬天我就去州城拿绳子绑也要把雪儿绑回来!这一次哪个来说都不好使了,哪里有这样的道理哇?"

娥嫫说:"要不,我们给他带一点钱去?"

加布说:"想得好!不给他钱他都不回来了,给了他钱他不得飞天了哇?"

阿依哭得更厉害了。

娥嫫在安抚她:"阿依,不要哭了。过了年,雪一化掉,你阿大就去把雪儿找回来。"

春天转眼间就来到了村子里。这天,晚辈们都还没有回到家里,加布和娥嫫愁苦地坐在火塘边,久久地抽着辛辣的兰花烟。

"我们答应过阿依,等积雪一融化,你就去州城把雪儿找回来。"

"是哩。雪儿那头犟驴!"

"雪儿长年不归家,越来越成为我的一大块心病,继续这样下去真的是要不得了。"

"诺苏谚语说:事事皆可嬉,婚姻不可戏。结婚是两个家支的事情,关系到两个家支的利益。婚约一旦缔结,不能随意反悔或更改,否则会引起两个家支间的婚姻纠纷和冤家械斗。只要经过了婚姻纠纷,两个家支就成了仇家,哪怕对方就是你的亲舅舅。"

"继续这样下去,雪儿的这桩婚姻肯定要惹麻烦,一定会给两个家支带来纠纷和灾难。"

“我们该咋个整哇？我真是为他伤透了脑筋！”

“还是按照原先说的，你去州城一趟亲自把他找回来，不要让他再跑了。”

初春的大好时光里，加布拘束地走在州城中学校园里，到处春暖花开却人影稀少。加布到处走来走去，好不容易来到了食堂里，只看见一个系着白围裙的中年男人在做饭。

“亲家，我找一下傥城雪儿，他在哪里哇？”

“这里的人很多，大多数人的名字我都晓不得。你要找的人是老师还是学生哇？”

“是我儿子，是学生。”

“啊，你来得不是时候，运气不好，扑了一个空。学生全部下乡支农搞大跃进去了，学校里没有一个学生，老师也只留下几个老弱病残的在看家。”

“傥城雪儿去哪里搞去了？”

“我不清楚。师生们分成两队，一队去了江边公社，一队去了东方红公社，我晓不得你要找的学生在哪一个队。”

“我走了七天路才到这里，我有重要的事情一定要找到我的儿子。江边公社我知道，就在我回家去的路上。东方红公社在哪里哇？”

“远得很！向东方走，要走两天才能到。”

“我晓不得东方红公社在哪里，也拿不准我的儿子是不是就去了东方红公社，要是好不容易到那里去了又找不到人，那就麻烦了哇。”

“那你就转身向江边公社走去，那是你回家去的方向，如果你的儿子不在那里，就干脆顺道回家去算了。”

“我也只能按照亲家说的方法去走了。唉，这个背时儿子把我整惨了哇！”

江西雪山又下雪了。雪水河的党支书冒雪走进加布的家里，加布一家人围在火塘边烤火，见领导来了都纷纷站起来让座。

加布说：“支书下雪还来关心我们，辛苦了，快来烤火哇！”

支书把一封信递给加布："我给你们带来了一封信，信都已经被好些人看过了。你们家的傥城雪儿到北京去了，去看毛主席去了！"

加布张开了嘴："雪儿去北京看毛主席去了？"

娥嫫也张开了嘴："雪儿啥子时候回来哇？"

支书说："他是考到中央民族学院读书去了，放假才能回来。"

加布和娥嫫几乎是异口同声："又去读书？！"

过了片刻，加布不死心地问道："去之前，雪儿不回家来一趟哇？"

娥嫫说："等雪儿一回来，我就不再让他离开了！"

支书说："他写信说，没有路费，时间也不够，就直接从州城走掉了，不回来了。"

大家正在惊愕，只见一道黑影晃了一下就飘出门去了，阿依哭着跑走了。她哭着，在满世界的飞雪和积雪中奔跑……

当下一封信从北京飞到热雪村时，这里又是一度盛春时节了。天气晴好，山上、村里到处春暖花开的样子，而社上的人正在从集体畜圈里把农家肥背到黄土一片的坡地里去。傥城雪儿的大妹妹各各已经长成一个大姑娘了，她也在背肥料。各各身体完美地一弯一抖，背着的肥料一下子倾倒在了地里，然后她背着空背篼往回走去，在路上巧遇到了大队上年轻的干事小马。

小马眼睛一亮，手里扬着一封信："各各，你五哥从北京写信来了！"

各各高兴地奔到小马跟前："快点拿给我！"

各各夺过信就跑："阿妈！阿妈！北京来信了！"

各各又跑了回来："小马，你给我读一下哇！"

小马打着磕巴读起信来：

"亲爱的阿大、阿妈：

你们都好吗？家里都好吗？

我自从去年9月来到北京后，一切都变化很大，什么都好好的，请你们不要牵挂。……国家对来自边疆的少数民族学生，在方方面面都给予了特殊照顾。来到北京后，我的学习和生活条件都得到了很大改善，思想上也更加成熟，去年年底我就加入了中国共产党。全校只有三名学生党员，因此我感到十分自豪……”

围着听小马读信的人越来越多。

晚上，阿依坐在火塘边伤心地哭泣。

娥嫫除了安慰，什么都做不了：“阿依，不要哭了。”她自己却哭了起来。

阿依哭着：“雪儿不会回来了，雪儿不会要我了。”

“你咋个晓得雪儿不会要你了哇？”

“雪儿从北京写信来了，小马读信的时候我听了，雪儿没有说到我。”

各各说：“五哥同样没有提到我哇！”

“反正雪儿不会要我了，以前他都一直躲着我不回家。我来家里都六年了，他一句话都没有跟我说过，看都不看我一眼。现在他去北京了，哪个能够把他找得回来哇？”

15　失败的对策

快到暮秋了。夜里，村里傥城家支主事的男人们来到了子坡家里，火塘里的火光晃在几个男人黝黑的脸上，他们都在沉默地抽着烟锅。

加布打破了沉默："今天我把子坡、阿哈和拉塔、史拉、阿各几个弟兄找到一起来，是想商量一下雪儿和阿依的事情。"

史拉说："北京有多远哇？"

阿各说："哪个晓得哇？你想想，从这里到州城都要走七天路，要是走到省城那就不知道一个月能不能走到了，要是走到毛主席住着的北京那就不再是一个月的事情而是一年的事情了。"

史拉下结论说："雪儿在七天远的州城都不回家，到了一年远的北京更不会回家了。"

阿哈绝望地说："这桩婚事肯定要闹一场纠纷了。因为是雪儿不要阿依哩，按照诺苏习惯，加布付给拉莫的彩礼一律不退，还得再给拉莫很重的赔礼及补偿，不然就会引起难计后果的纠纷。"

子坡说："我们在座的都是同一家支的亲人，要团结起来共同应对眼前的事情。如果处理得不好，拉莫家那边的亲戚都要成为我们这边的仇人了，六斤他们也要成为我们的仇人了。"

阿哈说："我更加担心的是，各各也会出问题。"

子坡说："各各和阿比从小就订了亲，阿比的眼睛是歪斜的，人也有些憨，现在他们也到了结婚分灶另过的年龄了。麻烦的是，各各公开说她死也不嫁给阿比。有一个雪儿就不得了啦，又加上一个各各，这一下麻烦更大了。”

阿哈说：“自从拉塔、史拉和阿各三家搬到这里后，村子里稻香家支的势力已经远远落后于我们傥城家支了。这一点六斤他们也看出来了，他们通过关系把公社主任的亲戚旺林家搬进了村子，还专门派人去了稻香雪山想把拉莫家也搬过来。”

子坡说：“自从旺林的儿子娶了鲁史的姑娘后，热雪村的一切权力都落入了旺林的手里，他本人是社管会主任，他儿子是会计，他老婆是粮食保管员，他们形成了新的联盟，其势力一下子就越过了我们。我已经看出来了，稻香家支的人向我们亮出刀子了。”

加布难过极了：“这下好了！这个该死的雪儿把他的舅舅变成了我们的仇人，把他妹妹也带坏了，也给我们带来了更多的仇人，而他自己却远远地躲在北京过好日子！”

拉塔说：“傥城家支的男人不能再去拉莫家和尔杰家了，他们那边的妇女会把火灰撒到我们的身上，把锅烟子抹在我们的脸上，还要骑在我们的脖子上任凭她们捉弄和侮辱。”

加布苦恼至极：“这个该死的雪儿！”

阿哈显得为难：“我倒是有一个想法，就是把阿依转房给阿牛。”

加布显得更加为难：“道理说不过去哇！”

阿哈开始固执起来：“咋个说不过去哇！诺苏老话说：牛死圈在，死了一个男人，还有一个大家庭仍然存在着。老话又说：牧起嫫石，当哥哥的死了，嫂嫂由弟弟娶过去照顾。”

低头坐在火塘尾巴那里的阿牛突然抬起头，脸憋得通红：“我有媳妇了！”

阿哈在讨好阿牛：“诺苏转房的规矩是，男人死后，寡妇还年轻，或者儿女没有长大成人，必须转房给兄弟，不管兄弟有没有媳妇。何况寡妇转房是丈夫家的责任，老话还说：孤儿寡母应给予温暖，牛犊羔羊应给予照顾。阿依转房给你是完全说得过去哩。”

阿牛尖叫道：“我五哥还活起哩，阿依不是寡妇！”

加布更加愁云满布："阿牛不能对长辈这样说话！你叔叔说的也是有道理哩，把阿依娶回来我是出了钱哩，按照过去的说法"媳妇就是夫家的财产"，肥水不流外人田，寡妇就是应该在家族内部转让。"

阿牛还是平静不下来："我五哥还活起哩，这个财产我不能接受！"

加布恼火极了："他现在跟死了有啥子区别哇，活起还不如死了能让我们省心哩！"

拉塔也赞成阿哈的提议，也对阿牛充满了厚望："阿依转房是我们解决问题的最后一个办法了。要是阿依回了你舅舅家，就是我们家轻视了你舅舅，他们家就会来索赔并引起冤家械斗，然后跟我们活着不相见而从此不相往来。你可以帮家支一个大忙哇。"

阿牛坚决不投降："反正我五哥还活起哩，这件事我不接受！"

加布差点哭起来了："都是毛驴儿哇！一个比一个犟！"

16　稻香雪山的北边

倪城雪儿和段玉蝶背着被包行走在稻香雪山北边一面山坡的一条山间土路上。段玉蝶奔跑着来到了倪城雪儿的身边，与他并排走着。

“除了在电影上看到过打仗外，我从来没有经历过打仗。我们已经走进麻固，万一真的遇到残匪，我还是有些害怕。”

“怕什么！你看，我们的队伍现在更加壮大了，再加上地方的工作队员，联合工作队共有一千多人浩浩荡荡地开进了麻固。以后麻固将会热闹非凡，山山水水、村村寨寨都有部队和工作队，吓都把残匪吓死了！”

事实上，倪城雪儿内心深处对稻香雪山有着一种心惊胆战的畏惧感，这里有舅舅、有阿依，还有那段令他深恶痛绝的娃娃亲。幸好他们的目的地在雪山的北边，而舅舅家在雪山的南边，否则他真不知道会发生什么。

倪城雪儿和段玉蝶一起分到了岔路大队拖格社。村子里有一部分房子是土墙房，那是解放前还属于大大小小的奴隶主的房子，而其余的房子都是大大小小的篱笆柴房，它们是贫苦百姓和奴隶们住的房子。倪城雪儿和老师邓家礼边走边交谈着房子的事。

“邓老师，下乡搞社会主义教育要求三同：同吃、同住、同劳动。我们来大凉山有些特殊，所以特意多加了一条：只能住在奴隶家里。奴隶的房子那样小，连他们自己都不够住。我们怎么办呀？”

邓家礼皱着眉头：“是啊，我们的小组由六名北京师生和三名本地干部组成，被派驻在这里的还有一个班的部队。下来的工作队员和军人太多了，老百姓的房子都很窄小，奴隶的房子就更窄小了，根本就住不下去，而房子大的人家又不能去住，我们怕是实践不了三同了。”

晚上，分队负责人在队部召开了会议，队部设在一个国民党军官丢下的空大院里。分队长李万林在听完了邓家礼的汇报后，沉吟了片刻：“是啊，这形成了一个很大的矛盾。”

邓家礼请示说：“我们能不能住在社房里？”

李万林点了点头：“先这么住着吧，等我向上级请示以后再作下一步的安排。”

在开展工作的过程中，傥城雪儿明确地感觉到了工作队和群众之间隔着一条看不见的鸿沟。当他走向一位老大娘并准备向她打招呼时，老大娘急忙扭头避开了；而邓家礼来到一户群众门前，主人马上把门关上了。他们看见一位老大爷在自家门口探了一下头，但看见有工作队员走过来便立即把头缩了回去；当段玉蝶迎面走向一个小女孩，并正伸手去捏她的脸蛋时，小女孩一下闪开跑走了。

群众对工作队的态度引起了各级领导的重视，对工作要求也作了相对的调整，住宿可以灵活，谁家的房子宽就可以在谁家住宿。

冬天就这样磕磕碰碰地过去了，转眼已是初春了。

傥城雪儿走进屋来。段玉蝶从火塘边站起来：“傥城雪儿，你来啦？”

“是的，我来了。我来看一下你，你在这里住得习惯吗？”

“前段时间紧张的气氛现在已经缓和下来了，主人家对我很好，那个小姑娘也跟我好上了。你呢？你们在社长瓜莫的家里住得怎样？”

女主人一边忙着做苦荞粑粑，一边笑容满面地偷空看一下傥城雪儿和段玉蝶。那个小姑娘歪靠在段玉蝶的身上，段玉蝶一手搂着她，一手在摸她的头发。

傥城雪儿说：“瓜莫家的房子很小，地基面积还不到二十平方米，他们老两口睡在集卧房、客厅、伙房为一体的地面篾折笆上，而我们把铺盖一起丢到半空中的半边楼上面后，就挤在那里睡觉，因为上面就是房顶，所以腰都直不起来，也根本就挤不下，只得让两个人将就着搭地铺睡觉。”

这天中午，一个诺苏大叔端着一只大木伞，里面装着煮熟的猪头肉，而他的儿子端着一只大木盔，里面是油滚滚的肉汤，他们径直来到了社长瓜莫的家里。

送猪头肉的大叔说：“我们都晓得哩，工作队员长期没有吃过肉了，身子骨都要垮掉了。我给你们煮了一个猪脑壳来，请你们好好地吃上一顿，补补身子，解解馋。”

邓家礼站了起来，嘴和双手都在推辞：“你的好意我们心领了！但是，猪脑壳请你端回去，我们是有规定的：下乡搞社教的工作队员不能吃好的，老百姓送礼请客也不能收下。请谅解！”

大叔不同意：“这是我全家人的心意，煮也煮了，拿也拿来了，你们一定要收下！”

邓家礼很坚决：“绝对不能收！收了我们就犯错误了！你们也不富裕，猪脑壳你们就拿回去自己吃吧。谢谢了！真的谢谢了！”

大叔还是不同意：“你们都饿成这样了，咋个还不想吃猪脑壳哇？”

邓家礼说：“我们人人肚子里都饿出了馋虫，谁都想吃，但是我们不能违反政策啊，请你一定要把猪脑壳拿回去。”

晚饭的时候，另一个诺苏大叔也端着一只大木伞，里面装着煮熟的猪头肉，而他的老婆也端着一只大木盔，里面是油滚滚的肉汤，他们也径直来到了社长瓜莫的家里。

这个大叔说：“工作组再不吃我们送的肉恐怕要不得了！看！看！你们都饿成这个样子了哇！”

邓家礼转头轻声地请教道：“傥城雪儿，他们怎么尽送些猪脑壳来呀？这里面有一些什么讲究吗？”

傥城雪儿狠狠地咽了一泡口水下肚：“你们汉人以脚为重，我们诺苏却是以头为贵，送猪脑壳表示对人的敬重。”

“他们这样反反复复地送来，我们吃还是不吃呢？”

“饥饿虽然很难忍受,但是可以忍下来,可是少数民族群众的感情不能一而再再而三地伤害啊!”

“我们处在一个两难的境地:一边是少数民族群众的感情,一边是国家的政策。我们讨论一下该如何做?”

“我觉得,少吃一点肉是可以的,多喝一点汤也没有问题。”

一个工作队员咽下了满嘴的口水:“我觉得也是!”

另一个工作队员盯着猪头肉说:“我想吃!”

邓家礼又咽了一泡口水:“那我们每人吃一小点猪头肉,喝一碗肉汤。但是,这件事还得向上面报告,明天我就去队部报告这件事情,希望犯的错误不会太大。”

傥城雪儿一下子接过了装着猪头肉的木伞,一名工作队员也接下了装肉汤的木盔。他们如狼似虎地吃喝起来,送猪头肉的群众夫妇陶醉地看着他们,忍不住满意地笑了。

分队专门为这一顿猪头肉召开了一次严肃的会议,李万林分队长一脸严肃地坐着,而邓家礼低着头检讨:“我们经过讨论,认为不能一而再再而三地伤害少数民族群众的感情……所以……每人吃了一小点猪头肉,主要是喝了一些汤……喝汤不算犯错误吧……”

李万林十分严厉:“喝汤也不行,喝群众的汤也是犯错误的!这件事必须要受到重视,除了队部作通报批评外,你们组每个人都要作出深刻的书面检讨!”

好不容易熬到了暮秋时节。这天,社长瓜莫开始安排活路了:“邓组长和傥城雪儿同学今天就在门前解木板,别的同志和同学仍然去山上挖梯田。”

大家都坐在火塘边烤着火,听了社长的安排后,别的人纷纷站起来扛着锄头跟着瓜莫走了。

邓家礼和傥城雪儿继续坐在火塘边。社长的老婆好心好意地说:“你们两个解板子最累了。刚才只是喝了一口荞糊糊,你们哪里有力气拉锯子哇?我烧一个苦荞粑粑给你们填一下肚子。”

她没有洗手就开始揉面团，还不时地把手在长年不洗的裙子上擦一下，然后又接着揉。于是，邓家礼皱起了眉头。

傥城雪儿轻声地解释："这里的高山上用水很紧张，他们背回一趟水差不多要花一天的时间，舍不得浪费水。"

社长的老婆把苦荞粑粑埋进火塘里旺火下面的烫火灰里说："我吃一杆烟，荞粑粑就烧熟了。"她手上还粘有少量荞面浆，而她就这样把烟叶搓好装进石头烟锅里，并伸手直接从火塘里抓起一个火炭把烟点燃了，然后一口一口地咂起来。果然，抽完一锅烟后，她把烟锅靠在墙上，用火钳从火灰里刨出了烧得鼓鼓胀胀的荞粑粑，并把它在火塘石上面啪啪地抛砸了几下，以把黏附在上面的火灰震掉。她拾起荞粑粑使劲地吹了吹上面的余灰，并将之一掰为二，然后递一半给邓家礼："吃！饱饱地吃！"

邓家礼连连摇手："我不饿！我不饿！你吃你吃！"

社长的老婆脸上出现了不好看的表情，又把手递向傥城雪儿："吃！饱饱地吃！"

傥城雪儿接过来就狼吞虎咽地吃起来，社长老婆的脸上重又露出了灿烂的笑容。

瓜莫家门前的解板架上，邓家礼站在架子上面的大木方上看墨线提上锯，傥城雪儿站在架子下的地面上埋头奋力拉下锯。上锯是看墨线掌握方向的，并顺便把空锯提上去以便下锯用力拉下去锯木，但在独木上面很难站稳，而下锯是使力气的，不过在地上却站得稳。

邓家礼有气没力地提着锯子："傥城雪儿，你怎么样？我饿得头都晕了，眼前一黑一黑的，很有可能掉下去。"

傥城雪儿一等到邓家礼把锯子提到位就用力往下一拉："邓老师无法接受这样的生活习惯，没有吃荞粑粑是可以理解的。但是，我们都知道入乡随俗的道理，而且明白经过高温后的荞粑粑是没有什么问题的。要活命就不要讲究了，只管吃饱了肚子就好。"

"我头晕得厉害。"

"那你下来拉下锯，我上去提上锯，不要真的摔下来了。"

太阳开始偏西。邓家礼在地上拉不动锯子了，锯子卡在刚锯出的板缝里不动了，他甚至开始哼叫："我饿得受不住了，一点力气都没有。"

"我把锯子按轻一点。"上锯按轻一点，锯子就能拉下来，但是这样效果不好，锯口那里才飞出几粒锯末，木头几乎没有被锯进去，相当于是拉空锯子。傥城雪儿关切地说："实在不行，你就去烧几个洋芋吃。"

17　随风飘落

傥城雪儿一夜没有睡着，清醒白醒地想着自己的心事。在老辈人的讲述中，麻固部落是傥城家支的发源地，先人们在战乱中被命运安排着，鬼使神差地辗转迁徙到了傥城雪山。在那一带成为莫度部落的封地后，从高祖那一代开始，先人们就像附在羊皮上的毛一样附在莫度黑彝家的身上，成了他家的属民，直到爷爷那一代就彻底垮掉了。而妈妈家起源于稻香雪山，迁徙成为了盐山阿约黑彝家的曲诺娃子，后又被迫几度易主。爸爸妈妈被命运安排着，从傥城雪山逃到阿约部落去找外公一家却扑了一个空，又辗转来到了稻香雪山北边的托尼部落才找着他们，很快又一起逃到稻香雪山南边的海泽部落躲避仇家。最后，爸爸妈妈不得不和一些亲戚逃生去了江西雪山。

当年，加布和娥嫫从傥城雪山逃婚到了盐山西坡脚下。娥嫫说："我们先在这里的亲戚家里住一晚上，明天一大早动身翻过盐山，天黑就能回到我的老家巴拉村了，而我们就在那里远离村子的山林里建起篱笆柴房，开荒种荞子，生儿育女。"

在娥嫫表爷爷家的篱笆柴房堂屋里，几个年轻人正在杀猪招待远来的亲戚。旁边就是柴火熊熊燃烧的火塘，一帮人正围坐火塘谈天说地。

娥嫫的表爷爷伸着舌头说："啊吧！啊吧！莫度黑彝家的人昨天刚刚从这里走掉哇，他们就是专门前来追究你们两个叛逃者的。啊吧！为了安全，你们吃过饭，明天天不亮就离开这里！"

惊愕的表情划过加布和娥嫫的脸庞。

表爷爷继续伸着舌头说："啊吧！你们两个背时娃儿真的是惹了天大的祸事了！一个背叛了黑彝主子的人，落在别人的手里从哪一方面来说都不妙得很。那些跟你们主子友好的黑彝统治者会把你们送回去，主子对背叛自己的娃子恨之入骨，捆绑毒打是最轻哩。他们会把你们双双烧死，把你们的脚筋割断，把你们的眼睛挖掉！他们也可能会舍不得亲手毁掉自己这样好的财产，也可能把你们双双转卖给别人当最低等的嘎西娃子。但那些跟你们主子有仇或不来往的黑彝老爷会把你们留着当自家的娃子，或者卖给别人当娃子，就像在路上捡着了一块钱一样。啊吧！"

娥嫫伤心得要哭了："那我们该咋个整哇？"

表爷爷继续伸着舌头说："啊吧！你被阿约黑彝抽去当了阿加娃子，又随女主子陪嫁到远远的莫度黑彝家之后，为了逃掉阿约黑彝家永远也还不清的债，你阿大和你叔叔他们悄悄地搬到稻香雪山北边的托尼部落去了。按照诺苏的习惯，他们在那里得到了托尼黑彝的保护，成了新主子的新娃子。这个事你还晓不得哇？"

娥嫫哭了起来："我啥子都晓不得哇！主子啥子都没有告诉我，家人也没有到过傥城雪山去找我，娃子没有串亲戚的权利哇。"

表爷爷继续伸着舌头说："你们就去稻香雪山北边找娥嫫的阿大和叔叔，那里离傥城雪山更远一些，莫度黑彝一下子找不到那里。"

十天后，加布和娥嫫到达了稻香雪山北边的托尼部落。

娥嫫的阿大玛吉咂着石头烟锅无限忧伤地说："难怪莫度黑彝家的人偷偷摸摸地到过这里东问西问地到处找你们，直到前两天才离开。你们花了三个月的时间去绕路，渡过金沙江后九死一生才逃亡到我这里。我也是逃命来的曲诺娃子，无势无力，连姑娘被黑彝主子抽去当了阿加娃子我都没有办法，现在更不能光明正大地给你们提供保护，很担心你们落到莫度黑彝的手里。"

娥嫫哭起来："阿大，那我们该咋个整哇？"

"你们吃得饱饱哩，连夜跟着我到树林里的山洞去住着，不要走远，不要烧火,吃的我们会天天给你们送去。过一段时间,看看没有人再追究了,我再把你们接回来,给你们安一个家。”

密林里,加布和娥嫫在砍竹子。

密林里,加布和娥嫫在破篾条。

密林里,加布和娥嫫在编箩筐。

…… ……

一派浪漫恩爱中,一旦有风吹草动他们就得提心吊胆地停下手中的活计,藏起身子静观一番,确信没有人靠近,这才重新开始继续一度中断的浪漫和工作。

听见咳嗽声后,加布和娥嫫警惕地藏起了自己。

玛吉在夜色的掩护下给他们送饭来了,他在小心地呼喊着:“娥嫫! 娥嫫!”

“是我阿大。”说着,娥嫫拉着加布从藏身的密林里钻出来,走到了玛吉面前。

“阿大。”

“饿了一天了,你们赶紧吃哇!”

玛吉一边把几只编好的箩筐叠摞在一起,一边说着话:“这几天,从莫度黑彝那里派出来到处跟踪你们的人已经完全没有消息了。我们还是不要有丝毫的大意,这里离甲帕黑彝的地盘太近了,那里有很多人都是莫度黑彝的亲戚,危险到处存在着哩。这些箩筐,我拿去换钱和日常用品给你们存着,到时候一起拿给你们。”

加布说:“你们天天给我们送饭吃,还要担惊受怕,这些箩筐你们就拿去了哇。”

山林里,娇柔的娥嫫静静地躺在加布强有力的怀抱里,只有无边无际的松涛之声和时有时无时强时弱的夜兽凄厉的号叫之声陪伴着他们。

“加布,我很害怕。”

“不要害怕。我从老辈子的话中得知,老虎这类吃人的野兽啥子都不怕只怕干海椒,一闻到干海椒的味道就远远地躲开了。”

加布烧起了一堆柴火，往火堆里扔了两个干海椒，过一会儿又扔一个，海椒的糊辣味弥漫在周围。在呛人的气味中，年轻夫妻亲密无间的对话声显得相对微弱，若有若无的飘散在深夜的原始森林里。

“加布啊，这样像耗子一样躲躲藏藏的日子，啥子时候才会有一个尽头哇？”

“实在不行，我们又走。”

“天下乌鸦一般黑，走到哪里去哇？”

“汉话说得好：三十六计，走为上。我们过江到更远的雪山去，让莫度黑彝再也找不着我们。只是路途遥远，到处都有险恶，你又要吃苦头了。”

“能够跟你相守在一起，啥子苦我都不怕。”

在玛吉的家里，娥嫫的阿妈红着眼睛说：“娥嫫的命真苦哇！都怪我们欠了主子的债还不起，娥嫫还小的时候就活生生地被抽去当了阿加娃子。他们在山上还好好的不？”

玛吉深深地叹了一口气，嘀咕道：“干脆给他们准备一点炒面，让他们离开这里到更远的地方去算了。”

“傥城雪山来的人不是已经走远了哇？我的心都碎了！这一回说啥子也不要再让娥嫫离开我了。”

暮秋里的一天，玛吉来到托尼黑彝家的会客厅里，把一个腊肉猪头奉献给正在抽大烟的主子，站在主子身边的管家收走了猪头。

玛吉恭恭敬敬地说：“尊贵的主子，我家有一户亲人从外地来到这里投奔您，请您允许他们像羊毛一样附着在主子的羊皮上，在主子的地盘上面建屋居住、烧山点荞子，等有了收获就把租子奉献给主子，主子有啥子差遣也随叫随到。”

托尼黑彝说：“雪山下面的山坡上到处都可以烧山点荞子，一户人家还是容得下哩，就让他们在你们的村子里居住哇。”

在小村旁边的山坡上，亲戚们都来帮忙了，一天之内就给娥嫫和加布建起了一间篱笆柴房，又凑来了一些必需的生活用品并挖了火塘，算是给他们安了一个小家，新房顶上的新黄板片上也冒出了新鲜的炊烟。

18 清新的光芒普照四野

倪城雪儿心里想着老辈子发生在这一带的故事，转眼就到了初冬时节。上面派了一个分团下来检查社教运动的情况，发现有百分之六十的工作队员都全身浮肿了，了解后才发现那是由于长期营养不良造成的，于是买了一批水果、粮食来慰问他们，并适当调整了政策规定，允许有条件的组可以自己开伙食。听到这个消息，工作队员们高兴得都跳了起来。

这天，队部召开了一次大会。会议结束后，李万林看了看手表说："今天的会开得太长了，天都黑了。住得近的小组立即动身回去，路上要小心。上级部门反复提醒过我们，至今还有两名漏网的叛匪头子没有抓到，他们继续在暗中活动，今天在这里杀一个人，明天又到别处杀一个人，闹得当地人心惶惶。其中一个叫吾则几克的是黄埔军校的毕业生，尤其显得危险和残暴。这次奔赴大凉山搞社教的工作队还肩负着一项重要使命，那就是擦亮眼睛，配合部队和地方挖出那些与残匪勾结并为他们提供物资的反革命，然后抓捕这两名凶恶的残匪。这一带正是吾则几克的老家，各种情况比较复杂。拖格社小组的人住得远，月黑风高、山路险峻且又有残匪在活动，情况相当危险，今晚上就不要走了，在这里凑合着打一会儿盹，天亮后再回去。"

邓家礼说："驻军班的三名解放军同志跟我们在一起没有问题，我们还是想连夜赶回去，免得误了明天出工。"

李万林不同意："为了安全起见，还是小心为妙。"

邓家礼只得服从:“好吧,就听李队长的,我们在火塘边打一会儿盹。”

天不亮,拖格社小组的人员就摸黑上路了。碰巧的是,天蒙蒙亮的时候,一个诺苏妇女肩上搭着羊毛绳卷、手里拿着砍刀来到山林中正准备砍柴,忽然不远处传来了一阵轻微的人体擦过树枝的响声,她一下子警觉起来,蹑手蹑脚地偷偷向传来响声的地方靠近,猛然间看见吾则几克正在解裤带准备脱裤子大便,她吓得像是见到鬼一样转身就飞跑起来。

“吾则几克! 吾则几克! 我看见了!”

而留守在拖格社的只有两名解放军战士,一名立即抱着冲锋枪跳出去警戒,另一名飞快地摇起电话来,电话接通后那名战士大声喊起来:“拖格社东边的山林里发现了吾则几克!”

驻军部队的电话铃声大作,团长正在通过电话作紧急动员和部署:“各区各乡的驻军部队、民兵,通通开向拖格社东边的山上,把那里围成铁桶,让残匪插翅难逃!”

配合社教分队工作的驻军连长听完电话后,把话筒有力地放了回去,同时高声发出了命令:“全体紧急集合!”解放军战士们抱着枪从各个房间里跳到了院子里转眼间列好了队,社教工作分队的几个领导听到动静也马上来到了院子里。

连长大声说道:“狐狸的尾巴终于露出来了! 吾则几克就在拖格社东边的山林里! 刚才一名上山砍柴的妇女发现了他!”

李万林说:“糟糕! 拖格社的工作队员现在正好走到那一带!”

被发现后的吾则几克转身就跑:“叔叔! 不好了,有人看见我了!”

吾则几克和他的叔叔像一对惊弓之鸟起身向山那边逃窜,却在垭口那里被迎面赶来的一队民兵堵住去路。两个残匪只得转身而逃,无意中又撞上了早归的拖格社工作组的一群人,叔侄俩立即就地隐蔽起来。

吾则几克的叔叔说:“几克,看来这一次我们真的是碰上大麻烦了。”

吾则几克顽狠地叫道:“我们好像被包围了,只得继续朝前冲,冲到那些人的跟前就突然疯狂开枪,大打出手杀出一条血路!”两个人重新向前跑起来。

邓家礼带着拖格社的工作队员和三名解放军战士精神抖擞地走在山林中的小路上。到了一个陡坎前，段玉蝶有点吃力，傥城雪儿伸手抓住她的手把她拉了上去："坚持一下，过了这里路就平一些了，出了这片林子就到拖格社了。"

这时，前面不远处突然枪声大作，有的子弹还呼啸着向傥城雪儿他们这些早归的人打过来，随行的三名解放军战士立即指挥起工作队员们："快！快！就地趴下隐蔽！"

班长对两名战士命令道："就地隐蔽防卫！"

班长在紧张地思考和分析："肯定是我们正在找的那两名残匪！吾则几克是黄埔军校的毕业生，心理素质好，军事技能全面，生性凶残，作战顽狠，他的叔叔也差不到哪里去，要擒住他们并非易事。我们不能跟他们硬碰硬，先拖住他们再说。"

残匪在拼命往前冲击。班长急了："看来他们已经被团团包围了，现在企图从我们这里突破，我们坚决不能让他们得逞！邓组长，你协助小王战士带着工作队员迅速撤退！"

在隐蔽后撤中，小王对工作队员们说："你们的任务就是保护好自己，不要主动进攻，适当的时候进行防卫攻击。"

小王看了看身边的傥城雪儿："你会不会扔石头？"

"会！我小时候在家放羊的时候还用石头打过狼呢！"

小王把一枚手榴弹交给傥城雪儿："行！发给你一枚手榴弹，要是突然碰到残匪，就把盖子打开拉掉指环后像扔石头打狼一样把它扔到残匪那里去，残匪就被炸死了。"

班长突然下了命令："打！给我狠狠地打！"

双方的火力都十分猛烈，树枝在清脆的阵阵枪声中纷纷被打断，地上的泥土也被打得扑扑乱飞，流弹在每个人的身边不断地飞过。

傥城雪儿一手握着手榴弹一手拉着段玉蝶，躲躲闪闪地在撤退。段玉蝶惊恐万状："原来，残匪一直就在我们身边活动，真是好可怕呀！"

有一刻间，傥城雪儿回头看见两个残匪就在不远的树林里相互掩护着开枪，击中了与班长在一起并肩战斗的那名解放军战士小刘。他又气愤又紧张，往回跑了几步后便狠狠地把手榴弹向残匪扔了过去，可惜距离有点远，手榴弹没有扔到残匪身边，而在隔着一点的地方爆炸了，却也并没有炸着残匪，这令他对自己非常失望。

班长双拳难敌四手已经顶不住了，他且打且退。两名残匪在后面步步紧逼，大有不撕开一条突围口子决不罢休的气势。傥城雪儿猛地听见了残匪疯狂的吼叫声，一回头看见吾则几克的叔叔发疯了似的抱着冲锋枪边向前冲边扫射。傥城雪儿大喊一声："不好！"随即，他转身飞出去一下子把段玉蝶扑倒在地上，像冰雹一样密集的子弹在他们身边呼啸而过后在附近落地开了花，泥土和树枝纷纷掉在傥城雪儿的背上和头上，他的脸也被碎石击破了，半边脸上全是血。

段玉蝶用力把傥城雪儿从身上推开，一眼就看见了他的半边脸被血迹模糊了，她吓得哭了起来："傥城雪儿！傥城雪儿！"

傥城雪儿马上清醒了过来："我没事！只是擦破了一点皮……邓老师他们呢？"

就在不远的地方，邓家礼正把一名头部受了伤的学生抱在怀里："任红军！任红军！"

就在邓家礼的身后，有一名同学倒在了血泊中，傥城雪儿和段玉蝶连扑带爬地哭喊着冲过去："罗登科！罗登科……"

此时，战士小王已经返身回到班长身边与班长并肩作战，并形成了强有力的火力屏障。而连长已经带着兵力来到了小王和班长的身边，更强大的火力立即像浪潮一样冲向顽匪，很快顽匪被击退了。

班长哭着报告："连长！小刘已经光荣牺牲了……呜呜呜……"

连长恨得咬牙切齿："血要用血来还！给我狠狠地打！打！打！"

吾则几克的叔叔顷刻间已被乱枪击毙，只有吾则几克还在拼命地做着垂死挣扎：他趴在叔叔的尸体后面，以此作为简易掩体向我方人员疯狂射击。

早上的太阳出来了，清新的光芒普照四野。吾则几克已经被从各个方向赶来的部队和民兵像铁桶一样合围在一片树林里。此刻，铜墙铁壁一样的合围圈在不断紧缩，同仇敌忾的枪弹像暴风雨袭向吾则几克，转眼间就把他打成了马蜂窝。

阳光更加明亮了，树叶上的露水已经被烤干。邓家礼抱着停止了呼吸的任红军，傥城雪儿和段玉蝶抱着断了气的罗登科，牺牲了的解放军战士小刘的遗体也被班长和小王抬过来放在了一起，他们一直在不停地伤心哭泣，别的几名社教工作队员也站在一边哭泣。

慢慢地，几百名解放军和民兵站满了山坡，他们眼里闪着泪光，表情凝重。连长脱下了帽子，所有的人都脱下了帽子。傥城雪儿抬头一看，只剩下高天白云了。

19 两个传说

寂静的夜里，傥城雪儿感受到了不一样的气息：很久以前的一天，就在这片奇异的土地上，他的爸爸加布正与几个长途跋涉来看他的亲戚坐在麻固河边的岔路口喝苞谷酒，喝过这场酒他们又将分道而行，各自向着更远的远方流落而去。

一位年长的毕摩喝高了，内心的苦闷开始翻江倒海。他又唱又哭，身边幽深湍急的河水令他更加愁苦："水下面有一个相当厉害的恶鬼在嘲笑我们，看我把它收拾了！"

别人扭头看了看打着漩涡的凶险河流，脸上露出了乱世中命运坎坷的艰辛与忧伤。加布眼睛红红的，这些人都是因为自己在这里才远道而来，他们带来了短暂的欢聚，马上又要带走像路一样漫长的离别相思。"表叔，你喝醉了，把漩涡当成了鬼。"

老毕摩站了起来，念咒经的声音像是在打架一样吼叫，然后他拔出银柄上镶嵌着宝石的佩剑舞了一通："这个家伙实在是不得了，不把它收拾掉是不得行哩！"说着，他大吼一声把宝剑掷向翻滚着的漩涡，"着了！这下它已经被我刺到了！"

一位老者抱怨起来："那是你护身的家伙，也是你作法时的重要器物，咋个要把它扔到河里去哇？没有了它，我看你咋个整！"

老毕摩一怔，安静下来。加布看见了他脸上的后悔之情，以及下不了台的内心的纠结。“表叔杀鬼杀得好！我到河底下去看看鬼完蛋了没有，顺便把宝剑拿回来。”

加布脱着衣服，几个人站起来抓住了他，纷纷劝说着：“老鹰在天上飞，诺苏在山上住，远离河水，不识水性。这是一条凶险的大河哇，下去不得！”

加布不慌不忙地说：“我十来岁就到汉嘎地区流浪了，他们会的我都会，他们熟悉的我都熟悉。放心哇，我经常在这条河里凫水哩。”

老者又看了看打着漩涡的滚滚河流，还是不放心：“看着这样大的漩涡，我也相信水底下有恶鬼了，你还是不要下去。”

老毕摩也清醒了一些，吐着舌头说：“啊吧！这不是一个一般的鬼，我也不清楚是不是把它收拾掉了。为了把稳起见，加布不要下去，宝剑可以重新制造。”

加布很轻松地说：“不怕得，我身上有些热，正好下去凉快一下。”

话都这样说了，大家也就不拦他了。加布站在河坎上做了几个扩胸动作，吐吸了几口气，然后像一条大鱼一样突然扎入宝剑掉下去的漩涡里消失了。站在河坎上的几个人全都震惊了，大气都不敢出。差不多半杆烟的工夫过去了，他们都快要哭起来了，就在这时加布从漩涡下游几十步远的河中间的水面上冒了出来，手里高高地举着那把宝剑。

老毕摩带着哭音大声问道：“加布！那个可恶的鬼完蛋了没有哇？”

加布边游向河坎边高声回答：“完蛋了！表叔的法力真是了得，恶鬼被您收拾掉了！”

后来，一支汉嘎的大部队从这里路过，一个诺苏少妇站在路边哭得肝肠寸断，加布感到自己的心都差点被揪下来了。人们都在围观她，有人问她为啥会哭得这样伤心，她说：“可恶的汉嘎偷走了我的毛娃儿哇！”人们都感到束手无策，少妇更是没有主意的只会哭。加布挤到少妇身边说：“这支部队很大今天过不完，而他们的大官都在后面，可能明天会到这里。你按照我说的去做，保准能找回你的毛娃儿。”

第二天，一顶官轿到来。少妇见到加布向她使了眼色，便不顾一切地冲上前去抱住轿子脚，呼天抢地的哭声也同时起来了。轿子停下了，大官从轿子里伸出头来:“你哭得这样伤心欲绝,一定有冤屈。”

副官和卫兵催促她向大官说出心中冤屈:“长官会为你做主的。”她咿哩哇啦的哭诉就像念经一样,没有人能够听懂,于是她解开衣襟露出丰满鼓胀的双乳,轻轻用手一挤压,两股白色的喷泉分别汹涌而出。正在人们不知所措的时候,披着羊毛披毡的加布走上前去,用汉话把少妇的诺苏话翻译给大官听:“她把奶子拿出来给长官看,是说她的毛娃儿被你们的人偷走了。毛娃儿还小得很,牙齿都没有长,还在吃奶呢。她的两只奶子胀得太痛了,奶水不停地流出来,而她的心却在流血。”

那个大官眼眶里潮湿了:“天下父母心啊!你们是凉山彝族吗?太特别了!”在得到肯定回答后,大官让加布告诉少妇,“让她放心,我一定会帮她找回这个毛娃儿”。然后,他派出了一个专门小组飞马前去办这个案子。

第二天,部队已经过尽,土路都被他们踩得变样了。一小队骑兵从变了样的土路上飞奔回来,把那个被偷走的婴儿送回来了。

20　吊丧大会上的骚牯子

加布在长期的流浪生涯中见过各种各样的人，习惯了与各种各样的人打交道，也是这一带唯一精通汉话并且懂得汉族风俗的诺苏。他心里清楚得很，所有的诺苏加起来就是一个大大的部落，大部落下面分成众多小部落，各个小部落就像一个个独立王国，生活在错综复杂的关系网上，相互之间既有联合又有争斗，而联合与争斗的理由都相当奇特——为了地盘，为了财产，为了面子等等，但总是要发动战争，打得你死我活。

这天，一个累得半死的人骑着一匹累得半死的马来到了托尼黑彝的家里，带来了远方的口信：麻固大黑彝家的一位老人去世了。托尼黑彝要跟周围几十个接到了飞马传信的部落一样，带着自己的威风和丰厚的礼物前去奔丧。

托尼黑彝立即派出九个传信人骑着九匹马向自己地盘上的九个村子出发，然后把口信带给九个头人，九个头人从自己的治下出人、出牛、出羊、出钱、出物，再各自组成奔丧小分队赶来托尼黑彝家集合。托尼黑彝自己出了大头组成了最大的一个分队，再把十个分队合为一体形成一个奔丧大队，然后浩浩荡荡地向着北方出发了。黑彝、头人和他们的亲人们骑在马背上，百姓和娃子一律步行。男人们背着枪，赶着驮满了礼物的马队和一大群牛羊，女人们背着装满燕麦炒面的皮拉褡。于是，枪管从男人们的羊毛披毡里神出来，皮拉褡把女人们的羊毛披毡拱出了一个大包。

第三天早上，托尼黑彝的吊丧队伍就要进入麻固大黑彝家所在的村子了。他们把几十匹长长的白布打开，两头和中间绑在棒子上，每一匹由三个人举着走；他们把无数的纸币展开排列夹在一破为二的竹片之间扎起来，人人手里举着一根。当走到村子外边的时候，队伍停下了，装满子弹的牛皮口袋也从马鞍上解下来放在地上。此时，男人们的手纷纷伸进皮口袋掏出子弹，然后排成阵式各自纷乱地向天空中不断地放枪，等足足有一袋烟的工夫后才停下来。这样，他们不但向麻固大黑彝家报了信，还显示了不凡的实力。

这时，村口响起了麻固大黑彝家更加密集持久的枪声。托尼黑彝家的男人们抽了两袋烟，对方的枪声才停下来。托尼黑彝说："我们的实力远远比不上麻固大黑彝，但我们也不能轻易进村。这次我们再打两袋烟时间的枪，让他们用四袋烟时间的枪声来迎接我们。"

果然如托尼黑彝说的一样，这边的枪声一停，对方就打了四袋烟时间的枪。这边又打了一轮三袋烟时间的枪，对方又回应了六袋烟时间的枪声。托尼黑彝这才说道："我们比不过他们，但是礼数不够我们是不会进村的。他们礼数够了，我们进村哇。"队伍起身向村子走去，那些擅长哭唱丧歌的人突然大放悲声，惊天动地地哭唱起来，哀痛的气氛把人的肠子都搅乱了。

麻固大黑彝家的接客师和记礼人在村口等着，几群壮年男人分别在接收托尼黑彝家的各类礼物，接客师收到接礼人的报数后会高声唱出来，在场的人都听得清清楚楚："托尼黑彝家白布五十匹、钞票二百万元、银子三驮、荞子五十驮、腊肉五十驮、黄牛一百条、羊二百只、步枪子弹一驮……"

托尼黑彝脸上露出了自豪的笑容，他身边的随从也喜笑颜开。麻固大黑彝家的娃子琼克壮得像骚牯子，瞪着一对牛眼睛一样的大眼睛，撇着嘴爱答不理的样子。大家都知道了，他根本没有把面前的人放在眼里。果然，人们听见了他的冷言冷语："这点礼物还不到北边阿约黑彝家的一半，你们还是觉得了不起！"托尼黑彝脸上的笑容消失了，黑脸像是被冰冻住了，他的随从们也陷入了沉默，队伍灰溜溜地走向指定的地点。

来的人成千上万，实在是太多了，任何一家人都接待不了这么多人。村外的整座山坡就是吃饭睡觉的天然客厅，各个部落分别占据了一块地面在这里临时住下来。主人家的帮手们用大竹筐给远道而来的客人们送来了牛肉坨坨、猪肉坨坨、羊肉坨坨、苦荞粑粑，用大木盆和大木桶送来了肉汤。客人们席地而坐，享用起了最简洁、最美味、最实在的食物。

夜里，在庞大的毕摩团队做完盛大的法事后，各个部落、各个家支的代表自由组合形成一对一对的对手，手舞足蹈，念念有词，互相斗嘴，争相显摆本家支的辉煌历史和财大气粗，以及自身的见多识广。很多人在围观起哄，对此不感兴趣的人则去找熟人摆龙门阵。

白天，山脚的坝子成了大舞台，在妇女们可以钻进云层里去的歌声里，各个部落的赛马队已经组织好了。先是比慢走，最好最多的骏马都在麻固大黑彝手里，其次在北边的阿约黑彝手里。他们实力非凡，骏马膘肥体壮，步态优雅，毛色鲜亮，阵容强大，马头上红缨飘飘，马脖子上成串铜铃的鸣声响彻山野。最终，第一名、第二名分别被这两个大黑彝夺得，而托尼黑彝差不多是倒数了。而比快跑的时候，也是这两个大黑彝把住了第一二名，加布单枪匹马抢了个第三名，这多少给托尼黑彝争回了一点颜面。

接下来的摔跤比赛，又让托尼黑彝马上重新跌进了冰洞里。在村口嘲笑人的那个娃子琼克的存在使得麻固大黑彝家的实力超级强大，比赛一开始他就给在场的各个部落来了一个下马威式的亮相：一条生着尖角的骚牯子发疯一样向他冲过去，它想要抵穿他的身体，而他却迎面而立双手抓住了它的两支尖牛角阻止了它前进的脚步。他和它对抗着直搞得地上黄灰冒，只见他双手和腰杆一使劲，它就被他一下子扭倒压在地上动也动不了。主人家这边的人们鼓起掌来，客人们却张口结舌陷入震惊之中，各个部落跃跃欲试的选手们立即蔫了下来。

有人立刻给琼克披上了红绸子，两个男人把一条长长的红绸子拴在他的腰杆上，然后一人牵着一端向前走去，琼克像一条骚牯子一样走在他们身后。他们来到阿约黑彝家的人群面前，没有人出来应战。主持人在高台后面高声鼓励着："搞耍儿哩，摔摔跤，大家高兴一下。来都来了，还是耍一下哇！"阿约黑彝看了看身边最高大的壮士，壮士下了下决心走出人群站到了琼克面前，但还是比琼克矮了半个头。琼克藐视着眼前的对手，当对手鼓起勇气抱住他的腰杆时，他的双手一下子揪住对手的裤腰一提，对手的双脚就离开了地面，就这样他提着对手向左甩了一圈又向右一甩扔了出去，对手被重重地砸在地上直砸得黄灰冒。过了一会儿，败者才艰难地爬起来骂骂咧咧地走回自己的人群里：“这不是一个人，而是一条骚牯子！”

两个男人继续用红绸缎牵着琼克往前走，所到之处人们都噤声了，就像老虎走过狗群一样。每到一个部落的人群前面，琼克都要大摇大摆地炫耀一番、挑衅一番，而每个部落都纷纷退缩提前认输。于是，琼克更得意了。当他来到托尼部落的人群跟前时，托尼黑彝吐了吐舌头：“啊吧，啊吧，琼克大力士比骚牯子都厉害，大家都不敢跟你过招了，托尼家也甘拜下风了！”

一个牵着红绸子的男人说：“主持人都说了，这是搞耍儿哩，只是摔摔跤，大家高兴一下。耍一下都不敢，难道托尼部落的男人两腿里都没有夹着东西哇？”旁边部落的人群都笑了，托尼部落的人群却低下了头。更加难堪的是，琼克站在这里就不走了，仰头张嘴学着骚牯子叫唤，俯身把双手当成牛前蹄在地上疯狂刨土。

远处传来的嘲笑声和起哄声更洪大了。托尼黑彝鼓了鼓勇气，把烟杆交到身边人的手里：“琼克来到托尼部落面前就不走了，别的部落只要认输了他就放过了，唯独对托尼部落不依不饶地挑衅和嘲笑，我实在放不下面子了。托尼部落的男人不成器，只有我的个头才勉强跟琼克接近，我去陪他耍一下。”托尼黑彝站起来，脱掉了身上的披毡，大声说：“我来陪琼克大力士耍一下！”

那个牵着琼克的男人又说话了：“托尼黑彝晓不得诺苏的规矩哇？讲究等级是诺苏的命根子，啥子事都离不开等级划分。琼克只是麻固大黑彝家的曲诺娃子，用不着托尼家的黑彝降低身份来应战，难道托尼部落的曲诺娃子中就没有男人了哇？”

托尼部落的曲诺娃子中实在挑不出一个能够勉强与琼克抗衡的大力士，大家都面面相觑，很多人都把舌头吐得长长的，发出“吧吧”的声音。然后，男人甩着头低下了头，只有加布不但昂着头而且胸脯挺得高高的：“我陪琼克大英雄耍一下总可以哇？”大家的目光一下子齐刷刷地看向了加布，他个子远没有琼克高，但是全身结结实实的，浑身透出一股子英雄气。

旁边部落有人笑了起来，更多的人替加布捏了一把汗。有人说道：“这个小伙子根本不是琼克大力士的对手，只有等着看笑话了。”

加布脱掉披毡走出人群，站到了琼克面前。人们都看见了，加布的头顶刚到琼克的下巴那里。加布仰望着琼克的脸，吐了吐舌头：“啊吧，啊吧！琼克真是一个大英雄，我在你面前就像小娃儿一样，根本赢不了你的。”

琼克脸抬得更高了，根本没有把加布放在眼里：“托尼家的小矮子，来哇！来！”加布抱住琼克的腰杆，那腰杆粗得加布几乎不能十指相扣，只得用双手紧紧地揪住琼克的裤腰，而琼克的一对长长的胳膊牢牢地缠住了加布的腰杆：“托尼家的小矮子，准备好了没有哇？”

加布尽量靠近琼克的耳朵说：“向大英雄求个情，我来陪你耍反正都要输，而你的力气太大了，把人丢在地上的时候很重，直砸得黄灰冒，求你把我丢在地上的时候轻一点，让我留下的体面多一点，痛苦减轻一点。”

琼克摇了摇头：“虽然是搞耍儿哩，但这是男人之间的耍儿，哪能像婆娘一样哇！”

加布失去了所有的退路，突然从心底下发起狠来，一条腿膝塞进琼克的胯下猛力一撬，双手拼尽吃奶的力气向上一提，竟然把像一条骚牯子的琼克抬离了地面。琼克担心被对手扔到地上，便用力向后向下挣扎，而加布无法把他扔到地上，甚至要被他反转抱举到空中。于是，加布借助琼克的蛮力突施巧劲，在琼克双脚着地时让撬胯的那条腿顺势绊住他的脚后跟，然后琼克身子往前奋力一冲，奇迹发生了——大力士琼克仰面倒在了地上，而加布重重地压在他的上面，地面被他们重重地震了一下，冒起的黄灰比前几次都要浓烈。

琼克脸色一变，恶狠狠地推开加布，爬起来愤怒地说：“狗儿子，你耍阴谋诡计！不算，再抱一腰！”

加布快速后退，部落里的男人们冲上来把他淹没了。托尼黑彝大声叫道：“一腰定胜负，哪有再比的道理哇？”

琼克疯狂地冲撞着托尼部落的人群：“这个狗儿子跟我说着一些婆婆妈

妈的废话，趁我不注意突然一下就把我整翻了。这个不算，必须再抱一腰！”

托尼部落的男人们腰杆挺了起来，纷纷叫道：“麻固大黑彝家想耍赖哇！”他们集体推动着琼克，愤怒的琼克突然挥拳打倒了托尼部落的两个人。托尼部落的男人开始群殴琼克，麻固部落的男人们也像洪水一样涌过来。托尼部落的男人们纷纷取枪在手瞄准了那些涌过来的人，而麻固部落的男人们也用枪瞄准了对面的人，整个场面十分险恶，剑拔弩张，一触即发。诺苏死要面子很奇特，天塌下来不要紧，地陷下去也不要紧，但面子最要紧，几乎一切大开杀戒全为了面子。每每这个时候，妇女们发挥关键作用的时候就到了，因为诺苏男人是不会打妇女的，更不会向妇女开枪。此时，双方的妇女们都像是听到了统一指挥一样挺身而出，像一群群飞速游动的鱼一样纷纷冲入战场的中间地带，使得谁也无法开枪。

这时候，人们听见了麻固大黑彝响如洪钟的声音：“都是搞耍儿哩，不要太认真了！大家都回到自己的位置上，我们继续搞下面的耍儿哇！”这是多好多及时的一个台阶啊，人们正好从这个台阶上下来纷纷散去，除了几个当事人内心不平静外，别的人都很快恢复了平静之心。

21　血色月光

托尼黑彝对加布说："我的一个壮得像骚牯子一样的娃子向着麻固大黑彝家的方向逃跑了。"

"我去把他抓回来哇。"

"我了解清楚了，那可是你家的一个亲戚。"

"自古以来，娃子都是主子家的财产，财产丢了都要找回来，这是不变的规矩。"

托尼黑彝满意地点了点头。加布跳上马背，像一阵风一样出发了。

第三天，那个逃跑到麻固大黑彝地盘上的娃子已经追捕缉拿到手。他向加布求情说："大伙都是亲戚，你不如放我来投靠麻固大黑彝，要是回到托尼黑彝的手里，我还不如死了。他可能会像对付一条牛一样穿了我的鼻子，拉去娃子买卖市场上卖掉；他也可能不卖我，但把我的眼睛挖掉、脚筋割断，好杀鸡给猴儿看——吓唬那些想要逃跑的娃子。"

"天下乌鸦一般黑，你跑到哪里都是一样哩，诺苏的规矩是改变不了哩。你就老老实实地跟着我回去，我向主子求个情，你也向主子认个错，保证永不再生叛逃之心。这样，我想他最多吊你几天、打你几顿，事情也就过去了。"

加布没有捆绑那个叛逃者，让他走在马头前面押着他往回走，一直走到了托尼黑彝的地界边上。这时天黑了下来，加布说："今晚上就在这个岩洞里歇脚，明天吃晚饭的时候就到家了。我也不绑你了，好好地睡个安生觉哇，不要东想西想的了，你永远都跑不出主子的手掌心，现在你跑不出我的手掌心，你跑到哪里我都会被迫替主子把你抓回来，不听主子的差遣，我也活不成哇。”

明亮的月光斜着照进了岩洞，那个叛逃者很快就打起了鼾声。加布看了看他的脸，自言自语说了句：“走了几天，我骑马都累得很，你走路就更不消说了。”加布倒下后不久也沉入了梦乡，可梦来梦去的梦境却渐渐险恶起来，因为他梦到有人正要用刀子砍下自己的脑袋，于是下意识地向旁边躲闪，还用右手朝外一挡，但动作太大导致手都甩脱了。当加布醒过来睁眼一看，那个叛逃者正提着自己的公务大刀惊慌失措地跑出洞口去了。他纵身而起向外追去，并弯腰伸手去抓地上的石头，想一石头把叛逃者打翻，结果没有了手掌的断面杵在了地面上，一阵惊天动地的钻心疼痛瞬间传遍他全身，这时他才明白自己的右手已经被那个狗儿子砍掉了，血水正像泉水一样往外喷溅。

叛逃者惊恐地成功逃脱了，加布残缺地无功而返。托尼黑彝很生气，不过没有降罪给他，反而给了他一皮拉褡银子，安慰他受伤的身体和心灵。但这一只手和这一皮拉褡银子却把加布害苦了，因为他要给自己报仇，也给主子挽回面子。等到他伤口刚结痂，他就骑马走掉了，而他身上背着刚买回来的子枪，在麻固大黑彝的地盘上找到那个砍掉他右手的叛徒时便一枪结果掉了性命。

这一枪让麻固大黑彝很恼火，托尼黑彝只是一个小黑彝，竟敢不把他这个这一带最大的黑彝放在眼里，任由手下的娃子在他的地盘上随便来来回回，还把他的一个抵得骚牯子的娃子结果掉了，于是他派了使者到托尼黑彝的府上索要九条骚牯子、九十九只羊子以及九百九十九斤银子的命金和礼金。

门外面的人都听见了托尼黑彝暴跳如雷的声音：“那个短命鬼本来就是我托尼黑彝家会走路的财产，他跑到了麻固大黑彝的地面上，还砍断了我忠诚勇敢的加布的一只手，我没有跟他计较就算了，他反而大老远地跑来向我索赔，这是哪朝哪代的规矩哇？”

使者的声音不高，门外面的人还是听见了：“看样子，托尼黑彝是不想给麻固大黑彝面子了哇。”

托尼黑彝的气还没有消掉:“你喊我咋个给他这个面子哇!”

使者骑着马在狗吠声中离开村子后,托尼黑彝的脸色看上去越来越沉重了。第二天一大早,人们看见他本来就黑的脸色更黑了,然后他发出了这样的命令:“这一仗是躲不过去的了,不出五天麻固大黑彝的队伍就会到来。我们托尼部落也不是吃草的羊子,嘴巴里也长着像铁巴一样的老虎牙齿。管家马上安排传信人跑马到各家支各村,叫他们自备枪弹粮草并带着自家的兵丁前来集合!”

麻固大黑彝势力相当强大,周围的小部落最害怕的事情就是与之为敌,而他这次对托尼黑彝大兵压境是志在必得,认为拿下对手只是小菜一碟。谁也想不到,他竟然会碰到一块啃不动的硬骨头,因为有加布的存在使麻固大黑彝的攻势连连受挫,久战无功、损兵折将后只好悻悻而归。

独臂英雄加布成了麻固大黑彝的眼中钉、肉中刺,同时也成了麻固大黑彝手下打仗最狠的战将琼克的克星。加布带着枪手打败了琼克带来的多出几倍的敌人,并把他们撵得满山遍野地逃跑,直到一直逃回到他们的老窝子。麻固大黑彝几次派出杀手来追杀加布,琼克也多次偷偷地摸到村子里来杀加布,最后都让加布伤痕累累地逃脱了死亡之手。对手们都对他又恨又敬,说他“逃跑像兔子,咬人像豹子,埋伏像耗子”,根本就拿他没有办法了。他的右手被叛逃者砍掉了,枪法却越来越出神入化了——右胳肢窝夹住枪,左手拉枪栓装子弹,比两只手全在的人还要快速,而他左手也可以单独举枪射击,同时还可以把枪架在右手臂上射击,比双手全在的人还要精准,所以一旦交锋吃亏大的肯定是对方。久而久之,敌人都不敢轻易向他开枪,除非有十足的把握,否则就会让他变被动为主动,而让对方死于他的枪口下。

渐渐地,加布知道经常会有人带着一帮杀手潜伏在他家周围或者他会出没的场所附近,然后在不知不觉中总有一些枪口盯住他,但人们都没有听见枪响,因为那些杀手没有十足的把握击中他,反而担心被他打死。后来,一位远亲给他讲了一个故事:有一次,加布去山上赶牛,琼克则带着几十个枪手埋伏在松树林的沟里,而加布赶着牛群从他们的埋伏圈里回家,但指挥员琼克却迟迟没有下达开枪的命令，杀手们都很着急，不过他们很讲究规矩，因为只有指挥员下命令了他们才可以开枪，而没有听到命令他们是不能开枪的，当然人命是由下命令的人背负的，如果没有听到命令就开枪，那么被打死的人命就得由自己来背负了。最后，杀手们眼睁睁地看着加布和他的牛群走远了，琼克仍然没有下达开枪的命令，而是下达了回家的命令。杀手们纷纷埋怨质问琼克："刚才多好的开枪机会啊，为啥子不下命令开枪哇？"琼克说："独臂狗儿子的枪法准得很，命也大得很，是一个相当危险的人。我眼皮跳得很，要是一枪打不死他那就麻烦了，那我们的命都捡不回来唷！"

22　白忙活了一整年

吉伙是托尼部落除了加布外胆子最大的曲诺娃子，力气和体格比加布还强大。加布找到吉伙说："琼克狗儿子天天找我的麻烦，几次差点要了我的命。我为了防着他，天天吃不好睡不好，还差一点就把家产都消耗光了。"

吉伙坐在火塘边吃着兰花烟，他从嘴里拔出烟杆吐了一泡浓稠的口水在火塘里："我们去抢他家！"

"这样做成功的把握不大，名声也不好听。"

吉伙没主意了："那你想咋个整哇？"

"你跟我走一趟，我们去把那个狗儿子当成战俘绑回来，带信去叫他们拿一驮银子、十杆子枪、两箱子弹、九条牛、九十九只羊来换，舍不得出血就把狗儿子卖到远方去当嘎西娃子。"

吉伙咧开嘴憨笑起来："这样做划得着，名声也好听！麻固大黑彝打仗就靠那个狗儿子撑腰，他值这个价。"他在火塘石上敲掉烟锅里的烟锅巴，把吊在烟杆上的烟袋子缠在烟杆上装进麻布衣服口袋里，说："走哇，我们走！"

两个人背着长枪短枪和长刀短刀，带着装了炒面的皮拉褡和装了酒的铁皮水壶，一言不语地向北方出发了。

琼克家的篱笆柴房院建在山坡上的一个小平地上，周围到处都是松树林。加布和吉伙在对面的山坡上找了一个最好的位置，藏在一片夹杂着茂密灌木丛的松树林里静悄悄地观察了三天三夜。琼克家目前没有客人，家里的男人只有他本人、一个老倌倌和几个半大娃儿。但他家有几条大恶狗，不远处就是村子里的其他人户，一旦有陌生人和野兽来狗肯定就会咬起来，这样村子里的狗和人都知道了消息，一吼然后就会跑来帮忙，所以直接到他家里去是办不成事情的。不过，琼克的活动有一个规律，早上太阳出来后把牛群赶到山梁子上放着，太阳落山前又会从山梁那边把牛群赶回家来。

加布说："我们明早上到山梁上去等他。"

吉伙皱起眉头："我最讨厌那条天天像影子一样跟着琼克的大恶狗了，真想一枪敲了它！"

加布摇了摇头："不能响枪，枪一响琼克狗儿子就跑了，或者跟我们对着打枪，那我们就绑不着他。"

吉伙很恼火："要是狗闻到陌生人的气味或者看见陌生人后咬起来，琼克狗儿子照样会警觉起来。"

加布想了想："家狗在村子里才防陌生人，在山上只防野兽。"

吉伙点了点头："整得成整不成，就看那条狗了。"

在琼克必经的坡路上，吉伙埋伏在上边，加布埋伏在下边。这是他们商量好的战术，琼克从加布的眼前走到上边吉伙的面前，吉伙拿棒棒敲他一下然后骑在他的身上，几下就像绑猪一样绑结实了。但万一狗咬起来或者有别的原因，琼克会返身往回逃跑，正好就落入加布的手里。

琼克身上背着枪和刀，也是武装到了牙齿。那条大恶狗有小牛儿那么大，像影子一样跟着他，他像一条壮实的骚牯子一样把路上的石子踩得咔咔响。大恶狗吸了吸鼻子后抬起了狗脸，它从密密麻麻的灌木丛枝叶间看了看站在后面的加布，加布讨好地冲着它无声地笑了笑，它想了一下没有出声地继续跟着主人走掉了。加布心中涌起一阵暗喜：这是一个吉兆，今天肯定办得成了。

加布从树林的枝叶间看见吉伙不以为然地站在路边的灌木丛后面，表情正像等着抓一只撞到怀里来的兔子一样轻松。这让加布心里紧了一下，琼克的神力他是亲自体验过了的，对付他绝对不能轻松大意。他严肃地用双手比划着让吉伙按照说好的计划来，并要他先用棒敲他一家伙，但吉伙太高估自己了，他抿着嘴摆了摆手，意思是用不着棒。只见他身子一跃，像只猛虎一样从高处飞扑到琼克的背上，两条巨蟒一样的胳膊紧紧地缠住琼克的脖子，不过他觉得有把握的两种结果一样都没有出现：他没有把琼克扑倒在地，也没有勒着琼克的脖子把他扳翻制服，而他像骑在一条无法制服的骚牯子背上一样被甩来甩去，没有几下就被远远地甩丢在地上了。

琼克突然遇袭，一下子摸不清底数，惊慌失措地返身朝家里跑，路都不认似地像一条骚牯子一样从灌木丛里冲下来，动静之大仿佛要把整面山坡都搞乱了。就在此时，加布突然钻出藏身处，用独臂准确地抓住了琼克的后衣领，琼克还是不要命地拖着加布继续跑，但速度突然减慢了，加布趁机使出绝招用尽全力往后一拉，随即又拼命朝前狠狠一推，琼克一下子狗啃泥式的扑倒在地上。然后，加布顺势骑在他身上，稳准狠地在他下巴上打了一拳，并乘他昏迷时反卷了他的双臂，但加布只有一只手，所以拿出羊毛绳捆绑的速度不够快，于是他醒过来了。此时的琼克像没有被驯服的骚牯子一样背着像虱子一样叮牢在他背上的加布发狂地甩动、发狂地撞树，加布不得不从他身上掉了下来，但加布同时抓到一根树疙兜挥手横扫在了琼克的脚梁骨上，琼克痛得哭起来，还四肢并用想继续逃回家去，于是加布又在他的手臂上来了一下，他还想爬着逃跑但没有用了，因为吉伙赶到了并把他死死地压在了地上。

琼克被捆了一个结实，他被丢在地上躺着。加布骂起来：“让你拿棒敲一下再捆，你就是不听，以为是好玩哩！我命都差点没了，你晓得不？”

吉伙理亏着嘟囔道：“哪想到这个狗儿子力气比骚牯子都大哇，骚牯子还被我扭着角角一下子就按倒在地上了哩！”

被捆住了的琼克清醒了过来，用一双牛眼睛一样大的眼睛瞪着加布：“独臂狗儿子！每一次都使阴心暗算老子，有本事放开老子来一次公平的决斗？”

加布的愤怒还没有完全消散：“你自己说，你多少次带着枪手暗算老子了，还不许老子暗算你哇？”

琼克软了下来：“是哇，哪个叫我们两个是冤家哩！这次落在你手里了，你要咋个整哇？”

加布轻松了一些：“老子不想要你的狗命，只是绑你的人质，你只要乖乖地跟我们走就不会吃苦头。”

琼克自己挣扎着从地上站了起来：“走就走！老子怕过哪个哇！”

加布和吉伙押着五花大绑的琼克翻过了三座山，再翻过三座山就大功告成回到家里了。这时，山间土路上远远地传来了阵容强大的马铃铛声。于是，三个人的耳朵都竖了起来，气息和脸色也都变了。

果然，脑门上戴着镜子、头顶上戴着红缨子、脖子上戴着一大串铜铃铛的头马从拐弯处走了出来，它的身后是一大队商队马帮。

琼克突然双眼发亮，欣喜若狂地叫了起来：“阿约黑彝！阿约黑彝！”

北边的大黑彝阿约黑彝高高地骑在马背上走了过来：“大英雄琼克！你今天咋个像一条猪一样被五花大绑起来了哇？”

琼克立即跪在地上：“阿约黑彝！这个独臂狗儿子使阴心暗算我，捆了我的人质。要是给不起他们出的价，他们就要把我卖到远方去当最低等的嘎西娃子了。看在麻固大黑彝的面子上，你帮我一下哇！”

阿约黑彝笑了起来：“哦，原来是加布大英雄俘虏了骚牯子一样的琼克哇！整个凉山，也只有你能够做到了。啊吧，啊吧，佩服了！”

加布脸上有了阴影：“这个狗儿子三番五次带着枪手来暗算我，要不是我命大今天也不会在这里碰到阿约黑彝了。如果今天我要是放了这个狗儿子，可能我明天就活不成了，所以我希望阿约黑彝不要插手这件事情。”

琼克服了软：“阿约黑彝做证人，你今天放了我，我永远不再找你的麻烦了！”

阿约黑彝坚定地看着加布：“话都说到这个份上了又正好让我碰上，要是不碰上就好了，碰上了我不管一下今后脸面都没得了。”

阿约黑彝身后跟着一大帮如狼似虎的枪手，他们如狼似虎的眼睛都盯着加布看。加布看清楚了眼前的形势：“看来不给阿约黑彝这个面子是不行了。”

阿约黑彝的脸上温和起来：“琼克，这是我做的保，你要记住自己的诺言。另外，加布大老远地跑一趟也不容易，你人回家去，枪弹和刀就送给加布了。要得还是要不得哇？”

琼克高兴极了，连连点着头："要得，太要得了！"

阿约黑彝看着加布，加布放松了表情："阿约黑彝都说了，当然要得了。"

阿约黑彝扭头看了看一名枪手，枪手迅速跳下马拔出刀子割断了捆在琼克身上的羊毛绳。琼克就像重生了一样兴高采烈地牵着阿约黑彝坐骑的马笼头走在马脸旁边，笑咪乐呵地离去了。

看着马帮走远了，加布和吉伙突然泄了气地一屁股跌坐在地上，完全就像是两个白拉拉地忙活了一整年却颗粒无收的农民一样。

23　枪带上都生了虱子

房子周围的梨子树开花了，花枝间的雀子叫得厉害起来。放牛娃儿飞快地从山坡上跑下来："牛群被琼克抢走了！"加布正在用一只手扶着犁架犁地，他把犁尾把往上一抬并向下一用力，嘴里喊了一声"喔"，牛便停了下来，铧尖已深深地杀稳在肥泥中。

随着加布的几句吆喝和说明，枪不离身的男人们纷纷放下手上的活路，跑回家里拿起装着燕麦炒面的皮拉褡集中起来向山坡上快速走去。他们很快来到了几座山那边的琼克家村外，加布站在山坡上居高临下地向村子里喊话："琼克狗儿子听起！我只想赶回我的牛群，要是不乖乖地把牛群还给我，我进到村子里就遇人杀人、见狗杀狗！"

他们端着枪靠近琼克家村子的时候，村里的人望风而逃，加布家的牛群正在村子里闲逛。加布他们分成两组，一组人赶着牛在前面走，另一组人在后面警戒，就这样连夜往回赶。他们时刻感觉到，有人在后面远远地跟踪着，搞不好随时都会吃冷枪或者发生枪战。第二天中午，他们到了凉水沟，这里地势较为开阔，离自己的村子也近了。

留在后面观察的人也赶回来了："再也没有人跟踪了。"

加布说："那就在这里吃饭了。"

一个人脱下无袖羊皮褂，有毛的一面朝下，无毛的光板一面朝上，这样就形成一个大窝，然后把皮拉褡里的燕麦炒面倒在窝里，别人再用双手从沟里捧来凉水浇在上面用手指搅拌后捏成面团吃。加布正在把想要自由行动的牛赶回来，一阵微风吹到他脸上并带来了一声树叶擦动的轻微响声，他立即甩身取枪在手。就在这时，密林里的枪响了，一颗子弹从他的右腰侧钻进去再从左腹侧穿出来，然后不知飞到哪里去了。大家立即快速向密林里射击了一番，然后停下来观察却什么动静都没有。然而，这时加布的枪掉到了地上，身子也倒了下去。

大家都在叫唤："加布！"

有人咬牙切齿地骂道："狗儿子在这里打埋伏！我们撵起打回去把人杀光、把房子烧光！"

加布躺在一个人的怀里，发白的脸上淌着黄豆一样大的汗珠，嘴角流出了血。当他嘴唇张开时，嘴里流出了更多的血："现在不能硬干，我们先回家，等我伤好了再回来算账。"

大伙用简易树枝担架抬着加布、赶着牛群哭哭啼啼地赶路。

拉莫跑在前面先一步回到加布家的篱笆柴围院里，一下子扑到地上抓住了一只正在围着母鸡献殷勤的壮年公鸡，一下子撕开了它的肚皮。这时深深昏迷的加布被抬到了他面前，他从公鸡肚子里掏出血淋淋的肝撕下一半塞进加布右腰侧的枪眼，另一半塞进他左腹侧的枪眼。

大家把加布放在火塘边的篾折笆上面躺着，手忙脚乱地把两大饼捣烂的新鲜草药拍打在他的两个枪眼外面，而娥嫫扶起他的上身并把一条长长的黑色裹头帕一圈又一圈地缠裹在他的腰杆上，其实它原来的功用是拿来缠裹加布的头的。

娥嫫擦干净加布嘴里流出的血迹，忧伤地叹了一口气："天天打仗，年年打仗，今天你打我，明天我打你，打来打去啥子时候才是一个尽头哇！"

玛吉咂着兰花烟，每一寸皮肤上都长满了人生的坎坷印记，他吐了一大泡口水在火塘里："你不打他，他就要打你。不打咋个整哇？"

娥嫫继续数落着："今天砍掉了手巴掌，明天打穿了屁股墩，后天被石头打烂了脑壳。加布全身上下都是伤残，而这一次把肝打通了，幸好子弹头没有留在身体里面，不然早就断气了。现在他身上的血都出干了，脸上都没有血色了，晓不得这次他躲不躲得过去哇？"

玛吉安慰说："加布身上到处都是伤疤，有的地方是伤疤摞伤疤，哪一次受伤都很吓人。这些年来他不是一直活得好好的哇？你就放心哇，加布是一个打不死的人，这一次也照样挺得过去。"

两个男人揪住羊角把一只羊拖进了篱笆柴房里，把它按倒在火塘边，一把匕首从它的颈子侧面刺进去再从另一侧穿出去，匕首拔出后血柱也随之喷涌而出射到木盆里和人身上。娥嫫用木勺舀起冒着热气和泡泡的羊血喂到加布的嘴巴里，那张嘴唇起了泡的嘴艰难地翕动着，热羊血不断地流进了他的肚子里。

加布硬气地活着，但是起不了身，一直躺在火塘边的篾折笆上。十天后，他可以喝鸡汤了，当三十天后娥嫫再一次给他换草药时，人们听见了她欣喜的说话声："口子开始生拢了，看来要好起来了！"

加布开始咳嗽，娥嫫很着急："要是感冒了就麻烦了哇！"果然，加布再一次咳嗽时，血从裹布里冒了出来。当把裹布揭开后，看到的是刚生拢的口子被挣裂了一点，不干净的血流了出来。加布的感冒更重了，也咳得更加厉害了，而且是撕心裂肺的咳，血柱也从撕裂得更大的口子里流了出来。看到这样，大家都哭了。

幸好感冒几天就消失了，加布的身子安静下来，伤口也慢慢地结了硬疤，生命危险期也终于过去了。半年后，加布从篾折笆上爬了起来，晃晃悠悠走了几天路后竟然没有事了，又像以前一样生龙活虎的了。

琼克派来打探消息的人回去说："加布狗儿子真的是一个打不死的人哇，竟然奇迹般地康复了，现在他都开始赶牛犁地了。"

琼克无可奈何地叹气说："我打他都打累了，一次又一次都没有把他打死。打蛇不死，必有后患，受伤的猛兽最危险，非得要把他收拾掉了才行！"

加布耳朵发热，不用听也晓得琼克他们在说啥话。于是，他卖掉了家里半数的牛和半数的羊，买了一杆德国造的大步枪和一把德国造的二十响手枪背在身上，腰杆上还挂着一把宝剑和一把匕首。这几样东西他是从不离身的，连睡觉都不取下来，天长日久后步枪的背带上都像裤缝里一样生了虱子，虱子又下了密密麻麻的虱蛋，虱蛋又变成了虱花儿了。

24　吧唧吧唧的揉面声

一群背枪挎刀的男人在深夜里悄无声息地在加布家屋前不远处的松树林里隐藏起来，整整一个白天他们都差不多像一块岩石一样趴着不动，眼睛只盯着加布家的房子和周围的地方看。篱笆柴房外面立起一圈篱笆柴围栏，围栏外面扎起密密实实的青刺拉，唯一可以出入的地方就是围院的大门。太阳落山前，在牛群和羊群回到围院里后，加布单手抱着一整棵巨大青刺的根部把它拖进了围院大门，两边的门柱把它拦腰卡住了，它刚好堵死了大门。加布把系在它根部的粗大羊毛绳拴在院里的一根木桩上，这样想从外面是无法把它拖开了。

天黑的时候，领头的琼克说："有两个大人四个娃儿，儿子十二三岁的样子，三个小姑娘都是几岁的毛娃儿，没有别的人了。最麻烦的是加布和狗，狗一咬人就警觉了，而且加布不好对付，他德国步枪比我们的汉阳造厉害多了，就像骚牯子比羊子一样，没有整着他反倒被他整了样就倒霉了。"

趴在他身边的人担心地说："那我们该咋个整哇？"

琼克想了想："我们天亮的时候动手。那个狗儿子没有见过阿提、子琼、那拖、尔且，你们装作过路人上门讨口吃的试探一下，动得了手就动手，动不了手就回来，我们再另找下手的时机。现在睡瞌睡哇。"

他们手里抱着枪，把自己裹进羊毛披毡里，在松树底下纷纷顺势一躺。

远远传来的公鸡叫声和头顶上飘落的雀子叫声把他们吵醒了。

琼克轻声叫道:“阿提,阿提。”

阿提他们四个人纷纷爬起来拉动枪栓检查了一下子弹,然后把枪背在身上向松树林外走去,而其他人也爬起来选择有利地形趴下。

阿提他们一靠近加布家的围院,拴在围院里的大狗就疯狂地咬起来,差点把铁链子都挣断了。加布和娃儿们还躺在火塘边的篾折笆上睡着,娥嫫起床烧起了火准备做饭。听见狗咬得这样厉害,娥嫫看了看加布,嘴里嘀咕着:“这么早就来客人了。”加布一下子翻身爬起来,德国步枪、二十响手枪、长刀短刀都在身上。他伸手推了推儿子:“则伙,来客人了,快起来。”则伙睡意蒙眬,不情愿地爬了起来。在篾折笆上的羊毛毡被子下面,三个毛丫头还在睡梦中,她们零乱可爱的小毛头露在外面。

加布走出篱笆柴房,狗咬得更起劲了,他看见了站在围院门外的四个陌生男人。阿提讨好地叫起来:“我家的一个娃子逃跑了,我们正在追捕,路过这里时肚皮饿了,来你家找点饭吃哇。”

加布不动声色地走到木桩前解开了羊毛绳,然后站直了身,这个过程不慌不忙,但是十分迅速:“好了,你们从外面把青刺棵拖开就可以进来了。”

阿提看着这么大的一棵青刺,上面枝繁刺密:“你把树干抬了推起来,我们从外面接住。”

加布不愿意自己的手过多地失去自由:“我只有一只手不好办,你们就从外面把青刺棵拖开哇。”

阿提他们拖青刺棵的时候,加布已经回到屋里坐在火塘左边的篾折笆上。阿提他们在猛烈的狗叫声中进屋后,加布指了指火塘对面的篾折笆,四个客人坐下了。

娥嫫说:“你们肚皮饿了,我昨晚上推了一些苦荞面,吃一袋烟后荞粑粑就烧熟了。”她把苦荞面倒进大木盆里,掺进清水开始揉面团,屋里响起了吧唧吧唧的揉面声。

客人们显得有些拘谨,加布也不说话,只是嘴里叭叭地咂着石烟杆里的兰花烟。

阿提看着加布身上的枪,想了想:“啊吧,啊吧,你这杆枪威风得很哇!是不是传说中的德国步枪？那可是枪中之王哇。听说整个凉山只有三杆，其中一杆竟然在你这里，你把它拿给我看一下让我开开眼界哇。”

加布的反应出乎人们的意料，他断然地说：“我的枪咋个要拿给你看哇？”说话间，他站起来整个人转眼间隐入到隔壁房间里。这里的墙壁很特殊，不是立起的柴块和篾折笆，而是用五寸厚的木板打成的，上面不同的位置开了几个炮眼。此时，加布的枪口已经从其中一个炮眼里伸出来对准了阿提，而他已经训练过的儿子则伙此时应该在另一个枪眼后面就位，但他现在还睡意蒙眬并像个大哑巴一样呆呵呵地跟那些危险的家伙一起坐在火塘边烤火。

“则伙！你这个大哑巴！”则伙看了看四个表情不自然的陌生客人身上的枪，突然打了一个激灵醒了过来，于是起身从立柱上抓起自己的汉阳造步枪慌张地跑进隔壁房间，然后把枪口架在一个开得较低的炮眼里，并颤抖着小声地问道：“阿大，我瞄准哪一个哇？”

加布轻声说：“瞄准那个东张西望的人。不要害怕，不要乱开枪，我喊你打你再开枪。”

爸爸的沉着给了儿子莫大的安慰，则伙冷静了下来：“是，阿大喊打我才打，我和阿大一起开枪。阿大说过了，不能随便伤人命，只能伤仇家的人命。”

清晨的时间仿佛凝固住了，则伙的喘息变得压抑：“阿大，打不打哇？”

阿提他们也仿佛凝固住了，坐在火塘右边一动不敢动。在火塘左边篾折笆上的羊毛毡被子下面，三个丫头凌乱可爱的小毛头露在外面，其中有两个还在睡梦中，另一个已经醒了。她静静地躺着，睁开了大大的眼睛，并侧脸打量着家里的陌生人。整个世界上只有娥嫫一个人在活动，她蹲在火塘尾巴那里，有力的双手一直没有停止揉面，吧唧吧唧的揉面声响彻整个清晨。她看了看睡醒了的小姑娘，温柔至极地说了声：“娃恰真乘，闭上眼睛再睡一会儿。要得不？”小姑娘闭上了眼睛，嗓音娇气含糊：“要得哇，我再睡一会儿。”娥嫫的视线又重新回到面团上面。

加布看了看则伙：“他们没有用手拿枪，我们还不能开枪。”

则伙在复习功课：“是，只要他们用手拿枪，我们就一起开枪。”

加布犹豫着：“不能错杀无辜之人，不要随便背上人命。”

则伙是个好学生："阿大，我记得了。"

娥嫫一如既往地用力揉面团。阿提显得万分小心，不敢做出过大过快的动作："主人家，我们忙着赶路，时间等长了我家的娃子就跑远了。我们实在等不得你的荞粑粑了，有啥子剩菜剩饭给我们一点就要得了。"

娥嫫站起来："昨天煮了一大锅洋芋哩。"她走到屋角把一撮箕熟洋芋端到阿提面前，阿提立即把羊毛披毡铺在地上，娥嫫把洋芋倒在上面，阿提迅速提起披毡四角兜起了洋芋，然后四个人小心翼翼地飞快地出屋而去，猛烈的狗咬声把他们赶向了松树林。

加布走出房间来到屋外站在围院里，则伙来到他身边："阿大，那些人钻进松树林里去了。"

加布从松树林那里收回目光望着儿子："这些人的确有点不对头。"他把手里的德国步枪递给儿子，"朝松树林打一枪看看就晓得了"。则伙把德国步枪架在篱笆柴围栏上面向松树林开了一枪，枪声沉闷却威力巨大，震得整个清晨都抖动了一下，则伙也差点被枪托坐翻了。松树上的几个松果儿掉了下来，趴在地上的几个人吓了一跳滚到沟底下去了，别的人也爬起来弯着腰纷纷逃跑。

加布远远望着松树林里迷乱的身影追悔莫及："松树林里藏着一帮仇家的杀手，那四个是来卦水哩。可惜了哇！心一慈手一软，放跑了送上门来的山猫驴！"

玛吉和拉莫闻风而来，他们手里都端着火老弯。玛吉伸着舌头说："啊吧！狗儿子琼克真的是盯死加布不放了！你们继续住在这里的话，很难躲过他们的毒手了。我们有一些亲戚在稻香雪山南边的海泽部落，他们在那里得到了海泽黑彝的保护。不如我们去那里投靠亲戚，再找一个新主子依靠，而那里离琼克更远一些，他们一下子也找不到那里。"

这就是老辈子发生在这一带的故事，而对他们曾经留下的足迹进行追寻和探究，这是令傥城雪儿心痒难耐的一种精神需求。到目前为止，爸妈留下过故事的几座雪山地带他都大致涉足过了，而稻香雪山的南边也流传着他们非同一般的故事,九年前他就跟着爸爸到过那里并又留下了新的故事,但是他不敢轻易再去踏访那里了,因为自己对那桩包办娃娃亲的逃脱已经把那里的亲人变成了冤家对头了。

25　危险的路途

夏天很热，江西雪山下面的夜晚又开始骚动起来。加布家火塘边的篾折笆上，羊毛毡被子下面在剧烈地运动，加布气喘吁吁地从娥嫫的肚皮上滚下来：“我出了很多汗，感觉到自己一天比一天老起来了。”

娥嫫闪着眼睛没有说话。加布又说：“七年前，雪儿的舅舅拉莫来家里的时候，把他的姑娘阿依拿给雪儿做媳妇。如果再不去料理一下这件事情，我怕自己以后都走不了那么远的路了。”

“这才是大事情哇！你真应该带着雪儿去稻香雪山一趟了。”

“你明天给我准备一些路上的盘缠，我后天就去学校找雪儿，然后带着他去稻香雪山找他舅舅。”

加布来到雪水河小学的时候，空荡荡的教室里只有雪儿和李老师。李老师站在讲台上说：“傥城雪儿，看样子别的同学可能又要缺课不来了。我们开始上课吧！”

雪儿坐在下面，他站起来像平时一样喊道：“起立！”然后又像平时一样向老师问候：“老师好！”

李老师像平时一样回礼：“同学好！请坐下。现在开始上课！”他翻开了课本：“今天我们学习《雪山雄鹰》。”并在黑板上写下课文的题目：“雪山雄鹰”。

雪儿举起了手：“老师，我想问一个问题。”

“你问吧。”

“我想问一下，火车究竟是一个啥子样的东西哇？”

李老师沉吟了片刻：“你看过电影吗？”

“没有看过。啥子叫电影哇？”

李老师沉吟着，开始翻动课本：“你看，课本第58页上有一张火车的图画，火车就是这个样子的。”

“这个我早就看见了，我想象不出它出现在眼前的时候会是啥子样的？它长长的像一条蛇一样头大尾小，它会不会咬人哇？”

“哈哈哈……我也无法跟你说清楚……你真的想知道就好好读书吧，以后到山外面去看它。”

加布身上背着一条皮拉褡，外面披着羊毛披毡，脸上淌着汗在教室门口往里面张望，见没有人理睬他就自己走了进来。雪儿难堪地向他父亲连连挥手，意思是叫他不要进来赶紧出去，但加布已经走进来了。

李老师有点不悦地问道：“你有什么事吗？”

加布仍然有些害怕汉嘎学校的老师，显得很紧张：“有事哇！有大事哇！”

雪儿急得抓耳挠腮：“阿大！你整啥子哇！”

李老师说：“傥城雪儿，你阿大有事，你跟他出去说吧。”

雪儿来到加布面前，加布有点生气：“看来汉嘎的书真的是不能读哇。这才两年不到的时间，你就变得不懂规矩了，连你阿大来你也要撵出门去。”

“你没有看见我们正在上课哇，正在上课是不能打扰哩！”

“上课算啥子哇，有吃饭重要哇！我正在吃饭时，有人来了都要马上请进去哩！”

“好了！你不要生气了，我早就看见了你那着急的样子了，心里早就犯起了嘀咕，担心家里面出了啥子事情，要不然你咋个会突然来到了学校。阿大，究竟出了啥子事情哇？”

加布恨不得一把拉上他就走：“你赶紧点跟我走，有事情！”

“究竟是啥子事情哇？我还没有请假哩！”

“我去给你请假！”

“那么，一定是家里出了啥子事了！”

雪儿跟着加布急急忙忙向李老师走过去：“老师，我阿大说家里有事情，叫我跟他回去。”

加布跟在雪儿后面：“家里有事情，给雪儿请一下假哇。”

李老师点点头：“家里有事就回去一下吧，办完事赶紧回来，不要耽误太多。要请几天假？”

雪儿看向加布，加布也说不清：“要好几天哇。”

雪儿和加布离开了学校。

走在山路上，雪儿担心地问道：“阿大，是啥子事情哇？”

加布显得有点苍老的脸上露出了严肃的神色：“雪儿，我们诺苏的老话说：天大地大，舅舅最大，爹亲娘亲，舅舅最亲，没有舅舅就跟水井结亲。没有舅舅的人是世界上最没有依靠的人。你有一个舅舅在稻香雪山，七年前他来过我们家，可是你从来没有去过舅舅家。现在你长大了，应该去稻香雪山找你舅舅了。”

“我晓得哩，串亲戚是诺苏的传统习俗，只要晓得亲戚在哪里，路再远也要跋山涉水地跑去访问，何况是比天地还要大的舅舅哇？我早就应该到稻香雪山去找舅舅了。”

“我们热雪村的人跟海泽黑彝产生矛盾后脱离了黑彝的统治，悄悄地从稻香雪山南边逃命来到了江西雪山。解放前，黑彝仇家还雇了骑兵队专门从稻香雪山跑到江西雪山追杀我们，差点把我们全村人都灭绝了。其中关系很复杂，这么多年来我们就中断了与稻香雪山亲戚的联系。”

雪儿有些迫切：“我做梦都想到舅舅家去一趟，找到舅舅，免得人家说我没有舅舅，我心里总是觉得空着一块。阿大，我们啥子时候去稻香雪山哇？我巴不得现在就去！”

见儿子这样想去稻香雪山，加布的脸上不由得渐渐露出了欣慰的神态：“过去害怕黑彝仇家，我们出来后就一次也没有回去过。听说，海泽黑彝当年去抢我们的时候花了一大笔钱雇用官府的骑兵，结果失败了并死伤了几个人，就需要赔偿很高的命金和药钱。另外，加上周围部落都要收拾他，他只有逃到别处去了。在新的地方,他还是接着做坏事,后来因为参加土匪叛乱被政府镇压掉了,这真的是为我们报了一个天大的大仇!现在解放了,人民当家做主了,稻香雪山像别的地方一样落在了人民的手里,大家哪个也不用害怕哪个,我们想啥子时候去就啥子时候去。现在我们就可以去,路太远了我们就不要再回家了,就直接从这里去稻香雪山吧。"

雪儿心中一动,忍不住欢叫起来:"太好了!要去舅舅家了!"愉快的心情一下子溢满了他的全身,刚才的担心早已烟消云散。

雪儿跟随加布在一条漫长的寻亲之路上行走——有时翻山越岭,有时跨江过河,有时一直沿着山梁走,有时一直顺河而下,有时又一直溯江而上。这天黄昏时分,他们来到了一个小山村。

"雪儿,天黑了,正好这里有人户,我们进去讨一顿饭吃,在人家的屋檐下过上一夜。"

雪儿有些害怕:"阿大,这是汉嘎村子,他们会不会理睬我们哇?"

"我从稻香雪山出来很多年了,当时又总是在逃跑,白天睡晚上走,现在完全记不得从江西雪山到稻香雪山的路了,好在边打听边远行去探亲访友是诺苏天生的一份本事。老话说:路在鼻子下面。你要用嘴巴去问路,边打听边走,天黑时碰到村子就钻进人户向人家讨一口水喝,顺便混一顿饭吃,然后留宿。"

雪儿仍然不放心:"人家会不会理睬我们哇?"

"汉嘎说:在家千日好,出门一时难。在家不会迎宾客,出门应恐是痴人。哪个都会出远门,哪个都会碰到同样的困难,留过路人吃饭和住宿是每个人都应该懂得的道理。你想要别人留你,你就要留别人。"

加布和雪儿走向一位老头。加布讨好地说:"亲家,我们是从江西雪山过来哩,要到稻香雪山去走亲戚。天晚了,肚皮也饿了,今天晚上怕是要打扰你们一下了。"

老头看了看眼前的两个外乡人:"出门在外很辛苦,要是不嫌弃晚上就在我家歇得了。"

坐在汉人的火塘边，加布说："亲家，我出来很多年了，当初走的也不是这条路，现在认不得回家的路了，从这里去稻香雪山要咋个走哇？这个还要请教一下亲家。"

主人家伸着舌头说："啊吧，啊吧！这一路够你们走的了！要先翻过云盘山，再顺着江边向上走三天，再翻弯龙山，又顺江边向下走一天把两天，再翻青岩子和老虎山……"

夜深了，在火塘边铺了一张像字典一样厚的稻草席后主人全家都去睡了，加布和雪儿就在稻草席上睡下了。雪儿太累了，差不多是身子刚躺平就睡着了。

第二天，雪儿跟在加布身后继续在一条漫长的寻亲之路上行走。加布看了看太阳落下去的山口，一丝弱光一样的担忧从他眼波里划过："雪儿，眼看着天要黑了，这里前不着村后不着店哩，我们只得在大树下或者山洞里过夜了。"加布打开了皮拉褡，里面除了炒面还有一些出行必备的东西："雪儿，你看，这是啥子哇？"

"干海椒。阿大带这个做啥子哇？"

"这里是深山老林，周围都没有人，林子里的野兽多得很，像老虎豹子那样的猛兽都随处可见。"

"白天走在山路上都很害怕，晚上在这里睡瞌睡，我的心抽紧了。"

"雪儿不要怕！阿大备在皮拉褡里的干海椒正是用来对付老虎哩。"

"阿大，老虎真的会吃人不？我们村子背后原始森林里的那只猛虎把我吓坏了，但它从来没有吃过人。"

加布在拢柴生火："江西雪山脚下有一处很好的温泉，那只猛虎来来回回地经过我们村子附近，就是去那里洗一次温泉澡不是为了吃人。"

"它的速度像风一样快，它的威势超过鬼神，每当它经过的时候，全村的狗都被它吓破了胆，都瘫痪了似的一声也叫不出来，噤若寒蝉，鸦雀无声。而平时里，每当有个风吹草动，全村的狗都要此起彼伏地咬个没完没了。"

加布把火生起来了："兽中之王哇，哪个都会害怕它哩。"

"它一个人都不会吃哇？既然不吃人，我们也就不用害怕它了。"

“有时没有东西吃，老虎也吃人哩。那时它会学猪叫迷糊你，你不能上它的当，要在火里烧干海椒来对付它。它啥子都不会害怕，只会害怕干海椒。”

雪儿立即扔了两个干海椒在火堆里。

“雪儿记住：露宿深山的夜晚，首先就要烧起一大堆柴火让它彻夜不灭，然后就是把干海椒拿出来用火烧，过一阵子烧一个，让海椒的糊辣味弥漫在周围，这就成了强有力的防虎围墙。”

“咋个会这样哇？”

“老虎的鼻子灵敏得很，在几公里以外就能闻到异常的气味，觉得是可以吃的东西，它就像一阵风一样冲过去美美地享受一顿，觉得是危险的东西，它立即躲掉像一阵风一样消失得无影无踪。随便一点海椒的辣味，老虎在很远的地方就可以闻着，鼻子会过敏打喷嚏，然后会感到很难受，巴不得远远地避开呢。”

太阳又一次升起来，雪儿跟随加布继续踏上了那条漫长的寻亲之路。

“阿大，老师对我说：父母是人生中最早的老师。看来，这是没有错哩。这一路上，阿大教会了我一些躲避危险的求生知识，还教会了我很多跟人打交道的方法，这些知识会让我受用终生。我也很害怕老熊，要是碰上老熊我该咋个整哇？”

加布的脸上露出了喜色：“有一种传言，说老熊很喜欢攻击人还会吃人，但是不吃死人，碰到老熊时立即就装死，它就无趣地走开了。其实，这不完全是正确哩。”

“它真的会吃活人哇？”

“老熊怕人胜过人怕老熊，它是绝对不愿意与人面对面地狭路相逢哩，它巴不得老早就知道附近有人提前躲得远远哩，它除了害怕人还十分害羞。一个人要是很害怕老熊的话，最好的办法就是不要悄无声息地走路，要多多地弄出一些声响，唱歌或者吆喝都可以，老熊听见就会绕道走开了。”

“要是碰上了呢？”

“老熊最忌讳的事情是突然间与人面对面狭路相逢，这时它想回避已经来不及了，但是又害怕人伤害它、杀死它，并剥它的皮、取它的胆、斩它的掌，所以它就会发疯。”

“它疯起来的时候是啥子样的哇？”

加布活灵活现地表演起一套老熊的“拳击”路数：“它会大吼一声，一把抓掉人的头盖皮，再在人的胸膛上揍两拳，接着向倒在地上的人身上狠狠地跺两脚，最后气呼呼地扭头走开，这时人的骨头都断掉了。”

雪儿跳到了加布的前面：“那可咋个整哇！？”

“要是突然间与老熊面对面狭路相逢来不及避开，就要立即倒在地上装死，它见你死了对它不存在威胁了，就会小心地快速走开。”

他们行进到了荒无人烟的原始森林里，雪儿开始不时地吆喝几声，或者唱一首革命歌曲。

“这就对了，你在老早地告诉老熊：我们要从这里过去，请你老兄早点让开。”

“万一相逢无法避免，也来不及倒在地上装死，我该咋个整哇？”

“那你就拼命地向山坡上面跑，老熊的后腿很短，爬坡不行。”

“要是它跟你打起来的时候，该咋个整哇？”

“尽量不要慌张，躲开它的手掌和嘴巴，找机会去抓它的肚皮。”加布讲了当年他在傥城雪山鹰嘴崖上跟老熊遭遇的故事，雪儿听得眼睛都直了。

他们走上了一条从来没有见过的大路，路太宽了，路面也很平整，汽车在上面奔跑。加布和雪儿瞪大了眼睛，屏气凝神并小心翼翼地走在路沿上。

“阿大，这是啥子大怪物哇？差点把我吓死了哇！”

“我也晓不得……它比老虎大多了，叫声也比老虎的大，力气也大得出奇，身上背着那么多东西还跑得飞快哩……它放屁也这样响这样臭，它究竟是啥子鬼东西哇？”

雪儿很快就由惊恐不安的状态转换到了惊奇不已的状态：“我看到了，它只在路上跑，里面还坐着人，看起来它不会害人。我对它再看也看不够，总想走近去摸一摸它，幻想骑到它的背上去……”

“雪儿，我们要过江了。”

“可是,我还没有看够它们哩!”

“少看一点,最好不要惹着它们,它们真是太吓人了。”

加布拉着恋恋不舍的傥城雪儿走上了江桥。加布很感慨:“当初我们过江时是乘羊皮筏泅渡哩,现在江上有了一座大桥,我们从桥上就可以走着过江了。”

江边小路上,傥城雪儿累坏了:“阿大,快到舅舅家了不?”

“快了,再走一天就到了。我记得,这里有一个诺苏村寨,我们的一家亲戚就住在这里,我们先去他家住一晚上,明天就能走到你舅舅家。”

“我们终于远离了老虎和老熊的威胁,也远离了可怕的汽车,可以住在亲戚家里了!”

亲戚家杀了一只鸡来招待十多年不曾见面的亲戚。走了这么多天的路,雪儿实在是太困了,他坐在火塘边不时地打着瞌睡,模模糊糊地听见大人们边喝酒边讲一些杂七杂八的事情。在讲足了大家悲凉的往事后,主人家说:“雪儿的眼神像鹰一样,鼻子高高哩,一看就是傥城家的后人,想不到已经长得这样大了,马上就可以讨媳妇了。他舅舅家的姑娘阿依也长大了,放得起猪了。”

大人的谈话隐隐约约的透露出一些令雪儿感到不安的信息,但是他太累了,加上并不是很明白那些事情,他很快就睡着了。

雪儿醒过来时已经是第二天了,父子二人吃过早饭又出发了。他们翻山走林间小路来到了冲江河边,只见冲江河从高山峡谷里飞腾而来,十分湍急地在乱石槽中冲撞泼洒、激荡翻腾,几乎形成了乱糟糟的瀑布,而在附近只听得见咆哮的水击声,它就这样冲刷而下,猛然间一下子冲进江水里去了。

“阿大,我实在走不动了。”

“坚持住!过了冲江河顺着江边走,再爬一段山路就到了稻香村你舅舅家了。”

26 主子的命令

远远地能看见稻香雪山脚下的稻香村了，加布的脸色变得悲喜不定，一会儿安逸得很，一会儿又难受得很。

雪儿难过地问道："阿大，你是不是生病了哇？"

加布难过地回答说："没，没有，我只是想起了过去的一些辛酸事。这么多年过去，它们好像昨天才发生一样在眼前晃动，忘也忘不掉。"他仿佛又看见了一幕幕发生在这里的难堪往事。

江边的一个汉嘎村子外面，一个老太太在赶猪，一个四岁的小娃儿和一个两岁的小娃儿坐在土路上玩耍着手里的小棍子。突然，从路边的林子里蹿出两个诺苏汉子，一人抱起一个小娃儿就拼命地朝山上跑，小娃儿吓得尖声叫唤。老太太也惊叫起来，并边叫边在后面趔趔趄趄地追赶："诺苏下山来抢娃儿了！诺苏下山来抢娃儿了！"

村子里的人闻讯都纷纷呼应着跑出来追赶。两个抱着小娃儿的汉子在拼命逃跑，他们怀里的小娃儿也在拼命叫唤，而一群汉嘎正在后面拼命追赶，并边追边发出威胁和仇恨的吼叫。

"站起！站起！"

"把我的娃儿放下！"

"等老子逮着你，非剥你的皮不可，非抽你的筋不可！"

有人在向山上开枪，火老弯里的火药爆炸后从枪筒里喷出一股带火星子的青烟，而铁砂散射出去纷纷打进树林里，根本打不着抢娃儿的贼，只是一种震慑。

一片较缓的山坡上，密密麻麻的灌木被全部砍倒在地，它们已经晒干了。加布和娥嫫点燃了它们，毕毕剥剥的火苗蹿起来，浓浓青烟裹挟着火星子升到了半空。娥嫫憧憬着说："你看这土地多肥哇！这一烧它就更肥了，我们在这里点荞子，晓不得会长得多好哩！"

加布赞同道："是哇，雪山脚下的稻香村是一个出产相当好的二半山坡地，水好地好牲畜也好，对我们来说算得上是一个天堂一样的地方了。不出啥子意外，哪个都愿意祖祖辈辈生活在这里。"

正这样说着，山下传来了枪声和吼叫声。娥嫫叫道："啊！是汉嘎打上山来了！"

"究竟是啥子事情哇？是不是又要打一仗了？"

村子里有人吼叫起来，开始集合对付追到这里来的汉嘎。

"汉嘎打上山来了！大家赶忙点拿起枪拿起刀！"

抱着小娃儿的两个汉子已经跑进村子里，其中一个汉子气喘吁吁地说道："主子叫我们下山去抓娃子，差点被汉嘎打死了！"

山上的诺苏与山下的汉嘎追兵很快就形成了武装对峙。

山下的人在喊："赶忙点把我们的娃儿还回来，不然一把火点了你们的村子！"

山上的人回答道："有本事你们就上来哇！"

山下的人感觉硬攻无法取胜，便开始求情："我们只是来追回自家的娃儿，你们只要把我们的娃儿还回来就啥子事情都没有了！"

山上的人这样顶了回去："我们没有见着你们的娃儿！你们回去哇，不然当心你们的脑袋！"

村子里的群狗一起咬着向山下冲，山上的威势顿时大增，村民也开始向山下放枪和扔石头，而山下的人立刻溃败而散。

丢失了小娃儿的父亲要以死相拼，被几个壮汉抱着架着退下山去。有人这样劝慰说："现在硬拼不行！这些无法无天的山贼真的太可恶了，周边哪个村子的人不是恨死了他们哇，我们回去联络周边所有的村子来攻山。"

另一个人说："是哇，该好好地跟他们算一下账了！"

从山上溃败下来的人都一窝蜂地来到了保长家里。两个被抢小娃儿的父亲和母亲焦躁地抹着眼泪，而丢了两个孙子的老太太哭天喊地地哭喊道："青天大老爷呀，保长大人呀，你要给我们做主呀！"

保长站在宽大的院坝里，他身边站着师爷，身后站着一些背枪的保丁。保长脸色阴沉并威严地大声说："你说山上的贼可恶不可恶哇？人都是父母生养的哇，他们天天下山来这里偷一个那里抢一个，把我们的小娃儿偷抢去当娃子，有的被他们卖到很远的地方去了。现在是到了要好好地跟他们算一下账的时候了！"

村民们群情激奋地喊了起来："对！算账！算账！"

保长挥手压住了大家的嗓音："光靠我们很难整得过他们！我们除了所有的壮年男人要参加打仗外，每家每户还得再凑点钱去请县保安队的人来帮忙收拾他们。大家愿不愿意哇？"

"愿意！愿意！"

春夜里，海泽黑彝家的大堂里，一大帮人围坐在火塘边烤火，他们还喝酒、抽烟，屋里也被弄得烟雾腾腾的。

海泽黑彝宽大的头上裹着高贵的黑色包头帕，大腹便便地向管家吩咐说："乌萨，这次形势很严重，你马上叫人到各村各家支让大家准备好，所有海泽黑彝管辖范围内扛得动枪的男人和打得动石头的男人天亮前全部到这里来集合。"

军师的竹笠帽上缀着的虎牙在晃动，他闪着狐狸眼高深地说道："汉嘎老话说：卧榻之侧，岂容他人酣睡？我们这么大一群十分可怕的异族自从来到汉嘎的身边安营扎寨后，一直就让他们感到很紧张，他们也总是要想法子来对付我们。这么些年来，虽然总是有一些冲突和摩擦，但这一次好像真的是要出一点大事情了，因为传话的人说他们凑钱请了县保安大队的人来帮忙。"

晚上，稻香家支各家主事的男人都集中到了玛吉家里。玛吉醉意朦胧地唠叨起来："我真是后悔搬到海泽部落来，这个时候啥子都由不得自己了。这里里里外外的矛盾多得像稀泥巴一样，我们都深深地陷在了泥潭里面拔都拔不出来了。"

娥嫫的大哥拉莫忧心忡忡地说："要不，我们干脆不参加这次打仗了！"

娥嫫的叔叔伯尼也说："这里离汉嘎的地方很近，一些诺苏来到这里后，不懂当地的风俗习惯，还是按照自己的老习惯下山去偷抢汉嘎的小娃儿来当娃子，让汉嘎十分反感并恨得咬牙切齿，最后直到动刀动枪。我们很不想卷进去，但我们是逃来依附海泽黑彝的曲诺娃子，不能违背黑彝主子的命令。"

娥嫫的姨父六斤说："我们来到海泽黑彝的地盘上居住，那就是他的附属民，他就是我们的主子。按惯例，在主子发起的冤家械斗中，我们必须出人并带上自己的武器和口粮去应征，然后服从主子的指挥，哪怕掉了脑袋也要冲在前面。"

山下，几百号人扛枪的扛枪，提刀的提刀，拿农具的拿农具，群情激奋地跟在保安大队的后面向山上开来，而指挥者高喊着："我们冲进贼窝子里去，把他们的老窝一把火点了！"

海泽村寨前，数百名老老少少披着羊毛披毡的诺苏男人乱哄哄地向山下移动，身上也同样带着各种各样的家伙，有的人还在边走边抽石头烟锅，而指挥者则高声叫道："赶忙点走！我们要把汉嘎堵在半路上打，不要让他们靠近我们的村子！"

坡下山路上，保安大队的指挥官向着两边指了指，两个小分队各向一边一头扎进林子里就不见了，而别的大队人马继续向山上行进。突然，坡上吼声大起，无数的石头夹杂在火老弯的枪声里像冰雹一样泼向下方。一些汉嘎被打得叫了起来，大家一下子散开并边躲藏边还击。汉嘎打石头本来就打不远，而又在坡下就显得扎实被动了，幸好有保安大队的子枪顶住了来自上方的猛烈攻击。

诺苏们散开在树林里，一边藏身一边想办法向下方打枪或者打石头，并边打边向下推进。因为他们人多、喊声大，而且又在坡上，于是他们便气势逼人地向下面压去，而有人还在这样喊叫："汉嘎都是软骨头，我们像揉荞粑粑一样一揉他们就垮了。我们边吼边向下猛冲，一直把他们撵进江水里去喂鱼！”

正在这时，两翼的林子里突然枪声大作，几个诺苏在枪林弹雨中应声倒地。有人叫起来：“汉嘎突然从两边包抄过来了，快跑！”他们一哄而散，躲躲藏藏地向村子的方向退回去，几个死伤的人也被他们背的背、抬的抬带走了。汉嘎开始吼叫着进攻追击，在追到一个险要的地方时不得不停下了，此时战斗陷入了胶着状态。

保安队的枪是子弹枪，射程远，打得准，诺苏不敢离得很近，打石头打不到汉嘎了，甚至火老弯也发挥不了多大的作用。汉嘎在一点一点地向上推进，而海泽黑彝正在跟他的军师远远地向下观望，好一阵子后军师泄了气：“我们这一次打不赢了！再坚持下去汉嘎最终会逼近我们的村子，那时我们的损失就会更大。”

海泽黑彝的阔脸上泛起了失望：“他们不会有那么容易就靠近我们的村子吧？”

“是不容易，只是迟早的事。”

保安队的队长正在跟保长和几位地主商量着什么。一个地主说：“今天非冲进他们的老窝点了那些柴棚棚不可！”

队长说：“今天打到天黑也打不进他们的村子里去，不如趁胜谈判。”

保长赞同道：“我们是占了点优势，但硬打下去双方都会有更大损失。到现在为止，我们打赢了达到了教训他们的目的，这就可以了。”

另一个地主说：“我们是赢家，谈判不能由我们提出来。”

队长说：“我们加紧攻一阵子，诺苏耐不住就会主动提出停战谈判。”

队长站起来，高声喊道：“大家鼓起劲来，吼起来，打起来，狠狠地收拾他们！”

汉嘎的阵营里，枪声和吼叫声突然振作起来，他们又向前推进了一点。一颗不长眼的子弹打倒了一个正骁勇地跳起来向坡下打石头的诺苏小伙子，他就是娥嫫的一个十七岁的堂弟。娥嫫的叔叔伯尼和几个亲人抱着死者哭天喊地，悲痛欲绝。诺苏阵营又开始大乱，一哄而散地向后退了一段，但汉嘎仍然不依不饶地还在逼近。诺苏退到一片更加险要的林子里停了下来，汉嘎的子弹还是东一颗西一颗地飞到这里。

海泽黑彝想了想，阔脸上终于露出了绝望："算了。今天打不赢汉嘎了，我们提出来谈判算了。"

军师绝望地附和说："要得哇。"

海泽黑彝对身边的一个家丁说："快去把昨天抓来的两个汉嘎娃儿带来还给人家。"

家丁领命跑步而去了。

军师站起来举着双手走到了一个显眼的位置上，并向下面喊起话来："下面的亲家，不要再打枪了，我们停战谈判哇！"

枪声果然停止了。保长引颈而喊："这些年来，你们偷走和抢走了我们多少娃儿哇，你们把他们全部还回来！不然，今天就把你们的老窝一把火点了！"

海泽黑彝的军师见汉嘎停止了打枪，就放下了举着的双手："我们没有偷你们的娃儿，也没有抢你们的娃儿！"

保长喊道："昨天你们的两个人就把我们的两个小娃儿抢走了，村子里的人一直追到这里来还被你们打了！"

海泽黑彝的军师喊道："两个娃儿马上还给你们哇！别的事情我们真的晓不得哇，不信你们派人到村子里来搜哇！"

山下的一个村民叫了起来："搜就搜！我家的娃儿去年丢失了，不是你们干的还会是哪个干的哇？"

山下的另一个村民也哭叫起来："上个月我家刚满一岁的儿子也被你们偷走了，我要进你们的村子一家一家地搜！"

海泽黑彝的军师喊道："欢迎你来搜哇！顺便杀个猪儿给你吃，倒几碗酒给你喝！"

保长对身边的人说："那些娃儿他们不会留在村子里，肯定卖到很远的地方去了。据我所知，从这里偷去和抢去的娃儿他们都要卖出去，而把别处的娃儿买过来当娃子。近处的人，他们总是不放心留在家里，即使留在家里，这么长时间了，他们肯定藏起来了，去搜肯定搜不到。我们啥子证据都没得，不要再提这个了。"

说完这些，保长冲着坡上喊道："我们这里有两个人死了，有二十多个人伤了，死的你们要赔偿命金，伤的你们要赔偿药钱！"

海泽黑彝的军师还价道："我们这里死了七个人，伤了几十个人，你们也要赔同样的命金和药费！"

保长吼声更大了："山上的亲家你真是糊涂了哇！输家是没有资格要命金和药钱哩！"

海泽黑彝的军师软了："你们要多少命金多少药钱哇？"

保长出价了："一条命一千大洋，一个伤员一百块药钱，另加这些人的一万大洋误工费！"

海泽黑彝的军师还在还价："我们一条命只给一百块命金，一个伤员只给十块药钱！"

保安队长在用长枪瞄准山上的目标。

保长坚持到底："那是你们的人命，那是你们的伤员！我们的一条命就是一千块，一个伤员就是一百块药钱，这是没得说哩！"

枪声响了，一颗子弹打在海泽黑彝军师的长筒皮靴下面，他随着飞溅的泥土跳了起来，并朝山下喊道："亲家不要让枪走火哇！我们马上去拿一万五千块大洋和两个娃儿一起交给你们，你们马上叫几个人上来拿！"

海泽黑彝的管家匆匆向村子里跑去，昨天丢了两个小娃儿的男人和几个壮年男人也不紧不慢地向山上走去。两个海泽黑彝的家丁一个抱着一个小娃儿，海泽黑彝的管家扛着装钱的麻布口袋，几个人向坡下小跑而来。看到丢失了一天一夜的两个娃儿时，父亲失声叫起来："儿呀！"两个落入异族手里一天一夜的小娃儿终于看见了自己的父亲，一下子便齐声大哭起来，大一点的那个还叫了起来："爹！"

海泽黑彝的管家把钱袋子交给上山来的汉嘎："你们数一下。"接钱的人用手掂了掂重量："不用数了。"

当几个汉嘎转身下山时，海泽黑彝的军师客气地说道："几个亲家，跟我们去家里杀猪儿下酒吃了再回去哇。"

接钱的那个汉嘎也回头客气地说："这次就不消了，下一次哇。"

27　命金和药钱

海泽村寨宽阔的空地上烧着几堆旺旺的柴火，几个死者的尸体被停放在一旁，而那几十个伤员在一堆柴火旁边躺的躺、坐的坐、站的站，身上的伤也让他们忍不住发出了哼叫声。海泽黑彝说："今天我们打败了，山下的汉嘎从我们这里要走了一万五千块大洋。按诺苏的习惯和规定，这些钱要摊在每家每户的头上！"

娥嫫堂弟的尸体就放在一边，他那还不能算是完全成年的媳妇抱着他们刚生下不久的婴儿坐在地上，几个亲人也陪她坐在一边。现在，她已经流不出泪来，也哭不出声来，转眼间她们就已经成了孤儿寡母。当他们听到海泽黑彝的话，娥嫫的叔叔伯尼站起来带着哀痛的哭音说："我的儿子被打死了，我要命金，也是一千块大洋！"

另外的几个死者和伤者的家人也纷纷叫起来。

"我们也要一千块命金！"

"我们也要一百块药钱！"

海泽黑彝非常生气："要是我们打了胜仗，我当然要在这里论功行赏！收回来的钱财，大头归黑彝主子，剩下的按照功劳大小和人头来划分，并且还要把从对方那里要来的命金发给你们，把要来的药钱也发给你们。但是我们吃了败仗，我们除了答应对方的一切要求外，啥子也没有得到。你们难道要黑彝主子来赔偿你们的命金和药钱哇？天底下哪里有这样的道理哇！"

六斤哭着说："我们家死了人，黑彝主子还要求我们家来分担这些赔款债务，我们成了替死鬼，弄得人财两空！"

海泽黑彝更生气了："跟汉嘎的纠纷不是由黑彝主子一个人惹起来哩！打仗是为了大家的利益，不是仅仅为黑彝主子一个人打哩！诺苏世世代代的规定就是这样哩，不容反对！"

六斤说："还不是因为黑彝主子叫人下山去偷抢人家的小娃儿来当娃子，这才惹怒了人家！"

海泽黑彝吼叫起来："我说啥子就是啥子，就这样办了！"说完，他气呼呼地走掉了。

到了秋天，海泽黑彝和他的一个儿子骑马带着几个家丁在稻香村口碰到了伯尼。海泽黑彝坐在马背上说："伯尼，你欠着我的五百块大洋催了好几次了，咋个还没有见到哇？"

伯尼鼓着眼睛说："我没有钱还给你。"

海泽黑彝高高在上地说："实在不想还，那我就要按照黑彝的规定，来你家抽人去当最低等的嘎西娃子了！"

伯尼像是被火烧了屁股一样跳起来："你命令我们去这里打仗那里打仗，我的儿子被打死了，你把我儿子的命金拿给我，然后我才有钱还你。"

海泽黑彝气得全身发抖："你这个没有规矩的家伙！"话没有说完就侧身狠狠地抽了伯尼一马鞭，伯尼的脸都被抽出血了。

一直沉浸在失子哀痛中的伯尼一时间完全失去了理智，他弯腰从地上拾起一块石头向海泽黑彝扔去，海泽黑彝的马一惊跳开了，石头打空了。

海泽黑彝紧张地勒住了惊马，大骂道："这个娃子简直是无法无天了！"他的儿子和几个家丁早已扑上去把伯尼打翻在地上继续拳打脚踢，直到他动不了才停止，然后他们骂骂咧咧地走开了。

晚上，一些亲戚来看望躺在火塘边篾折笆上呻吟不止的伯尼。

玛吉叹气道："真的是一个多事之秋哇。"

六斤分析说："种种事件说明，诺苏与汉嘎之间的矛盾几乎到了水火不相容的地步，周边的诺苏黑彝也像山猫驴一样盯住海泽部落，而黑彝主子与曲诺娃子之间的矛盾也尖锐到无法在内部进行调解的地步了，看来海泽部落要出大事了！”

过了几天，伯尼在路上碰到了海泽黑彝，双方都用仇视的目光从对方的脸上扫过。海泽黑彝阴鸷的双眸里喷出了能够烧伤人的毒焰，它直接燎到了伯尼的脸上：“海泽部落的天空是哪个的哇？你娃儿再咋个跳，也永远是我海泽黑彝的娃子。你再不交钱，我就把你降为牲口一样的嘎西娃子，如果你不听话，我就把你穿起鼻子卖到别处去。不信，你就走着瞧！”

伯尼处于弱势，感到一根芒刺在背上扎得很难受，闷闷不乐地走开了。

晚上，一些亲戚聚集到了伯尼家，他们围坐在火塘边的篾折笆上，每个男人面前的火塘石上都放着一木碗自家酿的包谷酒。火塘里的柴火在熊熊燃烧，火光把他们被酒精刺激了的粗糙黝黑的面孔映照得红红的。

六斤端起木碗“咕咚”地喝了一口酒，愁眉不展地说道：“咋个整哇？”

加布是有过背叛壮举的人，此时他血管里的热血再次沸腾起来在体内发出了呐喊，这种呐喊已经冲口而出：“诺苏谚语说：高山任你住，好马由你骑！这么多高山，总有我们的安身之处。我们不如悄悄地搬走，脱离黑彝统治者到江那边去找一处新屋基！”

气氛一下子凝固了，屋子里除了柴火在毕毕剥剥炸响之外，人们都顿时鸦雀无声了。

六斤颤颤巍巍地说：“这样做，跟死已经差别不大了哇。诺苏社会，人与人之间的森严等级关系深深烙印在每个人的心里和骨头上，附属民只要单独离开黑彝统治者就无法证明自己的合法身份，而人人都会把他当作最低等的嘎西娃子占有，同时原有的身份也会沦丧下降，人身自由也越来越有限，这样一来就跟牲口差多了。不到迫不得已的地步，我们决不能脱离黑彝统治者。”

沉默中。过了一会儿，加布打破了这种沉默：“问题是，我们在这里活不下去了哇。”

伯尼含着眼泪叫道：“一说起来，我身上的处处伤痛突然间又刺痛起来。走哇，离开这里才是我们唯一应该做的事情！”

六斤还是颤颤巍巍地说:“要慎言,要从长计议。”

冬天到来的时候,拉莫对玛吉说:“阿大,大家都在商量想要脱离黑彝统治者,然后渡江到远方去找新屋基。我是很想去哩,但是阿妈身体不好根本出不了远门,我还是决定不跟他们走了。你带着弟弟妹妹跟他们走哇,我留下来照顾阿妈,等她老人家百年后我再去找你们。”

玛吉说:“要不得!你们年轻人还要活好几十年,干脆你们年轻人都跟他们走去找一条活命的路。我和你阿妈也活不了几年了,我们就不走了,能活到啥子时候就算啥子时候。”

娥嫫的妈妈咳嗽着:“你们都不要争了!我是快要死的人了,我留下来,你们走哇!”

拉莫说:“这样要不得,绝对要不得!干脆让他们走,我们这一家人留下来。我听说还有一些人不愿意走,我们的生活还会像以前一样,我们不会孤单。”

接着的一个冬夜里,一些亲戚又聚到了伯尼家。

加布说:“今天在座的人都是自家亲戚,看看咋个做才好。”

六斤继续颤颤巍巍地说:“按照诺苏的结盟仪式,喝了鸡血酒,大家就要誓死抱成一团,互相保守秘密,同生共荣。”

伯尼说:“那么,我们今天在座的亲戚就喝鸡血酒结盟。”

说着,伯尼出去抓鸡去了。一阵鸡叫和扑腾的声音过后,伯尼抱着一只大公鸡回来了。有人把所有喝酒的木碗都端了放在一起,伯尼用刀在公鸡脖子上一抹,然后抱着公鸡在众多酒碗的上空转来转去,热腾腾的鸡血滴进了一只只酒碗里。伯尼把公鸡扔到了一旁,任它在那里扑腾作最后的挣扎,他自己端起滴了鸡血的酒碗,大家都跟着他端起了自己滴了鸡血的酒碗。

伯尼嘴里念念有词:“我们宣告,从这一刻起,彻底与统治者海泽黑彝决裂,一同摆脱他的统治,打破曲诺搬迁非要跟随黑彝主子搬迁不可的老框框,自己离开这个伤心地,一边走一边要饭吃,过江到没有黑彝统治者的深山里过自己的生活。”

他们的酒碗碰在了一起,共同喝下了生死结盟的鸡血酒。

一个月黑风高的夜晚，近百号人静悄悄地离开了村子。他们轻装上路，只带着必需的生活和生产用品，女人们背着和拖拉着小娃儿，然后一起消失在了凛冽的寒风中。在漫漫的黑夜中，不时传出一些若有若无、轻言细语的苍老对话。

“我们顺着江边走上两天，从弯子渡口乘坐羊皮筏子渡过金沙江。”

“为哇子总是要过江哇?”

“渡江这种不得已的事情，对总是漂泊不定的诺苏人来说已是家常便饭。”

“经过世代的高山生活，诺苏已经演变成了一个地地道道的高山民族，因为水性很差，所以十分害怕大水，往往对大江大河敬而远之。”

“只要过了江，就拥有了一道天然的防御工事。如果有人想要来追捕你，那就会显得十分困难，因为他们要走很远很远的路才能碰到一座可以过江的桥。到那时，你早已远走高飞了。”

28　稻香村动静

黄昏时分,加布和雪儿终于到达了稻香村。村里激烈的狗吠声向主人报告了一个消息:有远方来的陌生人进村了。村里的人走出篱笆柴房,看见了一大一小两个风尘仆仆的人,他们即使不披羊毛披毡,凭长相和气息也能完全证明他们的身份。狗的主人用吼叫和命令管束住了狂吠不休的看家狗:"别叫!那是亲人到了!"

有人喊起来:"拉莫!拉莫!亲人从远方来了!"听到喊声后,雪儿的舅舅拉莫一家老少像一小群鱼一样一个接一个地从篱笆柴房里钻出来了。分别了多年的亲人突然来到面前,生命里浸泡了太多辛酸的大人们都深知这种相见的不易,于是都激动得流下了热乎乎的眼泪。

远方的亲人来了,狗和人一起闹出来的动静说明拉莫家要杀牲待客了。人们条件反射地向这里涌来,几个男人在主妇的指引下从圈里捉出了一头肥猪,它被五花大绑地抬进了屋里。火塘边早已围坐了一大群人,有的争先恐后地与客人拉话,有的静静地坐着听别人说话。火塘里的柴火烧得很旺,熊熊的火苗腾起半人高,红红的火光照亮了每一张黝黑的脸孔。

"客人长主三百岁",所以客人必须要坐在最上方。拉莫为主人,坐了进门后火塘左边篾折笆上靠里面位置的主位首席,然后从靠近首席的地方开始,主人家按辈分长幼顺序依次而坐。加布是首席贵客,坐在进门后火塘右边篾折笆上靠里面位置的首席客位,与拉莫面对面。客人数量只有两个,而来的主家人数这样多，于是客位上也坐满了主家的人。

大家正在按座位排列的顺序依次向客人敬酒的时候，他们身后被杀的猪发出了尖锐的惨叫声，而加布和雪儿看到了杀猪的全过程，因为看到了鲜血被视为得到了主人家的真诚和敬重。

火势很旺，人手足够，分工协作，只是一会儿工夫简单大方的晚餐就像流水线作业一样出锅了：鲜香浓郁的坨坨肉和厚实纯正的苦荞粑粑分别装在大木伞里，而用鲜肉汤煮就的酸菜汤也装在了大木盔里，它们都被一起端出来放到了客人面前的地上。加布和雪儿是客人，得由他们先吃。父子俩先用木汤勺从木盔里舀起汤来喝了三口，每喝一口都发出了响亮的嗞嗞声，随后他们放下了汤勺。然后，他们抓起一块荞粑粑用双手掰开，适中的一块留给自己拿着，而另一块则放回木伞里，再伸出另一只手从木伞里拿起一坨肉，吃一口荞粑粑后吃一口肉。但是雪儿感到有点哽，便用木勺喝了几次汤，他觉得在别人家吃饭有点像是一场快节奏的阵雨，干净利落没有拖沓地恰到好处。于是，他又吃了一坨肉喝了三口汤，几乎是与加布同时把木勺搭在木伞边上向主人表示已经吃好了。

这一套简短的程序就是吃饭，而酒早先就喝了，如果不够晚上再接着喝，但不能在吃饭时喝。同时，吃饭时连话都不要多说，要吹牛就提前吹够，吹不够可以晚上又接着吹。除了喝汤发出的声音和咀嚼发出的声音，只有一直在边上不停地招呼着的主人家不断劝客的单词短句：“吃！”“吃饱！”“饱饱的吃！”“再吃！”客人应答说：“饱了！”“不吃了！”“你们快来吃哇！”加布边说边把大木伞和大木盔端起来递给主人家，主人家边劝说边接过去放在帮忙杀猪的人和家人面前，而早已等在那里的人们立即蜂拥而上开始吃饭。

雪儿无所事事地坐着，呆呆地望着火塘里的旺火出神，又听见大人们摆龙门阵的声音。本来就够累的了，再加上饭饱神虚，他有点昏昏欲睡，眼睛也都似乎很难睁开了。敬酒的人太多了，本来吃饭前就喝了太多的酒，而吃过饭又接着喝，加布此时有点酒力难胜了。在主人家收拾餐具的乒乓声中，雪儿突然感到加布在醉醺醺地用那只秃手推着他的身子，并用左手指着火塘对面大声地说话，而加布的每一个动作和每一个语词都在强调、都在特指：“雪儿，你看，那个姑娘就是阿依，七年前你舅舅把她拿给你做媳妇了，今天我们就是来理一下这件事情哩！”

雪儿刚好要睡着，被爸爸这样一推搡一提醒，心头一震地立即清醒了过来。他瞟眼看向父亲指着的地方，只见一个散着头发穿着小百绉裙的小姑娘坐在篾折笆上，她双肘架在膝盖上用两只小手掌托着小脸蛋，眼睛好奇地打量着远方来的客人，神情里一副怕生而什么都不知道的样子，而火塘里暗红的火光忽闪不定地在她面庞上轻轻地晃动。

雪儿有点明白究竟是怎么一回事了，心也一下子跌入到了痛苦中，因为他想读书当老师，而那个小姑娘才十来岁，他一点都不想要她做媳妇。过了一会儿，他实在忍不住地一下子说了出来：“我不要！”大人们没有体会他的痛苦感受，都在用打趣的眼光看着他，有几个还戏弄地笑了起来，而有一个甚至这样笑话他：“媳妇你都不要，你想要啥子哇？”于是，又是一阵哄笑。

雪儿的心被撞痛被撞伤了，他感到自己的心灵受到了蹂躏，但他还是侥幸地自我欺骗道：这不是事实，他们说他们哩，反正我不要就是了。他强自把加布刚才说的话当成了大人酒醉后取笑小娃儿的玩笑话，懂事地摇着加布的手臂劝道：“阿大，你都醉得说起酒话了，再喝下去就要闹笑话了。”

加布露出了长辈的威严，不容分说道：“闹啥子笑话哇！我差不多二十年没有见到这些亲人了，不喝醉咋个要得哇！”

雪儿想哭了：“我眼睛都睁不开了，瞌睡得很，连坐都坐不起了。”

加布才不管他呢：“你坐不起了就先去睡哇。”

雪儿明白了，在这样的场合里这些大人今天晚上是不会睡觉了，他们要喝到天亮，如果中途要是醉得实在不行就往身下的篾折笆上一歪就睡了。舅舅家只有两间连在一起的篱笆柴房，他在这里没有地方睡觉。雪儿的姨妈站起来说：“走，雪儿，去姨妈家睡瞌睡去。”她领着他向村尾走去。

29 小羊儿长成了大肥羊

稻香村是一个典型的诺苏村寨，一切生活习俗都保持着诺苏原汁原味的特色，没有一样不是雪儿所熟悉的：房屋是篱笆柴房，男人身上披着羊毛披毡，女人身上穿着百褶裙、头上戴着罗锅帽，每个人的嘴里都说着诺苏话，一言一行都是诺苏的风味，周围环境也是诺苏的环境，就跟江西雪山下面的热雪村一样。

早上，雪儿从姨妈家过来时看见几个男人正在舅舅家围院里给一条杀死了的肥猪开膛破肚，一个人在向他招手："雪儿，我们正在给你和阿依杀猪哩，你来看一下猪苦胆哇，如果苦胆好就说明你们的婚事顺利。"

雪儿对此不感兴趣："我不想要媳妇，哪个想要就让哪个看！"

那些大人哄地全都笑起来，其中一个说："你的媳妇你不要，要送给别人哇？"

啊?！雪儿被骤然猛跳的心脏憋屈得喘不过气来，屈辱和气愤令他全身都在发抖，他转身跑进屋子里想远远地避开这种令他痛苦不堪的事情。那个男人随后跟着他进了屋，用血手把猪苦胆拿给加布观看："苦胆不太大也不太小，不太满也不太瘪，黄生生哩，吉利得很哇。"

加布看过猪苦胆后把一小叠钱递到拉莫手里，像是讨饶又像是过意不去："家里的情况你也晓得，拿不出更多的钱来，这就当是表达一点心意哇，等改天有了再补给你。"

拉莫自然收下了钱，嘴里说着："俗话说，打官司的钱是一天的钱，要当天了结；订亲的身价钱是一生的钱，可以慢慢给。"

爸爸是在向舅舅正式提亲，舅舅家则在杀猪观胆，在卜得了吉兆后爸爸当场支付了女方的身价钱，婚约就这样缔结成立了，而他和阿依现在已经是未婚夫妻了。从此，他们都得遵守婚约，如果毁约是要打冤家赔钱的。

这个讨厌的事实把雪儿的心都揉碎了，他都要快疯了，于是他转身冲出屋子毫无目的地在山野中奔跑，而他不知道此时自己究竟要跑到哪里去，也许是永远这样奔跑着再也不要停下了，也许会跑到有悬崖的地方像一片落叶一样飘落下去，也许会跑到大江拦断去路的地方像一条鱼一样跃身而下……此时，他万分需要一个让他停下来的理由，否则他就完蛋了！

雪儿跑了一阵子后，那个救命的理由还是幸运地出现了——姨妈站在山坡上，她嘴含竹柄石烟锅叭叭地咂着呛人的兰花烟，而她的羊群正在吃草。雪儿气呼呼地走到她跟前，一屁股坐在了地上。

姨妈在他对面坐下，叹了一口气："诺苏谚语说：早结婚，早接宗。喜鹊早筑巢早成窝，儿女早结缘早成家。姑娘终归是别家的人，早出嫁早联姻，早结一门亲戚；儿子终归要娶媳妇，早娶媳妇早安家；父辈欠子债，就是帮助娶亲搭桥。你阿大给你办婚事，这是在向你还债尽义务，你要理解大人的做法哇。"

姨妈又装了一锅烟继续咂着。雪儿刚刚才抓到的一根救命稻草就这样轻轻巧巧地绷断了，他重新又跌入到了无法排遣的忧伤中，便忍不住地唱起了那首忧伤的歌《不要忙》："妈妈头年养只小羊儿，第二年长成了大肥羊。妈妈养羊做啥子？妈妈养羊给儿子结婚用。儿子说：妈妈呀妈妈！儿子的婚事不要忙，儿子的婚事忙了好的姻缘会落空……"唱到这里，他已是泪流满面。

雪儿万万没有想到，加布摇摇晃晃地走了过来："雪儿，我一夜没有睡，一直在跟你舅舅商量你的婚事。从稻香雪山到江西雪山要走半个月，而来回就要一个月，路途太遥远了，又隔山隔水哩，这来去一次实在走伤心掉了，不如干脆把你们的婚事全都办掉，一次性把阿依接回家去。"

雪儿差点疯掉了，像一头被惹急了的小豹子："我不要！不要！"

"咋个不要哇？"

“反正我不要就是了！”

“这是你舅舅定下的事情，他还帮我向亲戚们借了办事的钱，安排了抢亲者。再说了，你的一只手残废了，你舅舅能够把阿依拿给你做媳妇，你感谢他还来不及哩！”

雪儿一下子身心俱疲，一点精神都没有了：“反正我不要就是了！”

姨妈开始帮加布的腔：“雪儿呀，自家的人总比别家的人要好哇，就不要再说这样的话了。”

雪儿泪流满面地站起来跑开了。

大人们还在继续用实际行动大造声势，并紧锣密鼓地安排着雪儿的婚事。此时，毕摩在拉莫家里为雪儿和阿依推算生肖命相是否相合，只见他闭目掐指且嘴里念念有词：“兔猪羊合，狗马虎合，牛蛇鸡合，猴龙鼠合。生于兔年、猪年、羊年的人命相宜，生于狗年、马年、虎年的人性相近，生于猴年、龙年、鼠年的人气相通。”

拉莫有点不踏实的样子：“这两个娃儿合不合哇？”

“雪儿属蛇，阿依属马，八字有七字合，命相相合。”

“合就好。”加布嘴里叼着石头烟锅走了出去。

雪儿在一旁的树林里向加布招手：“阿大！阿大！过来！过来！”

加布走过去：“雪儿，你躲在这里装啥子鬼哇！”

雪儿强行按捺住了自己狂躁的心情，迫不及待地恳求道：“阿大，我们明天就回家要得不？”

加布笑眯眯的毫不理会他的这种心情：“你不要着急，我们正在忙着办你的婚事，办完了之后我们带着阿依一起走。”

“她这样小，带回家里做啥子哇？”

加布很老到，一点也不着急：“她可以放老母猪哇，放两年老母猪不就长大了。”

雪儿愤怒地失去了理智：“哪个要就给哪个，反正我不要！”

加布还是不着急：“等她长大了，你自然就会要了。”

雪儿大叫一声跑开了。

30　从姑娘手里赎回衣物

加布请来的抢亲者带着五只羊、两袋米和两桶酒来到了拉莫家的院子里，他们立刻便警觉了起来，像突然进入了敌阵一样，伸头缩脑且眼睛骨碌碌地转动着判断敌情，并用羊毛披毡蒙着头脸迅速往前跑去。果然，一群手里端着水的姑娘叫喊着从各个角落冲了出来，并麻利地把水向他们劈头盖脸地泼去。抢亲者的行动又快速又果敢，他们冲破姑娘们的围追堵截分头行动，迅速地把五只羊牵进羊圈里去了，也把两只粮食口袋放在了屋子一角的粮柜上面，还把两只酒桶放在了屋里的地上，最终胜利完成了任务。在此之前，要是这些东西落入姑娘们的手中，他们还得出钱打酒赎回来。现在，姑娘们纷纷扔掉水瓢，双手伸进装着锅烟灰的碗里张牙舞爪地向抢亲者扑上去，以多对少地立刻就把他们的脸抹黑了，只剩下七窍露在外面。有人这样警告道："在我们把新姑娘送到新郎家之前，不准你们擦掉锅烟子！啥子时候擦掉，我们啥子时候又给你们抹上！"

一个小伙子被两个姑娘控制着，另一个姑娘快速抢走了他的披毡和衣服跑到别处去藏了起来，而抢亲者显得宽宏大量，任人宰割却不生气也不发火。见同伴的披毡和衣服被抢走了，另一个抢亲者唯唯诺诺地说："今天是你们女人的天下，随便你们戏弄，我们决不翻脸……不麻烦你们了，衣服我自己脱……"别的同伴也做出投降的样子脱下自己的帽子、披毡、衣服献上，姑娘们抱着战利品站在那里乐开了怀。

抢亲者们都纷纷拿出了钱,从姑娘们手里赎回了自己的东西。姑娘们见来抢亲的小伙子们都重新穿戴好了,便开始斗智娱乐并你一言我一语地说唱开来。

"养大一个姑娘,妈妈脱了九十九层皮。不泼你们九十九瓢水,不抹你们九十九把锅灰,咋个要得哇?"

"我们翻过九十九座山,趟过九十九条河,不背回新姑娘,咋个要得哇?"

黄昏的时候,雪儿闷闷不乐地躺在姨妈家火塘边的篾折笆上,见加布进来便把脸扭到一边闭上了眼睛。

加布坐在一边小心翼翼地说:"雪儿,大家都忙成那个样子,你咋个老是远远地躲在一边哇? 快起来到你舅舅家去。"

雪儿不看加布:"我不愿意去舅舅家。"

"今天晚上大家都在你舅舅家吃饭,你总该去吃饭哇?"

"我病了吃不下饭,不去了。"

"那我去叫你舅舅找一个苏尼来给你撵鬼治病。"

"不要!"

"你正在结婚,这样病着咋个要得哇?"

雪儿泪流满面,抱着头翻滚起来:"我疼! 我疼死了!"

加布的眼睛潮湿了,挪过去抚摸雪儿的额头:"雪儿,宝贝……你说,我要咋个做你才会好受一点哇?"

"我不想要媳妇!"

"你说啥子傻话哇! 这是婚姻大事,不是小娃儿过家家!"

"你不走,我自己一个人走! 离开这里,独自一个人回家去!"

"路途太遥远了,路上处处都充满了危险,像你这样的一个小娃儿是无法单独成行哩……等办完你的婚事,我们带着阿依一起走。要得不?"

雪儿的头好像又疼得厉害起来了:"我不想跟你说话了,也不想见到你了!"

"你快起来,去舅舅家吃饭!"

"不去! 不吃!"

“不吃饿死你!”

“饿死就饿死!”

雪儿又跑到山坡上伤心地躺在那里,姨妈咂着石头烟锅向他走来。雪儿坐了起来:“姨妈。”

姨妈在他身边坐下:“雪儿,大家都在为你办婚事,你咋个一个人躲在这里哇?”

雪儿皱了一下鼻子,没有出声。姨妈又说:“按规矩,今天那帮丫头会泼你们很多的水,再把锅烟子抹在你们的脸上,而且还要抢走你们的披毡和衣服藏起来,等给了她们钱才会还给你们。”

雪儿绝望地叫道:“我不怕她们! 她们想得美!”

“诺苏谚语说:亲家不打不亲,结婚三天尽情地玩笑,没有玩错的规矩,没有笑错的理由。这是习俗,姑娘只有这样嫁人才有面子,以后要是丈夫对媳妇不好,她就会说:‘我是你们抢来哩,不是自己走来哩!’”

一帮大大小小的姑娘嘻嘻哈哈地来到了跟前,她们是雪儿的表姐表妹们。

一个小表妹高兴地叫了起来:“我们早就把木盆和木桶都打满了水,还准备了很多锅烟,正在到处找新郎官哩。看,新郎官躲在这里哇!”

伶牙俐齿的表姐阿嘎还没有走过来就说起话来:“我们家不能白拉拉地让你带走一个姑娘! 看,我们给你带来了这么多冷水、棍棒和锅烟子!”

姨妈在向他示意:“雪儿,你要是不愿意跟她们闹着耍,那就赶忙点跑哇!”

“我才不怕她们哩!”

姨妈转而大声对那帮来势汹汹的姑娘说:“看来,今天你们要以多欺少了。”

一个小表妹没心没肺地嬉笑着:“我们就是要以多欺少,够够地收拾一下这个远方来的小老表!”

当她们突然冲过来正要往雪儿的脸上抹锅烟时,他突然变成了一匹被撩急了的小豹子,跳起来从地上抓起石块,龇牙咧嘴地做出就要凶恶出击的姿式，威胁的言辞也一起蹦了出来：“哪个敢动我，我就用石头敲死她！”

表姐表妹们看出来也感受到了这个小老表是真的愤怒了，已经到了说得出做得出的地步，她们都不敢再靠近他了，个个都偃旗息鼓地纷纷扔掉了手里的武器。

没有能够痛痛快快地跟新郎耍闹一场，她们很失落又觉得有些好笑，嘻嘻哈哈地嘲笑了他一番了事：“雪儿耍赖毛了！讨媳妇了还在耍小娃儿脾气，真是不害臊！你羞不羞！”

雪儿的嘴很硬：“我不要她！要羞你们自己羞，我才不羞哩！”

表姐表妹们都无趣地离开了，扫兴地走回村子去了。

一个表姐说：“雪儿难耍死了！哪有这样的新郎官哇？”

31　空马桩

鸡叫头遍的时候，加布请来的抢亲者开始用石块敲击新娘家的马圈栏杆了。拉莫从火塘边的篾折笆上爬了起来：“拉洛，快起来！抢亲者在用石块敲马圈栏杆，催促我们喂马备料准备早早上路。这是礼数，怠慢不得。”拉莫的儿子拉洛睡眼惺忪：“要得。我马上就起来了。”

雪儿气呼呼地顾自走出村子，在村外的山坡上等着后面的人。他边走边自言自语地说：“我懒得管你们，你们愿意咋个折腾就由你们去折腾，我才不管哩！”

有人在拉莫家院坝里铺了一张篾折笆，又在上面垫了一床白色的羊毛毡，婶婶和另一个妇女把懵懵懂懂不情愿的阿依拉出屋来并让她坐在上面。

阿依叫起来：“咋个要让我坐在这里哇？”

婶婶告诉她：“你坐在这里，以后就会子孙兴旺发达。”

有人又在阿依的脚前摆放了一个煮熟的猪头、一碗苦荞疙瘩和一瓶酒，婶婶便开始为阿依梳妆打扮，等小新姑娘梳妆好了后婶婶们就开始为她举行出嫁仪式了。

阿依又不明白地问道：“婶婶，你们在整啥子哇？”

“我们在为你举行出嫁仪式，等仪式一完你就是婆家的人了而不再是娘家的人了。”

阿依很担心：“是不是你们不要我了哇？”

“当然不是！只是你要去江西雪山跟你姑妈他们在一起了。好了，让你表哥把你背到那边去哇。”

一个小伙子把阿依背到旁边的一个地方，婶婶给她系上了一根漂亮的腰带：“这是你姑妈家给你哩。”

背阿依过来的小伙子用一块石头装模作样地比划着，好像他的另一只手里正握着一根桩子，他要把桩子钉在地上。

阿依“咯咯”地笑了起来：“表哥在整啥子哇？”

“他在钉马桩，表示要把你的心像拴马一样牢牢地拴在你的婆家。”

“马桩是拿来拴马哩，那里啥子都没得，咋个拴马哇？”

“那只是习俗，是拴你的心不是拴马，马拴在那边哩。”

“这里拴的是一匹假马哇？”

阿依的表姐妹们一窝蜂地涌过来了，那个快嘴快舌的小表姐说：“雪儿那个家伙竟然吓得先自己跑掉了！”

小小的阿依听得笑起来。阿嘎警告道：“不能笑，这时候新姑娘要放声大哭哩，阿依你快点哭哇！我们会陪你哭起来哩，你快哭哇！”

阿依干巴巴地哭起来，表姐妹们跟着她哭起来。阿嘎起了头，姐妹们一起唱起《阿妈的闺女》帮助阿依向娘家辞别。这首生死离别的哭嫁歌十分哀怨而催人泪下，歌词太长差不多唱了一个早上：

闺女放羊归来，看见屋后三堆人在座，躲在树林里商量。

屋前三堆人站立，藏在石洞里商议。

闺女以为他们在议论别的事情，细听才知道谈的是自己的婚事。

想吃肉的人在座，想喝酒的人在场。

坐在火塘上位的阿大变心了，他的头发竖起来了，在催促闺女走。

坐在火塘内侧的阿妈流泪了，只有阿妈最知道闺女的苦楚。

坐在火塘下位的阿哥阿弟变心了，阿哥皱着眉头，挥舞着手臂催闺女走了。

坐在屋里的嫂嫂变心了，斜着眼睛看人，好像在说这里不再是闺女的住地了。

锅桩石变心了，它坐在火塘边，好像在说要闺女离开火塘了。

门槛变心了，它躲在门口，好像在说要闺女跨出门槛了。

圈栏里的黑青马变心了，好像在说快备上马鞍送闺女走了。

院坝里的公鸡变心了，拍着翅膀，好像在说闺女走的时间到了。

把闺女嫁走了，谁给阿大缝衣裳？谁给阿哥做饭？

把闺女嫁到陌生的地方，闺女喜不喜欢也不晓得？

闺女走了，晚上谁来给阿妈做伴？

只有羊皮披毡给阿妈做伴，可是羊皮披毡不会说话呀。

坐着谁来给阿妈做伴？

只有锅桩石来给阿妈做伴，可是锅桩石只会坐着，不会站起来呀。

站着谁来给阿妈做伴？

站着只有柱子给阿妈做伴，可是柱子只会站着不会走路呀。

闺女的血被换酒喝了，闺女的肉被换肉吃了，闺女的骨被换银使了。

拉的人在前头，婆家的人在前头；推的人在后头，娘家的人在后头，闺女不走不行了。

寒冬腊月里让闺女出嫁，冻断了闺女的头发，冻裂了闺女头上的珠子也得走；泥浆盖脚背，大雪纷飞也得走。

这时我不走不对了，兄弟们已经送到路上，不走就不对了；阿妈已经送到院里，不走就不对了；阿大已经送到门前，不走就不对了。

…… ……

雪儿躲在村外的树林里，听着姑娘们唱着悠长的哭嫁歌，既忧伤悲切又悦耳动听，仿佛是在帮他诉说心事。多年后，他才知道汉嘎在古时候就出了一首哀伤至极的《孔雀东南飞》，而这首《阿妈的闺女》被称为诺苏的《孔雀东南飞》，只是它更加通俗和生活化，在不识字的诺苏人中家喻户晓。

到新姑娘启程上路的时候了，雪儿远远地望着。阿依的表哥把她背到了村子外面并扶她上了马背，她因为太小够不着马蹬，双脚只好可怜地悬吊在空中。一群人簇拥着向这边走过来了，到了小河那里多数人停下了，只剩下了由十来个人组成的小型送亲队伍。

雪儿自言自语道："要是别人讨媳妇那会很好耍，这些事情偏偏强加在我的身上就太糟糕了，我连看都不想看一眼！"他转过身自顾往前走去，让送亲队伍远远地跟在他后面。"看来，那个沉重的包袱再也甩不掉了，舅舅他们要亲自把那个小姑娘送到他家去。管你们哩，反正我不要就是了，你们爱送就送哇！我一回去就马上到学校去读书，读了书就在外边当老师，再也不回家里哩！"他气呼呼地顾自走在前面，与队伍距离拉大后就坐下来等着，等队伍靠上来后又再走，然后再拉开再等，却始终与后面的队伍隔着一段路程，他甚至也看都不想看一眼后边的人，就这样一直闷闷不乐地独自走在队伍的前方。他不能跟后边的人为伍，但也不能走得太快，因为脱离了他们有可能会迷路，也有可能遇到老虎和老熊，而且还吃不到东西——那荞粑粑、燕麦炒面和坨坨肉都带在他们身上。他不时偷偷回头观望，随时掌握后面的人是否停下来休息了、是否要吃饭了。其实，独自走在前面也很无聊的，有时他就故意让那些人先走，等他们走得差不多了才慢悠悠地在后面跟着走。他走路是很快的，随时都要带着一点小跑，但队伍里有一个小姑娘拖了后腿，大家的速度也受到了限制，尤其是他本人的速度更是受到了限制，他不得不时不时地停下来休息，等他们走得差不多了才再次动身走上一阵子。

拉莫在关注着他的小女婿："要不要等一下雪儿哇？"

加布很了解自己的儿子："这是一个有心计的小家伙，不要跟他计较，也不要理他。由着他去，反正他不会出事哩，更不会丢掉。"

如此漫长的远路不是谁都能走的，那个小姑娘骑在马背上也累得要死，有时雪儿不经意地看见她想哭的样子，还是觉得有些于心不忍，但又想到她现在都成了他的累赘和痛苦的根源了，她走不动又与他有何干系哇？于是，他又咬紧牙关走自己的路去了。

当他们停下来烧起一堆篝火时，雪儿回头看见了弥漫在林间的青烟，于是他也停住了脚步，坐在那里等到时候差不多了才站起来往回走。走到火堆边时，他们已经烤好了坨坨肉和荞粑粑，见他走近了就递一坨肉和一块荞粑粑给他："雪儿，拿起吃。"

伤心的雪儿不愿意跟任何人说话，接过来就默默无声地走到一边单独用餐去了。如果没有吃饱，他就会走回去再拿一点。有时他会听到大人们在问他："雪儿，吃饱了没有哇？这里还有哩。"雪儿没有理睬，却在心里嘀咕起来："按诺苏规矩，新姑娘在婚前要节食，可是这个小姑娘还是像别人一样在大嘴大嘴地吃着东西，一点新姑娘的样子都没得。"

他又偷偷地看了那个小姑娘一眼，心底下忽然再次泛起无尽的心酸，一半是为自己，一半是为那个小姑娘，然后他自言自语道："我们两个都被大人们害惨了，这样的婚事算啥子哇！哎呀，老天呀，以后的日子咋个过哇！"他又忍不住再次暗下决心："我一回去就到学校读书，一定要离开家，离开那个我不想见到的小姑娘！"

雪儿看见阿大一路上都很高兴，脸上也露出了心满意足的表情，因为对他来说这次收获相当大，不但见到了阔别多年的亲人，还花了很小的代价就一次性娶回了一个儿媳妇。

拉莫有点担心地说："加布啊，雪儿老是这样，我这心里有些不踏实哇。"

加布在宽拉莫的心："现在不要去理会他，他还小，啥子都晓不得。等到他长大了，姑娘也长大了，让他们住在一起，到时候怕是想分开他们都不容易哇！"

加布喊住了拉洛，吩咐说："明天我们就到家了，你先骑马跑到村里告诉你姑妈作好迎亲准备。"

"要得。"拉洛骑上马从山路上飞奔而去。

32　热雪村生息

雪儿在热雪村降生之前，村里的人逃离稻香雪山，翻越了九十九座山，趟过了九十九条河，在经历了一个来月的行程之后来到了江西雪山下面的一个山谷中，他们看见了一条像是在沸腾的小溪正奔涌在树林中的厚雪槽之中。

加布伸手一探，叫了起来："水是热哩！"

六斤把手放进水里，也叫起来："温泉！"

加布抬头环视，眼前满世界都被厚雪覆盖了，江西雪山高耸入云，一种回到家的感觉在心间油然而生："我们诺苏就是雪族，总是喜欢跟雪山打交道，雪和温泉在一起的地方尤其喜欢。这里有点像傥城雪山脚下的温雪村，水比温雪村的要热，如果我们在这里落脚，那就把这里取名为热雪村算了。"

伯尼附和着："好，就叫热雪村！"

六斤也说："好，我们就在这里落脚！"

这是位于江西雪山脚下的一片狭长坡地，夹在两条山梁之间，上面长满了成片茂密的灌木丛。

六斤把双手深深地插进灌木丛根部的薄雪下面，抓出了一堆黑色的腐殖土，陶醉地欣赏起来："看，看，这土有多肥哇！好地方哇好地方！"

加布说："看这些雪就晓得，这里比稻香雪山脚下的稻香村要冷一些，正好适合我们这些雪族生活。过些天我们就把这一大片杂木林全部砍倒，开春后它们也该干透了，一把火点起来一烧后土地就更肥了。"

坡地的上端就在江西雪山主峰的松树林下面，松树林上面的山峰上覆盖着厚厚的积雪。站在这里向下看，远远地就看到了坡地下边一些坝子里的汉嘎村舍。

坡地的两边分别有一条山涧，涧里奔流着来自江西雪山的积雪融水，山涧的外面是两条同样陡斜着向下延伸而去的山梁，而山梁上面的树木蓊蓊郁郁的。

伯尼开始发挥想象了："一看就晓得，这里是理想的凉山诺苏居所。开春后，山上大量的雪融化成清水流走，雪线会退缩到山峰半腰上，而雪峰下面和坡地周围山清水秀，都是极好的放牧的地方，而坡地上则可以种洋芋、燕麦和苦荞。我觉得，在这里落脚是要得哩。"

这里的山山水水都是昂土司的封地。随着一个铜矿的兴旺，外地汉人络绎不绝地来到这里，一些挣到钱的汉人从昂土司手里买田地当了土司属下的地主，而一些没有挣到钱的汉人也不想回到遥远的老家了，他们便从土司家或者地主家租田地当起了佃农，这些汉人们都住在坝子里或者山脚下。现在，这些脱离黑彝主子逃避到这里的诺苏也看中了这片山顶之下、半山之上的坡地，想把它租下来安身立命，于是几个代表来到了昂土司的家里，只见昂土司正在有板有眼地吮吸着银制的水烟壶。

伯尼恭敬地呈上一张虎皮和两副麝香，诚恳地说："我们是从江那边搬过来找一条活路哩。我们打听到这里是这一带最有名的昂土司的管辖地，所以我们找到土司是想请求让我们在雪山脚下安家落户、开荒种地、交纳租子，成为土司新的臣民。"

昂土司垂着的眼皮眨了眨："这么多土地荒着也是荒着，你们喜欢在就在哇。胡大叔，你叫人跟他们去，指定一片地方给他们。"

伯尼说："我们就要雪山脚下夹在两匹梁子之间的那一片长形的杂木坡地，我们名字都取好了，叫热雪村。"

土司的管家胡廷顺垂了垂眼皮："哦，是那一块远在深山里的长坡地。如果你们真的喜欢就在那里哇，等一下我叫人跟你们上去划定范围。我估计那里的面积会有一千亩，你我双方先订一个契约，到时候给土司上够租子就要得了。”

在得到新屋基后，除了体弱年老的人和小娃儿之外，其他人都打乱后分成了若干个小组开始分工搭建篱笆柴房：有的砍竹子编织篾折笆；有的在缓坡上挖土平地基；有的把纹路最直的松树砍倒截成段，并将一部分劈成长长的柴块，另一部分破成薄薄的黄板片；有的在平整出来的地基上栽了几根上端带杈口的立桩，然后在上面搭起了梁木。

六斤的老婆把一个还不会说话的小孙儿抱在自己的怀里，一件大披毡裹住了她自己和小娃儿，而小娃儿的头露在外面被冻得小脸通红、鼻涕长流。她就这样缩着身子坐在一棵大松树下面，用手指擦掉了小孙子流出的鼻涕并安慰说：“诺苏总是要搬迁，建盖的房子都简陋得很，一天就能完全建好，一般早上开工晚上就住进新房了。宝宝，晚上我们就可以住进新房子了，到时候就没有这样冷了。”小孙子似懂非懂地望着她镇静的脸庞。

有的人把长柴块顺着地基沿着立桩上的梁木一块挨一块并排竖立起来，然后用藤条拴织起来成为外墙，再在内壁贴上一层篾折笆当内墙，这样一来墙壁挡风保暖的效果更佳了。而另外一些人则把黄板片像瓦片一样盖在房梁上，最后在黄板片上面压上一些大石头以防止大风把黄板片吹走。

一小片错错落落的篱笆柴房像蘑菇一样新新鲜鲜地耸立在雪地松树林中，青白色的缕缕炊烟从他们的房顶上升起来了。

人勤劳，风调雨顺，土地肥沃，生活慢慢稳定下来，村子也开始逐渐发展起来。

几年后的某天，加布和娥嫫每人身上背着一大捆干柴并牵着一只大绵羊在不多的赶街人中走着。在终于来到街道上的一个特定的地方后，他们迫不及待地把柴一下子扔在了地上，并把牵羊绳拴在了自己的一只脚上，然后便坐下来等着别人来买他们的羊和柴了。

一个从山背后来的亲戚远远地看见了加布和娥嫫，高兴地向他们走过来：“你们租下了昂土司家山清水秀的那一片土地居住，日子过得好不好哇？”

加布满怀激动地说：“土地十分肥沃，粮食收成相当好，多少年来大家的生活从来没有这样过得好，家家都积存得有陈年的粮食，六畜也兴旺，牛羊成群壮大。你看，我每次下山来都要拉着羊子来卖。你一定要去家里坐一坐。”

“我正打算去那里串一下亲戚哩！”

“我们等起你去哇！”

亲戚转变了话题：“山背后的黑彝主子有很大的羊群，娃子不够用便叫我帮他找几个呢。如果你们要是有多余的娃子就转让给我，我会给你们大洋哩，或者拿马匹来交换也要得。”

那个亲戚的同伙在远处叫他，他便匆匆离去了：“我们要在天黑前赶到亲戚家，现在不得不离开你们了。记起噢！我去你们村子的时候最好弄到两个娃子。”

一个汉嘎男人牵着一个五六岁的男娃儿在街上漫无目的地走着，忽然他眼睛一亮便直接向加布他们走了过来。

加布习惯了和汉嘎们套近乎：“亲家，你带着儿子来赶街哇？”

汉嘎男人也习惯了与山上的诺苏做生意：“不是来赶街，我都穷成这样了还赶得起街哇？我是来找亲家帮忙的哇。”

加布眼睛亮了一下：“我能帮亲家做些啥子哇？”

汉嘎男人把小娃儿推到加布面前：“这个是我大哥的娃儿，我大哥和大嫂都得天花死掉了，我穷成这个样子也养不起他，如果他继续在我身边就会饿死掉。所以我来请亲家把他带去给他一口饭吃，叫他给你们放羊。”

小男娃儿眼里流露出了那种讨好主人的表情，娥嫫忍不住伸手把他拉到了自己面前，正好有一只苍蝇停留在娥嫫的脸上，他伸手便去把它赶走了，而且还从娥嫫的头发上择下了一小根枯草。

娥嫫心花怒放：“这个干儿子我要了，这两只羊和两捆柴亲家拿去哇！”

汉嘎男人跑到一个地方立即带回两个脚夫来，他们把两捆柴和两只羊一起弄走了。

娥嫫背着小娃儿，他很乖巧服帖地伏在她的背上。她一副欢天喜地的样子，而加布有点意见：“看那个汉嘎的样子，给他一只羊子就要得了，而你张嘴就给了两只羊子！”

娥媄在微微喘气:“两只羊子算啥子哇? 你看,我这个干儿子值得了两匹马哩!”

加布没有话说了:“也倒是。你累了,来让我也背一下哇。”

“我担心这个儿子是那个汉嘎偷来卖哩,我们得快点走!”

“还是小心一些才好,我们最好不要跟这附近的汉嘎结仇。”

他们加快了脚步,很快就要进村了。四岁的雪儿在飞奔着,嘴里高喊着:“阿大! 阿妈!”跑到爸妈跟前时,他回手向家的方向一指,上气不接下气地报告说:“舅舅!”

娥媄没有反应过来:“啥子舅舅哇?”

雪儿咿咿呀呀的:“就是舅舅! 舅舅来了!”看见了背在妈妈背上的小娃儿:“阿妈,你是不是背回来了一个小嘎西?”

娥媄爱昵地吩咐说:“雪儿以后就叫他干哥哥哇,让干哥哥跟雪儿一起去放羊,好把我们家的一大群羊放得肥嘟嘟哩。”

加布插上话了:“雪儿,你说哪个舅舅来了哇?”

雪儿说不清楚,拉着爸爸的手兴奋地在前面蹦蹦跳跳地跑着:“舅舅在伯尼爷爷家等起哩!”

来到伯尼家的屋前,雪儿放开加布的手,像小狗一样跑向伯尼家的屋门:“阿妈背回了一个小嘎西!”

屋里坐着一大堆人,他们在陪着从稻香雪山远道而来的拉莫喝酒叙话。拉莫听到了雪儿的报告声,站起来迎出门去。娥媄惊呆了,加布从她背上抱下了小娃儿放在地上。

娥媄大叫一声“阿哥”,便哭着抓住拉莫的一只手不放。

加布抓住拉莫的另一只手,他的眼睛红了,流泪了,但没有哭出声。

娥媄哭得更厉害了:“我还以为活着看不到阿哥了哩!”

拉莫的眼眶也湿透了:“别说傻话了……我们都吃过羊肉了,你们去街上饿了一天了,赶忙进去吃羊肉哇!”

雪儿已经拉着不适应陌生环境的汉嘎小娃儿进到屋里去了,并立即从木伞里抓起一块羊肉塞给了他,他饿得像是好久没有吃过肉了,拿过来就狼吞虎咽地吃起来。

娥嫫怕小娃儿噎着，立即拿了一块羊肉塞进他的另一只小手里："干儿子，羊肉还多多哩，不要急，慢慢吃啊！"

这时大家才把注意力投向汉嘎小娃儿，他们都在观赏和估价。

"这个小嘎西不错哩！"

"我估计值两匹马哩！"

"你们是花了多少钱买来哩？或者是……"

娥嫫和加布脸上露出了满意和自豪的神色。

娥嫫说："不是偷来哩，更不是抢来哩，只是用两只绵羊和两捆干柴换来哩！"

伯尼称赞起来："啊吧，太划得着了哇！"

雪儿认为这个小嘎西是他自己领回村里来的，很得意地像是立了一大功，索性赖进了舅舅的怀里，舅舅非常喜爱地抱着他。

待加布、娥嫫和小娃子这三个后来者吃好了饭，拉莫便咳嗽了一声，于是大家都知道他要说话了。

"我有一个小姑娘叫阿依，本来我想把她拿给你家老大则伙做媳妇哩，刚才听说他已经跟阿各家的姑娘订了婚。现在我要把她拿给雪儿做媳妇，加布和娥嫫有没有意见哇？"

加布和娥嫫因这意外的收获而喜不自禁。

加布说："诺苏的舅舅比天大，舅舅说的话当然最算数。娥嫫，你说是不是哇？"

"舅舅说了，我还有啥子话好说的哇！"

伯尼伸手捏了一下雪儿的小脸："都有媳妇了，还这样没皮没脸地赖在大人的怀里羞不羞哇？"

说得一屋子的人都笑了起来，雪儿依然在扭动着身子，一副什么都不知道的样子。又闲谈了一会儿并喝了一些酒，拉莫又不自然地咳嗽了一声，大家的说话声又弱了下来。

"我这次来除了想你们来看你们，就是来给你们带消息哩。你们跑掉后，海泽黑彝差点气死了，说一定要找到你们，然后把男的全部杀光，把女的全部捆了拉回去当最低等的嘎西娃子。他们到处找都没有找到你们的踪影，直到去年姆几从你们这里回去后便知道了你们的下落。以后，他们可能随时都会来到你们的面前，你们要格外小心。”

差不多喝醉了的伯尼叫起来：“我突然又感到全身的伤疤都在扯着痛，黑彝仇家真的是像鬼一样附在我们身上了哇，想甩脱都不可能。那就让他来得了，他来多少我们就杀掉他多少！”伯尼激动难耐，他边说边站了起来并手舞足蹈地吼叫着，虽然看起来很有气势，但是却无法掩饰内心巨大的恐惧。

大家此前的欢乐气氛早已荡然无存，小娃儿们不懂事，大人们却陷入难以摆脱的痛苦中。雪儿在拉莫舅舅的怀里顾自乱动，突然狠狠地拔掉了舅舅的一根粗胡子，舅舅痛得叫出了声。

娥嫫伸手打了雪儿一巴掌：“你都多大的人了？快从舅舅身上下来！”

拉莫爱抚着雪儿：“不怕。”仍然心疼地抱紧了他。

娥嫫有些动怒了：“你再不听话，我就把你扔出去让黑彝仇家带走！”

雪儿惊叫一声，忙不迭地从舅舅的怀抱里挣脱出来：“阿妈，我害怕黑彝仇家把我吃掉，你不要把我拿给他！”

六斤强忍住害怕：“我们现在每家都有这么多牛、马和羊，明天我们就去卖掉它们中的大部分买很多的枪回来！我听说现在汉嘎有一种五子枪卖，里面可以同时装进五发子弹，一扣枪机就打出去一发子弹，用不着像火老弯一样用草绳点火，也用不着像铜炮枪一样用铜帽来引火。我们每个男人手里拿着一杆五子枪，黑彝仇家也不能轻易拿我们咋个整！”

加布狠狠地点了点头：“对！我们卖掉大半群羊买枪买子弹！”

33 能杀人的消息

海泽黑彝的气息不断地被风吹到遥远的江西雪山脚下，并且还起到了惊人的效果。一个燥热的夏夜里，在大大的羊毛毡被子下面，加布默无声息地压在娥嫫的身上运动着，披毡被弄得起起伏伏久久无法平静，直到加布难以喘息时才停息下来。他们又听见伯尼用五子枪连续向雪峰上射击，同时在愤怒吼叫："你想来就来得了，来多少我就杀掉你多少！"

加布忍不住叹息一声："唉！你叔叔真是可怜，一辈子受了黑彝仇家那么多苦，到头来还被他的几句话活生生地吓疯掉了。"

娥嫫很难过："脱离海泽黑彝的统治跑来这里后，我们好不容易过上了一点好日子，到头来还是没有摆脱像鬼一样附身的海泽黑彝，也不知道这样的好景还能够延续多长时间哇！"

加布感到了内心的沉重："能不能打赢仇家继续过我们的日子，我也拿不准。不过，我们唯一的优势是这里山高天远，自已好歹算是这里的半个主人，迎战从远处辛辛苦苦跑来的仇家很有利，哪个胜哪个败还说不定哩！再说了，我们对这里的山这样熟悉，打得赢就打，打不赢就钻进山里去，看他能追到哪年哪月哇？"

为了在江西雪山脚下站稳脚跟，也为了扩大防御圈，热雪村的诺苏下山与汉嘎结盟打亲家的频率更快了。这天，六斤和加布来到了胡广财的家里。

六斤诚实地说："我们热雪村想跟山下的汉嘎结成亲家，世世代代做亲戚。这里送上一点薄礼，请亲家收下哇。”

加布把一副麝香和一张熊皮递上去。胡广财眼睛发亮，欣然收下：“这么珍贵的礼物，胡某人怎敢承受哇？”

六斤说：“亲家说啥子话哇，以后我们还要亲家帮大忙哩！”

胡广财把礼物放到身后的桌子上：“胡某人能帮亲家啥子忙哇？”

六斤说：“到了冬天，高山上经常下雪，十分寒冷，而且也没有草吃，所以每年冬天都会冻死和饿死一些牛羊。有了亲家后，我们就可以把牛羊赶到山下关在亲家的畜圈里过冬，等春草发起来后再赶回到山上去放。这样亲家可以得到大量的农家肥，而且我们每年还要给亲家十只羊。”

胡广财的眼睛更亮了，但还是显得谦虚：“那样胡某人就占了亲家的大便宜了，使不得，使不得！”

六斤热情洋溢的话语里充满了鼓励：“那是应该的哇！在亲家面前，我就啥子都不隐瞒了，我们是脱离了海泽黑彝的统治跑到这里来求生存的曲诺，听说他一心想着要来报复我们，也晓不得啥子时候来。我们想要亲家多留意，平日里如果看到不对头的陌生人群经过这里，就马上通知我们热雪村的任何一个人。”

胡广财点着头：“那倒可以做到，亲家就放心哇。”

深冬的夜里，伯尼又端着五子枪站在自家的篱笆柴房前面大声吼叫：“你来哇，有本事你就来哇！”同时，他又朝着白亮白亮的雪峰上开了两枪。接着，他又嘲笑起来：“你不要以为躲藏在我的脑袋里我就看不见了，我已经看见你了，这下看你往哪里跑哇！”又是一声枪响之后，突然安静下来了，什么声音都没有了。

伯尼的老婆听到了枪体掉落在雪地上的轻响和人体倒下砸在雪地上的沉闷声音，她便一下子从火塘边的篾折笆上爬起来裹着披毡跑了出去。

人们都听见了伯尼老婆的凄嚎声：“快来人哇！快来人哇！伯尼把自己的脑袋打碎了！”

伯尼并没有打着像鬼一样可恶的海泽黑彝，此时的海泽黑彝正领着由家兵和一支小型雇佣骑兵组成的杂牌子队伍行进在苍茫群山中的小道上。

江西雪山脚下，热雪村被厚厚的白雪覆盖着，一座座篱笆柴房变成了一堆堆白雪。村里烟雾缭绕，哭声阵阵，枪炮声不断。

送葬的队伍离开了村子，向山梁上爬去。雪儿和小嘎西趴在院子围栏上，新鲜地看着送葬的队伍消失在树林里。

小嘎西百思不得其解："小主子，他们要把伯尼爷爷弄到哪里去哇？"

雪儿想了想："他们要把他送到天上去哇。"

小嘎西感到那样做很困难："他们从山顶上爬到天上去哇？"

雪儿又想了想："不，他们自己不到天上去，他们会用火烟把他送上去。"

果然，山梁上的树林子里升起了一柱擎天浓烟。雪儿兴奋地指着烟柱："看见了不，伯尼爷爷上天去了！"

小嘎西瞪大了眼睛，摇着头："我只看见火烟，没有看见伯尼爷爷哇。"

傍晚的时候，加布家来客人了。客人和加布一家围坐在火塘边烤火，加布说："干儿子，你去把客人的马喂得饱饱哩。"

小嘎西走了出去。他来到屋后仍然听得见屋里的谈话，于是他停了下来，屋里的谈话声从柴缝和篾折笆缝里透了出来。

"我的主子看上了你家的小嘎西，让我拉着两匹马来给你，把小嘎西给他带回去。"

加布的话音里带着哭泣："啊，这个……要不，我以后重新弄一个给你们……"

娥嫫也着急起来："是啊，这个我们想自己留着……"

客人的话很强硬，让人挡也挡不住："主子的羊太多了，放羊的人手不够，想马上要。主子了解到，这个小嘎西很会放牲口哩，咬死口要这个。"

加布的话显得无奈："山背后的贵人，我们是很尊重他哩，他咬死口要我们也没有啥子说的了。"

娥嫫也没有办法："是啊……我差不多把他当成儿子来养了，舍不得也要拿给山背后的贵人家……"娥嫫转过身抹了一把鼻涕，泪水也跟着下来了。

客人骑的马和他带来的两匹马就在马圈里，小嘎西在细心地喂着它们，他哽咽着一脸泪水。

雪儿蹦蹦跳跳地从外面跑回来，兴奋地跑过去帮小嘎西喂马。他看见了小嘎西脸上的泪水，同情和不解地说："干哥哥，你咋个哭了哇?"

小嘎西什么都明白了："雪儿小主子，你看见了不？客人带来了四匹马，明天客人骑一匹我也骑一匹，我要跟他到山背后的新主子家去放羊了……另外两匹马是拿来代替我留给你们做活路哩。"

雪儿一下子急了："我不让他们拿马来代替你，也不让你去山背后放别人家的羊!"

这一夜发生了很多不寻常的事情。在隔着几座山的地方，海泽黑彝的队伍在一片树林中烧着野火宿营。清晨的时候，加布家的小嘎西骑在马背上走向了热雪村外面的山路，路被隐藏到了雪地里，这匹马跟着前面骑马的大人走着，小嘎西的小脸被泪水打湿了，恋恋不舍地回头望了又望。

娥嫫和加布站在门前，极目远送小嘎西离去。娥嫫的两行泪水流下来了，加布的双眼也红了。

这时，雪儿惺忪地揉着眼睛从屋里跑出来："干哥哥！干哥哥!"

娥嫫眼睛红红的："雪儿别喊了，干哥哥到山背后去了。"

雪儿哭叫起来："不！我不想让他去，我想要他给我家放羊!"

雪儿跑到马圈去牵马："我不让他们拿这两匹马来换走干哥哥，我要去把他换回来!"

加布跑过去抱住了他："雪儿，你还小得很，啥子事都不晓得，我们现在不能得罪周围的任何一个人哇。"

雪儿哭着："为啥子哇?"

"雪儿怕不怕黑彝仇家哇?"

雪儿身上抖了一下："我怕黑彝仇家，比怕老虎都怕，怕他们跑来把我吃掉哇!"

加布哄着雪儿："这就是我们不能得罪周围的人的根源了。多年来，黑彝仇家对我们的追究从来就没有停止过，时不时地就会从稻香雪山那边传来吓人的消息，恼羞成怒的仇家也随时都有可能跑来偷袭我们，并把我们男人全部杀掉，然后把你妈妈和你姐姐妹妹她们这些女人全部带回去当最低级的嘎西娃子。如果得罪了周围的人，我们连一个藏身的地方都没得了。你说是不是这样哇？”

哽咽着的雪儿半懂不懂，他听话地点了点头，脸上的泪水都被抖落了。

娥嫫抹着泪说：“日复一日，月复一月，年复一年，他们说是要来却总也不来，让人神经都快绷断了哇。”

加布安慰说：“凉山实在是太大了、太深了，大江大河也实在是太汹涌了，加上黑彝仇家对我们的具体落脚点也有些拿不准，不一定会跑那么远的路来找我们，只是放出一些话来吓唬我们。”

娥嫫更忧伤了：“我叔叔伯尼就是被他们活活吓死掉的哇！”

加布叹了叹气：“是哩。”

娥嫫也叹了叹气：“日子就这样担惊受怕地过着，一天又一天，一月又一月，一年又一年，啥子时候才是尽头哇！”

加布继续安慰着她：“就把心放宽下来哇！说不定黑彝仇家真的不会来了，我们不要像叔叔那样活生生地被吓死了，那多不划算哇！”

34　太阳从雪山上滚下来

山那边的黑夜降临了，凛冽的大风带来了漫天飞雪，地上的积雪越来越厚。除了海泽黑彝的杂牌子队伍在冒着风雪赶路之外，满山遍野空无一人，只有寒风和飘雪。

海泽黑彝骑在马背上，他的裹头帕上、披毡上和马的身上都落满了雪末子："我已经闻到江西雪山的味道了，到处的雪山都是一样哩。在雨季里和雪季里，高高的雪山上天气变化多端，总是难以捉摸。"

军师照样被风雪裹住，挂在竹斗笠下的鹰爪在耳朵边晃动，他提了提马缰绳让马更靠近主子的马，然后附和道："现在是隆冬时节，正是一年中捉摸不透的雪季，大雪说下就下起来。主子真是神机妙算，哪个做梦也想不到，我们会在这个节骨眼上一眨眼就逼近了那些叛逃者。"

海泽黑彝雇来的骑兵队一律穿着绵羊皮大衣，枪和刀都背在皮大衣外面，而他自己从属地上征集来的兵丁一律披着羊毛披毡，枪和刀都跟身体一起裹在披毡里面。

这天，胡广财家娶儿媳妇，到了深夜他家还灯火通明，屋里屋外也热闹喧天。院坝里的狗吠叫起来，胡广财出院门去方便，看到了一队行色匆匆的人马在风雪中穿村而过，他突然打了一个激灵。

六斤家和加布家的羊群都关在胡广财家院内大大的羊圈里过冬，放羊娃儿嘎嘎喝多了酒，在胡广财家院内的偏房里睡得昏昏沉沉的。胡广财急急忙忙跑回来，冲着嘎嘎大声叫道："你们的黑彝仇家来了！"嘎嘎哼唧着翻了一个身，仍然睡得很沉。胡广财急得狠狠踢了他一脚，他这才极不舒服地醒过来："干爹，你咋个要踢我哇？"

胡广财把他的背子揭掉了："你们的黑彝仇家来了！还不赶忙点去报信？"

"啥，啥子……"嘎嘎想爬起来但是爬不起来，他还在抖索着努力："干爹呀！我吓得腿都软了哇……平时总是听老人说黑彝仇家咋个咋个可怕，连吓唬不听话的小娃儿都说'黑彝仇家来了'，小娃儿也一听这话就会马上静下来不敢出声了。我从来没有见过黑彝仇家，在我心目中黑彝仇家比老虎都还要可怕……"

胡广财从床上提起了嘎嘎："你再啰唆一会儿，黑彝仇家就走到你们的村子里去了。"胡广财把披毡塞给嘎嘎把他推出了门，黑暗和风雪把他一起吞没了。

在苍茫的凉山深处，夜里的山野是一个恐怖的世界，而雪夜里的山野却充满了恐怖的野性之美。嘎嘎害怕得头发都立了起来，他鼓足全部勇气才钻进了风雪交加的深夜里去，飘飘晃晃地飞跑着去村子里报信了。

到处都是深山老林，嘎嘎在山上的大风雪中迷路了，他惊慌失措地在雪地里东扑西蹿，并哭兮兮地自言自语："黑彝仇家难道真的比鬼还要厉害哇？在这样要命的关节眼上，在这样熟悉的路上，我嘎嘎竟然迷路绕了很多冤枉路，平时早就应该跑到家里了，这下我跑了大半夜还没有跑进村子里。黑彝仇家真的是鬼哇……"

其实，嘎嘎离村子已经不远了，只要绕出那片茂密的松树林就看得见了。大雪覆盖了村子，一座座篱笆柴房仿佛变成了一个个雪堆。

风渐渐消退了，除了雪片在静静飞落，到处都没有一点声音。加布家的篱笆柴房被静悄悄的大雪覆盖了，此时屋里显得暖意融融的。在雪峰下面的冷凉地带，冬天十分寒冷，火塘里烧着的柴火会终日不灭，而火塘两边的地面上各铺着一张大大的篾折笆，全家人分长幼一起挤在上面睡觉，他们身上盖着由多张绵羊熟皮缝成的大被子，每个人的光脚丫都一律伸向火塘并放在火塘石上面取暖。加布和娥嫫分别抱着雪儿的小弟弟、小妹妹睡着，这样幼小的娃儿只能躺在爸妈温热的怀里取暖。雪儿已经是个八岁的大娃儿了，他和哥哥姐姐们挤在火塘对面的篾折笆上面睡着。

在这个风雪交加的夜晚，在头冷脚热的难受煎熬中，一家人都已沉沉睡去。雪儿做梦了：他突然看见像火一样又红又烫的太阳从雪峰上面向他飘飘忽忽地滚下来，他感到很惊奇便情不自禁爬起来向着它迎过去，并伸手去接它。猛然间，房里像惊雷般响起了雪儿惨痛至极的凄嚎声，像火一样的太阳一嘴咬住了他的右手并把他拖走了。

大人惊醒了，他们杂乱地坐起来，看见雪儿的小身子在火塘边上抽搐挣扎，细皮嫩肉的一只胳膊在红红的炭灰里扑腾着，被烧得发出了滋滋的响声并伴随着浓烟还发出了皮肉被烧焦的臭味。加布惊叫着一把抱起雪儿，而雪儿的右手皮肉已经被烧焦了。加布一边往雪儿的手上吹气一边哽咽："雪儿，我的雪儿呀！幸好你的叫声大，幸好你叫得快，要不然你嫩芽芽一样的小命都出脱了！"

娥嫫痛心疾首地含泪惊呼："出脱了！出脱了！这个可怜的娃儿烧成爪爪了，以后咋个生活哇！"

加布也泪流不止："我听老人讲，把一些被牛羊拉屎撒尿踩踏过的烂泥巴敷在烧烂的地方伤口就会好。"

娥嫫哭叫着："那你还不赶忙去挖烂泥巴！"

加布把雪儿交给娥嫫，他便跳起来去开门，但像是有人从外面帮忙推了一把一样，门扇朝里面自动弹开了，一大堆雪也跟着滚进了屋里，雪块和雪粉瞬间盖住了他的脚背。"今晚上竟然下了这样大的雪！积雪把门都堵住了！"篱笆柴房几乎没有屋檐，也根本没有檐坎，厚厚的积雪便直接堆到门口把出口也堵住了。加布焦急地抓起一把铲锄把更多的雪块刮了起来，外面的天光从厚雪中的坑道里照了进来。他抖掉身上的雪末，拿着铲锄从坑道里钻出去来到了地面厚厚的积雪上，然后他跑到羊圈前发狂地刨开深及大腿的积雪，取出了一些被牛羊拉屎撒尿踩踏过的烂泥巴。

加布把取来的烂泥巴放进木盆里用冷水调成糨糊，一层又一层地敷在了雪儿被烧烂的地方。雪儿的嗓子哭哑了，哭声也由惊哭变为了抽泣和呻吟。娥嫫用破布把他的手包裹起来，加布在他的手臂上夹了三块小木片，然后拿一根细羊毛绳把整个右手系起来吊挂在脖子下面，以免伤口被碰着。

娥嫫想了想，不放心地说："不行！好好哩，雪儿咋个就杵进火塘里去了哇？肯定有鬼了，肯定大事不好了，我们还得去请毕摩来杀鸡打卦求神相佑，这样才能保住雪儿的命。"

加布站起来："要得哇，我现在就去请毕摩来。"

这时，门外的狗开始不安地咬起来。

嘎嘎还在村子外面的松树林里惊慌失措地东扑西蹿，他仍然在哭兮兮地自言自语："黑彝仇家难道真的比鬼还要厉害哇？……我嘎嘎竟然迷路了……黑彝仇家真的是鬼哇……"

在密集的狗咬声中，热雪村响起了第一声鸡叫。

加布走到屋外，看见狗在激烈地向着村子下方咬，仿佛随时都要冲下去一样。加布转身冲回屋里叫起来："狗咬得这样厉害，难道老虎要在大雪天里进村哇？"

加布从木墙壁的立柱上取下了他的德国步枪。随即，他全身颤抖了一下，在呆愣了片刻后突然像喝醉了酒一样奔出门去。他看见自家的狗咬得快要疯了，村子里的狗也都如此，而它们的咬叫声都朝向村子下方的同一个地方，于是他顺着自家狗咬的方向望去，他突然疯狂地叫起来："黑彝仇家来了！"然后他跑回屋里旋即又跑出来："快！黑彝仇家来了！黑彝仇家来了！"

35　黑彝仇家来了

一时间，人叫狗咬，全村开始大乱。如同惊弓之鸟的大人们条件反射般地从睡梦中吓醒过来，像野兽一样费力地刨开门口的积雪从屋里钻出来，惊慌无比的召唤声响彻了整个村子，妇女和小娃儿的哭叫声也随之响成一片，村子里顿时鸡飞狗跳乱作一团。

加布在着急地指挥着："妇女们带着娃儿和老人到山梁那边去躲避，男人们都拿起枪准备布防！"

妇女们惊慌失措地吆喝着、招呼着老弱病残，他们在一片小娃儿的哭叫声中迅速穿过了村子旁边的松树林，又翻过山梁向山梁下面连滚带爬地奔逃，随后钻进了像大海一样深广的另一片松树林里去了。

男人们带着枪和刀钻进了村子附近的密林里，并依据地形展开了紧张的布防。就在他们附近不远的地方，迷路的嘎嘎体力不支了，他的脑子也似乎出现了问题，双目迷瞪且嗓音嘶哑："我找不到我的村子了……黑彝仇家难道真的比鬼还要厉害哇？……"

妇女们扶老携幼地在厚厚的雪地上滚爬着奔逃，大人们的吆喝声和小娃儿的哭叫声此起彼伏。娥嫫背上背着雪儿的小妹妹，手里牵着雪儿的小弟弟，而雪儿的右手用细羊毛绳吊在脖子下面，左手被大哥则伙拉着懵懵懂懂的跟着大人跑。

海泽黑彝的杂牌子队伍扑进村子里分散包围了每一座篱笆柴房，他们端着枪试探着，并警惕地钻进屋里察看，而里面连个人影都没有。

海泽黑彝蹲在火塘边，把双手伸在红红的火炭上面烘烤着："刚刚才跑掉哩，赶忙出去找哇！"

一个入侵者打着火把在加布家篱笆柴房后面找人，火光把近处的雪地照得更明亮了，藏在树林子里的热雪村男人都看见了他东张西望的脸，而热雪村的男人趴在积雪上都气得浑身发抖。加布咬紧牙关屏住呼吸，然后用他的德国步枪瞄准火把开了一枪，那个举着火把的人惨叫一声连着火把一起栽倒在了雪地上。

突然枪声大作，双方都把身子藏在树干和岩石后面向对方开火，而风雪随着黎明的到来也减弱了下来。

天蒙蒙亮了，在一阵阵此起彼伏的激烈枪声中又有一个入侵者中弹倒在雪地上惨叫，很快便没有了声息。

风雪在天亮前停息了。海泽黑彝躲藏在岩石后面，恼羞成怒地叫起来："老虎被狗咬了！老虎被狗咬了！你们说该咋个整哇？"

海泽黑彝的军师对一个家丁说："你去把骑兵的头儿喊过来！"

那个家丁躲躲藏藏地向一边跑去。一个疲惫的满身雪末子的骑兵队长看到自己的部下伤了一个死了两个后十分恼火，他正在指挥部下向敌人狠狠射击。海泽黑彝的家丁跑到他身边说："亲家，我们主子喊你过去一下！"

骑兵队长躬腰向海泽黑彝跑过去。海泽黑彝对他说："亲家，我们碰到麻烦了。你看下一步咋个整才好哇？"

骑兵队长显得很有信心："打了这么长时间，我开始了解这里的地形了，他们的火力也基本上摸清了，他们的枪不会超过四十支，现在形势对我们好起来了。"

海泽黑彝的军师沉不住气了："那你赶忙点带着你的人冲过去哇，把他们全部收拾了！"

骑兵队长仍然不急不躁："亲家不要着急。我们部队打仗是有方法哩，不能这样一窝蜂地冲上去。你们看，他们全部都躲藏在山包后面的树林里，我们的人比他们多几倍，可以留几个人在这里继续打枪吸引他们的注意力和牵制他们的火力，而大部分人则分兵两路像狡猾的狼一样隐蔽穿插绕到背后包抄偷袭，然后把他们围在林子里干掉。”

海泽黑彝的军师这才开始有闲心打趣道：“这个方法你们以前对我们用过哇。”

海泽黑彝说：“不要再开玩笑了！赶忙点把我们的人都叫过来交给亲家由他统一指挥！”

热雪村的男人们正在全力以赴向正面敌人阵地上开枪还击，完全没有察觉到已有敌人从左右两翼包抄到了身后。

骑兵队长观察了一会儿，对海泽黑彝说：“亲家，你看，再过一会儿从身后包抄的两路人马一旦运动到位，敌人就会身陷铁围插翅也难逃了。”

海泽黑彝赞叹道：“我们的脑袋就是比不上亲家的脑袋哇，难怪从前吃了你们的大亏！”

这里的山很陡，地势复杂，骑兵的马派不上用场，他们变成步兵与海泽黑彝的家兵混编作战。从两翼包抄的人很快就要运动到热雪村的男人们身后了，而右翼的包抄者已经到位，并趴在雪地上准备在热雪村男人们的身后开枪。

左翼的包抄者就要到位，小头目在低声而有力地指挥：“快！快上！”

嘎嘎竟然从包抄者的身后冒了出来，体力虚弱的他已经失去了理智，嘴里在嘶哑地咕哝着：“黑彝仇家难道真的比鬼还要厉害哇？……我嘎嘎竟然迷路了……黑彝仇家真的是鬼哇……”

看到这个全身零乱得像幽灵一样的家伙之后，包抄者都被猛地吓了一大跳，一名士兵沉不住气立即向嘎嘎开枪了。而热雪村的男人们直到这时才又惊出了一身冷汗，也才明白自己已经陷入险境，于是转身向敌人开始了猛烈射击。

加布叫起来：“我们热雪村不该绝哇！先是雪儿把一只手插进火塘里救了我们，现在又是嘎嘎像鬼一样地出现在这里救了我们。”

六斤很紧张，但是头脑清醒：“我们边打边退，等跳出他们的掌心后再跳着绕着地打他们！”

右翼包抄者的小头目向士兵们命令道:“快去把像鬼一样地出现在我们背后的家伙抓住!”

嘎嘎真的是傻掉了,当敌人一边吆喝着一边开着枪向他围拢过来的时候,他定定地站在那里,嘴里仍然在嘟哝着:“黑彝仇家难道真的比鬼还要厉害哇? ……我嘎嘎竟然迷路了……黑彝仇家真的是鬼哇……”

眼看着嘎嘎就要落入敌人手中,说时迟那时快,只见加布竟然向这边飞奔而来。他左手举着枪边跑边射击,像老鹰抓小鸡时掠过地面一样奔到了嘎嘎身边,飞快地用没有手掌的右臂挽起嘎嘎就向隐蔽处逃去。他们的身后飞来了一阵阵弹雨,飞溅的雪块和折断的树枝在后面追着他们跳荡。

这是一个大雪后的大晴天,阳光把雪山照得亮晃晃的,只是感觉不到它的温热。

热雪村的男人们在树林里且退且打,海泽黑彝的队伍紧咬不放且追且打。有时情形又反过来,退的和追的换了位置,他们就这样整整纠缠了一天,直到太阳快要落山了。

骑兵队长懊恼起来:“亲家,我的手下又死了一个。现在眼看就要天黑了,再这样打下去也不会有多少进展,不如算了吧。”

灰头土脸的海泽黑彝不服输:“亲家呀,我花了这么大的代价还这么远地跑来这里,连自家的几个娃子都收不回去,我的脸面还往哪里搁哇?”

骑兵队长想了想:“我们在这里人生地不熟,也大大低估了对方的实力,不但没有把他们按死在睡梦中,还让他们提前逃跑了。现在我对取胜彻底失去了把握,只得停战撤退了。”

海泽黑彝的军师说出了折中的话:“我们一把火把他们的村子烧了,再把他们的牛马和羊群全部赶走,好歹也算是出了一口恶气。”

36　村子着火了

村子里的篱笆柴房都着火了，天空很快就被滚滚的烟雾笼罩了，压在房子上的雪堆随之也化为了春水。烈火中，入侵者赶着浩浩荡荡的畜群向山下离去，所过之处厚厚的积雪被踩踏得乌七八糟。

热雪村的男人们在山坡上的树林里眼睁睁地看着火光中的村子以及他们那些渐行渐远的畜群，此时他们在痛苦中激奋起来。

六斤哭了："他们烧了我们的村子，赶走了我们留在村里的畜群，我们啥子都没得了！"

加布也哭了："我们还有人！我们一个人都没有伤着，有人就啥子都会有！"

六斤的大儿子尔杰同样哭了："我们去追着打那些狗儿子把畜群夺回来！"

六斤说："不行！他们有那么多人那么多枪，我们去硬拼只会是送死……说不定他们正希望我们这样做哩！"

入侵者赶着浩浩荡荡的畜群走着，热雪村的两个男人躲躲藏藏地跟在后面观察着。

山背后，妇女、老人和小娃儿们惊战战地躲藏在树林里，她们像受惊的耗子一样惶惶不可终日。枪声激烈的时候，她们担心；现在枪声停息了，她们更担心了。

娥嫫悲伤地望着村子的方向:“看不见人也看不见火,只看见浓烟把那边的天空都熏黑了……天呀！可恶的黑彝仇家把我们的村子烧掉了哇!”

六斤的老婆肝肠寸断地说:“房子真的被他们烧掉了……呜,呜,呜……”

一个老人终于说出了那句话:“好长时间听不见枪响了,晓不得我们的男人是不是还活着哇?”

老人和妇女们顿时悲声大起并凄哀地哭起来,而小娃儿们也被感染了一样跟着大人们放声大哭起来。一时之间,恸声震野。

两个跟踪观察的男人回来了,向大家报告说:“黑彝仇家真的已经走掉了。”

子坡重新哭天抹泪起来:“我们啥子都没得了哇!”

加布流着泪安慰大家:“我们还有一些牛羊关在山下。”

子坡还是不管不顾地哭着:“我们啥子都没得了哇!”

别的人也陷入了黯然神伤之中。

男人们警惕地回到了村子里,这里已经是一片惨不忍睹的废墟,篱笆柴房和木垒畜圈一间都没有剩下。猪走得慢且长途赶着走很不方便,黑彝仇家没有要,把它们都烧死在畜圈里了;燕麦和荞籽很重背不走,黑彝仇家把它们跟房屋一起烧掉了。站在废墟上,看着眼前的一切,他们个个都忍不住又哭了起来。

六斤哭了一会儿才想起来:“尔杰去山梁那边把老人、妇女和娃儿们找回来。加布安排几个传话人出去把周围亲戚家主事的人都找来商量一下我们以后该咋个整。”

尔杰来到山背后的时候,妇女和老弱病残们的集体恸哭已经过去了,只有几个年纪大的老妇人还在零零星星地抽咽。

娥嫫像是突然看见太阳出来一样:“尔杰！你来了,别的人哩?”

“黑彝仇家走掉了……我们没有死人,村子都烧光了。”

哭声又大了起来,也多了起来。

“我就是来带你们回村子去哩。”

六斤的老婆说:“村子都被他们烧掉了,我们还回去做啥子哇?”

尔杰的眼泪也下来了："男人们都在那里等你们哩。"

这一支散乱队伍向村子所在的方向悲悲戚戚地走回去，当走到一块地势比较平坦的松树林里时，天完全黑了下来。

尔杰说："反正村子被烧掉了，回去也没有地方睡，我们不如干脆在这里烧起大火过夜，明天再回到村子的废墟上。"

雪地上，大火烧了起来，妇女和老弱病残们裹着羊毛披毡围火而坐。小娃儿们饿得哭了起来，母亲们在安抚他们："乖，安安静静哩，不要让黑彝仇家听见……等到天亮了就有吃的了。"小娃儿们吓得不敢吱声了，嘴巴一瘪一瘪的任泪水继续哗哗地滚落，看着令人心酸。

太阳升起来的时候，大地一片清新明亮。妇女和老弱病残的散乱队伍哭天抹泪地回到了村子的废墟上，小娃儿们都饿得直叫唤。愁眉不展的娥嫫长叹一声："好不容易碰上年景大丰收，入仓的粮食也这样厚实，到头来竟然被黑彝仇家放火烧掉了！唉……"她一边叹息，一边把手插进厚厚的粮食焦炭下面心疼地揉搓着，突然她惊叫起来："你们快来，这里还有一些没有被烧掉的粮食！"

加布赞叹道："真是想不到，粮食会这样耐烧！"

六斤说："这是因为粮食太厚了，火烧不到底。"

妇女们纷纷跑向自家房屋的废墟上刨起来，大家都在厚厚的焦炭下面刨出了一些烧得半焦的粮食。

雪儿的右手用细羊毛绳吊在脖子下面，他坐在雪地上的披毡上面痛得昏昏欲睡。他的小妹妹各各小脸上泪痕未干地蹲在他面前往他的伤手上吹气，而他的大哥则伙叫起来："雪儿不行了！"

嘎嘎定定地坐在雪儿身后的披毡上面，嘴里仍然在嘟哝着："黑彝仇家难道真的比鬼还要厉害哇？……我嘎嘎竟然迷路了……黑彝仇家真的是鬼哇……"

这时，六斤从猪圈的废墟里站起来了，他右手拿着一把尖刀、左手拿着一块被烧焦的猪肉走到了雪儿跟前，并颤声抖气地大气说道："雪儿救了我们全村人，他的一只手烧伤了！嘎嘎救了我们全村的男人，他被黑彝仇家活活地吓傻了！他们是我们的救命恩人哇，以后我们有啥子好吃的都要让他们先吃！”他泪流满面地把手里的焦肉切成两半，一半递给雪儿一半递给嘎嘎，但他们都对此无动于衷，只得由别人一点一点地切下来塞进他们的嘴巴里。

妇女们从篱笆柴围院里的树下找来了幸存的旧筛子，准备把从焦炭里刨出来的粮食端到沟边去淘洗。娥嫫心痛极了：“这些粮食可以暂时养活全村人的命了。”

一些男人们扛着斧头去伐木劈柴，另一些男人们开始平整新地基准备建盖新的篱笆柴房，而平整地基的六斤苍老地说道：“日子还得过下去。”

37 不了了之

分散在周围各地的家支头人都跟着传话人赶来了，他们坐在六斤家的新篱笆柴房里讨论热雪村人下一步的出路。

一位从外地赶来的长者说："黑彝仇家吃了大亏是决不会善罢甘休哩，他们已经晓得了这个地方，肯定还会千方百计再一次杀回来，到时就更麻烦了。我们应该尽快背起磨盘，带着火种和粮食种子向西渡过澜沧江到更远更高的山里去，让黑彝仇家闻不着气味想追都追不成。"

几个人纷纷说："是这样！"

"我赞成这个说法。"

"说得对。"

另一个长者却这样说："黑彝仇家把热雪村烧掉了，把牛羊赶走了，我们受到了天大的损失，靠我们自己的力量又拿他没办法。大家得凑些钱选出几个能说会道的人去州城官府告状，讨要一个说法。"

有几个人也纷纷对此表示赞同："这样好。"

"我看行。"

"不能便宜了他！"

"告他！"

白天又周而复始地转回来了，娥嫫坐在火塘边从门框里望着雪儿。那根吊着他伤手的细羊毛绳成了身体不可分割的一部分，他就这样独自坐在围院里的梨树下，不再跟着别的娃儿跑来跑去地嬉闹，似乎开始有心事了。

娥媄看了一眼火塘对面正在沉闷地咂着石头烟锅的加布，满含眼泪地说起话来："雪儿的手烧成这样，敷了一些脏东西在上面包起来拴了这么长时间，晓不得咋个样了？我想打开看一下。"

"打开看一下哇。"

他们从雪儿脖子上取下绳子，从手上取下夹板，打开了破布。

加布的身子忍不住闪开了一点："好臭呀！"

娥媄哭了起来："伤口化脓烂掉了……看！蛆虫！好多呀！"

雪儿的伤手从手背到肘尖呈现出一幅令人毛骨悚然的景象：在厚厚的烂痂缝隙中，一条条蛆虫在探头探脑地蠕动着。加布也忍不住哭了起来，雪儿更是吓得大哭大叫，而小阿牛和小各各也吓得大哭大叫。

在这些哭叫声中，男人们商量的结果终于定下来了：就是要去州城官府告海泽黑彝。

十几个披着羊毛披毡的诺苏男人行走在州城的青石板街路上，与周围环境有些格格不入。

六斤有些胆怯："我们一直以自己的方式解决各种纠纷，要告状也是到黑彝主子那里诉求，黑彝主子就是我们的官府。这次我们走出自己的习惯，来州城向一无所知的汉嘎官府告状，晓不得他们会不会理睬我们哇？"

尔杰也很担心："我们的汉话说得像羊拉屎一样疙疙瘩瘩哩，也不认识汉字，更不了解这个地方的规矩，我们该咋个整哇？"

加布鼓气说："有理走遍天下，汉嘎的官府也得讲道理哇！"

六斤最后拿了主意："我们先按照自己的方式办，请他们为我们做主。"

他们把披毡蒙在头上，从青石板路面上走到官府门前，一边号啕大哭一边高声喊叫起来："我们要告状！可恶的海泽黑彝把我们的村子烧了，把我们的牛羊赶走了！"

把门的兵丁把他们拦了下来，其中一个大声呵斥道："你们在搞啥子名堂，有这样告状的吗？"

六斤他们不能完全理解兵丁的意图，仍然把披毡蒙在头上哭得很伤心：

"我们要告状！可恶的海泽黑彝把我们的村子烧了，把我们的牛羊赶走了！"

把门的兵丁面面相觑，其中一个又说："等我去禀告张专员看看他怎么说。"

张专员跟着兵丁出来了，兵丁对六斤他们说："你们究竟在搞什么名堂，直接对张专员说吧！"

六斤从披毡里向外偷偷地观察了片刻，猜出是怎么回事了，于是哭得更伤心也叫得更大声了："我们要告状！可恶的海泽黑彝把我们的房子烧了，把我们的牛羊赶走了！"

张专员吃了一惊，沉吟片刻，咬文嚼字地说起话来："你们不知道现在是民国了吗？我审案这么多年，还从来没有见过如此告状之人，好生稀奇呀！"

六斤不甚明白张专员在讲些什么，也不明白自己该如何做才更好，只得更加伤心地继续哭喊："我们要告状！可恶的海泽黑彝把我们的房子烧了，把我们的牛羊赶走了！"

张专员叹了一口气，无可奈何地答复说："告状不是这样告的，告状是需要书面状子的，而靠嘴是说不清的。现在，你们回去写一个状子来吧。"

加布在披毡里面用诺苏话轻声对六斤说："他说，告状不是这样告哩，告状是要写在纸上哩，靠嘴是说不清哩，叫我们回去写一个状子来。"

六斤吃惊地问道："状子？啥子是状子哇？"

"我以前听说过这个东西，他们的规矩和我们自己的那一套完全是不一样哩。现在到了人家这里，只得入乡随俗了。"

"就算把我的脑袋砍下来，我也拿不出状子哇！"

"有专门在街上放一张桌子给人写字的汉嘎先生，我们出钱请他们写。"

他们来到一条背街上，找到了那位专门替人写状子挣点钱糊口的老先生，给了他几个铜钱并疙疙瘩瘩地向他讲述了事情的经过。老先生边听边写，最后写成了状子，而六斤拿着状子如获至宝："有了状子，这下好了！"

他们又重新回到衙门，将状子呈给了官人们。官人们的回答又令他们吃了一惊："好了，状子收下了。你们回家去等着，有消息我们会传唤你们的。"

六斤边往外面走边百思不得其解地嘀咕着："他们应该当面为我们做主，

判定海泽黑彝跑去烧我们的房子是不对哩，赶走我们的牛羊也是不对哩，必须要赔礼道歉，该赔人命就赔人命，该赔钱就赔钱。咋个也想不到，他们是这样判断官司哩。真是想不到哇！”

半年过去了，热雪村的人还在焦急地等待着州城官府的消息。

雪儿伤口上厚厚的痂皮在此时也纷纷脱落了，而他的右手却再也不是从前的那一只嫩泱泱的小肉手了，指缝间的变态疤肉把手指头都粘连起来了变成了有蹼的“鸭手”。看到自己的手变成了这样，雪儿伤心至极地张嘴大哭起来。娥嫫捧着雪儿的残手，眼泪像大滴大滴的雨水一样打在上面。

一年过去了，州城官府的消息仍然没有到来，而热雪村的人终于明白这起官司已经不了了之了。又过了一年，一个冬夜里，一伙人坐在六斤家围着火塘边喝酒边商量事情。六斤说：“现在世道更乱了，会下蛋炸死人的飞机也隔三差五地从我们脑袋上面飞过。我们不能再在这里生活了，等冬天一过去我们就马上向西边搬家，到澜沧江那边的高山上找一个新屋基。”

38　抓阄决定

一场大雪刚停，新政府的土改工作队来到了热雪村。当他们刚来的时候，狗咬得很厉害，鸡都被吓得飞起来了。他们在村中建起了自己的布房子(帐篷)住了下来，看来是不想走了。时间一长，村里的狗都认为他们是自家人了，向他们摇起了尾巴。然而，热雪村的人都很害怕，他们躲躲闪闪的，不敢靠近那几座挨在一起的布房子和那些穿着军装背着长枪短枪的汉嘎，而妈妈们都把小娃儿紧紧地抱在怀里，免得他们乱跑而惹出什么乱子来。

白队长穿着军装、挎着手枪，平易近人的面容下却有一种难以抗拒的威严。他就这样在群众大会上讲起话来："各家七岁以上的小孩子都要送进学校去读书，读了书就有了知识，就能改变自己的生活、改变村子的面貌，建设伟大的新中国。"

小娃儿们胆怯地在远处偷看。雪儿忧伤地坐在一根大圆木上，担忧而新奇地看着白队长：看他的军装，看他背在身上的大手枪，看他讲话的样子。他自言自语道："真是不敢相信。"

村里的人很多都在用石头烟锅抽兰花烟，虽然不敢反抗工作队，但也表现出了"绝对不合作"的冷硬态度：有的低着头，有的把脸扭朝了一边，有的呆呆地坐着。

白队长有点惊讶地看着群众听到"读书"这个字眼后情绪的强烈变化，愣了愣："读书是好事情，你们听了怎么会这样伤心呢？"

六斤使劲地沉默着，最后实在憋不住了："我们啥子都可以听工作队哩，就是不能去读书！"

"这是为什么呢？"

"不为啥子，就是不能去！"

"这是让你们的小孩子去受教育，又不是让他们去死。"

"比死还难受！"

傍晚的时候，白队长和江西县本地的工作队员小李走在山坡上的树林边。白队长百思不得其解地问道："小李，你是本地人对诺苏比较熟悉，你说他们为什么会对读书如此害怕？"

小李解释说："诺苏人把所有除了诺苏自己以外的人，包括别的支系的彝人都统称为汉嘎。在他们的惯性思维里，汉嘎是非常可怕的，汉嘎的世界是一个非常可怕的世界，正是因为如此他们才要这样世代生活在深远的大山里，内部通婚保持纯正血统，内部传承维护自己的文化。"

白队长感到异常好奇："哦？"

小李看着白队长："多少世代以来，对他们来说在精神领域和文化认同上，外界的东西是滴水难进的。"

"愿闻其详！"

"'改土归流'在明清时代是相当宏大的一个政治体制改革，随着这一改革的推进，中央王朝的有效统治几乎渗透到了中华大地的每一个角落。可就是在凉山地区的诺苏世界里惨遭到了彻底的失败，流官们都纷纷被杀掉。面对这种奇异的誓死抵制，朝廷也是无计可施，任由奴隶制社会在他们当中延续至今。"

"继续往下说！"

"当听到要把小孩都送进汉嘎的学校里读书时，他们的担心是内外交织的、是全方位的、是各个层次的：把小孩送到学校里去，那就是被抓了壮丁和苦役，就是抓去当人家的娃子，十之八九是不能活着回来了。再说了，自家的小孩当了人家的娃子，自家的社会等级就明显地降低了，而降低等级是与死也差不了多少的。"

夜里，村子里的男人集中在六斤家里商讨应对的办法。

六斤说："工作队非要把我们的小娃儿拿去读书，我们不同意他们就发火了，白队长还说'无论如何你们村里必须要送三个到五个小孩子去读书，你们人口多的几家每家必须要去一个'。大家都来说说，我们该咋个整哇？"

尔杰说："白队长点到名的是我家、加布家、子坡家、鲁史家、阿哈家。"

子坡说："他说的是三到五个，要是非去不可，那我们就出三个，这三个从我们五家之中抓阄决定。"

鲁史说："我们咬死了，最好一个也不去。"

加布说："不去会咋个样哇？"

阿哈说："工作队没有明说，但是他们生气了很可怕哩，有可能会被他们抓起来杀头也说不定。"

子坡说："那我们就出三个。"

六斤说："走一步看一步哇，实在不行再说哇。"

转天，娥嫫在山坡上拦住了几个哄闹着往山下跑的小娃儿："你们不要跟着大人去，通通都给我留在村子里！"

雪儿偏不听："我要去看枪毙地主恶霸！"

娥嫫哄劝着："那是让大人去看哩，不是让你们小娃儿去看哩。"

"我就是要去看！"

"实在想看，就在这里远远地看。"

雪儿和几个小伙伴爬上了一棵大核桃树向山坡下面张望着。

山坡下的一块坪子上面正在召开群众公判大会，周围人山人海，气氛森严。一个即将被枪毙的恶霸地主被五花大绑地押着，而一些贫苦农民在哭诉恶霸地主的累累罪行并向他抛东西。恶霸地主被两名解放军推了出去，然后在他的脚弯上一踢，他就乖乖地跪在了地上，而当两名解放军退开的时候站在后面的解放军开枪了。山坡上，雪儿骑在树丫上看到了枪管里冒出的青烟，然后看到了跪在地上的恶霸地主向前扑了下去，静悄悄的，毫无声息，等过了一会儿之后他才听到了清脆的枪声。公判大会散了，热雪村的人们沉默着，表情阴郁地悄无声息地向回家的路上走去。

晚上，男人们继续在六斤家里开会商量送小娃儿去读书的事情。

六斤说："今天我吓坏了！"

子坡说："工作队会这样对待我们不？"

加布说："白队长说了，只有那些顽抗到底的恶霸地主才会被镇压。"

六斤说："我们不能再对抗下去了！"

尔杰说："被点到名的我家和加布家、子坡家家家都养过汉嘎孤儿，我们都对他们很好，都当作自己家的远房亲戚来对待，他们自己也向工作队说过自己是主人家的侄儿子侄姑娘，但是不管咋个说他们就是我们的奴隶娃子。我的心里很不踏实，生怕被工作队当作地主恶霸来收拾。"

六斤松口了："工作队的话不能不听。干脆，你们三家每家拿一个娃儿出来交给他们，这样才能保住全家人的性命。"

回到家里，加布和娥嫫头痛地坐在火塘边烤火。

过了老半天，娥嫫开了口："子坡家拿出了尔郎，尔杰家拿出了双都，我想让则伙去。"

"不行！则伙是老大，身体强壮，我老了就要靠他来做家庭的顶梁柱。"

"那你想要哪个去哇？"

加布很为难："让雪儿去。"

娥嫫哭起来："不行！雪儿不能去！"

"我晓得你的心思：自己没有照顾好雪儿，让他烧成了残废人，觉得很对不起他，而我心里头又何尝不是这样的哇！唉，有啥子办法哇！"

"你以为我晓不得你心里头的想法哇？你认为雪儿是残疾人干不了重活，在家里没有多大用处，正好拿去给汉嘎读书交差，拿他来救我们全家人的命。"

加布的眼睛红了："唉……有啥子办法哇！"

39　学名

秋风萧瑟中，胆战心惊的三个父亲领着他们的三个小娃儿离开了村子，从山路上走向未知而可怕的远方。几个躲过这一劫的小娃儿趴在篱笆柴栅栏上，同情地目送着雪儿他们离去。其中有一个不懂事地叫喊道：“糟了！雪儿他们要去给汉嘎当娃子了！”他们那慈祥善良的母亲站在村口再也忍不住失子的哀痛而泪雨滂沱。

雪水河小学设在松林村一户农民家的堂屋里，课桌和板凳都是用长木板简单地搭在木腿上形成的，墙壁前面的木架上放着一块小小的黑板，只有四五名学生稀稀拉拉地坐在里面。当三位诺苏男人带着三个诺苏小娃儿来到教室门口时，他们的心跳猛然加快了，脚步也变得更加沉重了，就像来到了老虎洞跟前一样。教室里稀稀拉拉的读书声骤然停了下来，三大三小共六个披着羊毛披毡的诺苏人伸伸缩缩地走进了教室，鹰一样犀利的眼眸里躲闪着胆怯和不适应的感觉。而更令人新奇和好笑的是，他们都光着脚板，鼻子都高高的，只在前脑上留着一撮巴掌大的头发，但了解诺苏的人都知道这撮头发是诺苏带在身上的菩萨，是身上至高无上的地方，别人不可以摸且更不能在打架或开玩笑时揪住它。

在学生们惊讶的沉寂中，老师温和地迎过来问道：“你们是不是送娃娃来报名读书的？”

来者中一个大人发出了底气不足的声音：“工作队叫我们来的哇！”

雪儿人小不太会说汉话，他很紧张。

老师在位子上坐下，拿起毛笔温和地问雪儿："你叫什么名字?"

这个雪儿是听懂了，他仰头挺胸地回答道："雪儿!"

老师的手腕停住思索了片刻，毛笔悬在空中落不下去："啊? 什么?"

雪儿重复了一遍："雪儿!"

"那你姓什么呢?"

"傥城!"

"那你的整个名字就是傥城雪儿喽?"

"是的哇!"

"雪儿是家里面的人叫的名字，是小名，以后在学校就不能这样叫了。傥城雪儿，对，这是一个好名字，就是你的学名。你要记住了，以后老师一叫傥城雪儿就是在叫你，你就要答应，而别人问你叫什么名字，你也要说叫傥城雪儿。要得不?"

"要得哇!"

雪儿心里像触电一样涌过一阵热流，脸上立刻开始发烫了，他似懂非懂地点了点头，在心里快速地不停地背诵着自己的学名。他是何等聪慧的小孩，从老师的神情上和教室里的情形中，他看出一些什么来了。

"老师，工作队不是抓我来当娃子哩，而是要我来学会读书和写字哩，是不是哇?"

"是的。学会了读书和写字后，你就成了老师这样的人或者成了工作队白队长那样的人为国家做贡献。"

"老师和白队长这样的人从很远的地方来，高人十等，体体面面哩，说话做事都不一样，还吃国家的粮食、拿国家的工资，也用不着下地做苦力活。我以后也要当老师，不再去做重体力活了。"雪儿伸出右手："我的手残废了，小伙伴们嘲笑我，父母也叹息说：'雪儿以后咋个过日子哇!'如果我当了老师，那就可以靠国家来过日子了。"

"那你一定要坚持读书，还要读好。要得不?"

"要得哇!"

这注定又是一个不平静的夜晚。加布的家里，一家人都在火塘边的篾折笆上躺下了。娥嫫叹了一口气："我担心死了！学校会咋个样对待雪儿哇？原先祈愿他是残废验不上，人家不会收，想不到还验上了，真的就要拿去当娃子了哇？"

加布想了想："我看不出来，还要等一段时间才会晓得哇。"

"是不是要把他带到很远很远的地方去做苦役哇？"

"不。我看他们只会让雪儿他们待在松林村那里。"

"咋个会是这样哇？"

"老师说了，我们这里去学校路太远了，每天来来回回时间不够，学生也吃不消，从后天开始雪儿他们就要住在学校里。"

"住下就不能回来了哇？"

"你晓得啥子叫星期不？谅你也晓不得，就是七天。每七天雪儿他们可以回家来一天。"

"那我晓得了哇！雪儿他们不是被他们抓去当娃子哩，娃子是不能随便回家哩。"

40　阿依长成大姑娘了

秋日的骄阳映照着江西雪山顶上终年不化的积雪,雪山脚下的广阔松树林依然青葱翠绿,夹杂在其间的阔叶林却被浓霜浸染变得火红一片。

热雪村的人在离加布家不远的地方烧起了三堆火准备迎亲。雪儿的妹妹各各向娥嫫奔跑过去:“阿妈阿妈！他们来了!”送亲队伍果然从拐弯处的树林里走了出来。像稻香村一样,热雪村也全村都是亲戚,在见到了久别的亲人时大人们仍然是一番感天动地的寒暄和流泪。加布的脸上露出了一种大功臣的神气色彩,他不仅带来了这么多亲戚,还顺便把一个儿媳妇一次性带回来了。娥嫫喜极而泣,在招呼过亲人和突然间到来的小儿媳妇后说了一句:“燕麦还是青苗的时候你们就走了,现在燕麦都收完了你们才回来。”

大家都沉浸在一种狂欢式的喜悦中,没有人在意雪儿的感受,雪儿也无法与他们同喜共乐,他悄无声息地走开了。第二天,他心急火燎地跑到了学校,老师见二年级唯一剩下的彝族学生竟然奇迹般地回来了,没有批评他而是说:“尔郎和双都跑回家放羊去了,我去村子里做工作也不起作用,他们不会回来了。你是天生读书的料,新学期开始了就直接读三年级吧。”

第二年收燕麦的时候,雪儿升进了四年级。再一次收燕麦的时候,雪儿说:“阿大,我读完了四年级,也就初小毕业了。如果要继续读五、六年级,也就是高小,必须要到马店去,马店才设有高小,老师叫我去马店考试。”

阿依带着荞粑粑到山上放猪去了,家里煮了一锅洋芋作为午饭,在附近干活的人都回来围着锅吃洋芋。加布沉默着继续吃洋芋，过了一会儿才说："雪儿啊，你长大了，你的媳妇也讨回来两年了，你们应该分灶另过了。这个书就不要读了，你带着阿依去稻香雪山回一趟门哇。"

雪儿的脸色变了，上眼睑垂了下来，低头吃着洋芋不说话了。

娥嫫也说："诺苏早结婚不是早安家，姑娘出嫁后要在娘家过两年，过年过节才回夫家一转。你的婚姻免掉了好多礼节，不要啥子都免尽了，这样人家会笑话的哇。"

雪儿沉默不下去了："你们现在让我退学回家意味着啥子，我心里十分清楚：在老屋旁边搭起一间篱笆柴房，里面挖一个火塘，支一架铁三角，放两口铁锅，让我们单独过日子。要真是这样，简直就是在要我的命了。阿大呀，我要读书当老师，我不要媳妇！"

加布不愿意跟雪儿发火，和颜悦色地说："你咋个能不要媳妇哇？那是你舅舅家的姑娘哇，都讨回来两年了，你咋个还在说这种不入耳的话哇？"

雪儿在头脑里搜索着有利于自己的借口，他终于想起来了一件事，并带着谈判和求情的口气说："有人告诉我，她放猪时把别人家的洋芋都拱翻了一大片。放老母猪都放不好的人，我拿来做啥子哇？"

加布还在说服雪儿："哪个放牲口的人没有让牲口跑到别人家的庄稼地里去过哇？不管咋个说，你的媳妇还是很老实哩，老实还不好哇？"

雪儿再一次明白了，无论他说什么他们都不会听他的，唯一能做的就是继续抗争和逃避，于是站起来走了出去。

雪儿来到了雪水河小学李老师家里，脸色阴沉地坐在火塘边的一条木凳上。李老师观察着学生的脸："怎么样？你家里还是不让你去读高小吗？"

"这一次我阿大阿妈的态度很坚决，我有点扛不住了，我是来请老师帮忙的。我一定要读书以后当老师，现在只有老师的话他们才会听，请老师去我家一趟哇。"

李老师翻过又高又陡的大山到了山梁那边的热雪村，直接走向了加布家。李老师是有身份的贵客，受到了加布的盛情款待。李老师跟加布讲了很多道理，但还是有所让步地说："老哥啊，你这个儿子是块读书的好料，不能让他半途而废，至少得让他把高小读完吧！”

“读了高小又有啥子用哇，还不是要回到家里来，都是靠劳动吃饭。”

“读了高小，以后再怎么说也会好办一点，回到村里当个会计啊、参加个工作啊，好歹也有个前途。要是让他继续往下读中学，以后的前途会更大。眼前的事情是让他去考马店高小，考上了就让他接着读，好不好？”

“我半懂半不懂的哇，只是说不过肚子里有文化的老师。要得哇，我不得不听老师的话，就让雪儿去马店考高小。读完了两年高小后，再也不能让他继续读了。”

“那就先这样吧。拿着粮票才能花钱在饭馆里吃饭，才能在商店里买饼干吃。你们拿一点粮票给傥城雪儿，我给他开一张证明，让他去马店考高小。”

“农村人哪里有粮票哇，我没有。”

雪儿眼睛一亮，高兴起来：“我推一些燕麦炒面当盘缠，背着炒面到马店去考试。”

第二天，雪儿背着装了炒面的皮拉褡，挥汗如雨地走进了马店小学，把李老师开的证明递给了坐在院子里林荫下乘凉的木老师。木老师抬头看了看雪儿：“从各乡来考高小的学生有三十多个，但马店高小只有一间教室，只坐得下二十个人，学校决定只录取二十个学生，竞争还是很大的。你是唯一的彝族学生，要好好地考啊。”

木老师的心很好，很善解人意。考完试的时候，他告诉雪儿：“你们热雪村很远，来一趟不容易，你不如就在学校里多住两天，两天后就会出榜，等看了榜你再回去。好不好？”

榜单贴出来了，雪儿榜上有名，位列倒数第三名。雪儿走在回家的路上，他也顺路走进了雪水河小学李老师的家里并报告说：“老师，我有点不好意思，考得很不好。不过，我又可以继续读书了，又有了一个继续逃避家中小媳妇的理由，也有了一个新的希望，我还是非常的高兴。”

李老师鼓励说：“你已经很不错了。你才来我们学校的时候，连汉话都不会说，在这样艰苦的条件下，你能够考到全区的第十七名已经很不错了。我想，在马店的两年里你还会有更大的进步。”

“我会努力哩，我的目的就是考上州城初级师范，以后当一个老师。”

李老师仍然在鼓励学生：“你会实现理想的。”

阿依放猪回来了，她把一群大大小小的猪赶进圈里关上了门。

加布和娥嫫坐在火塘边抽烟。娥嫫从门框里打量着院子里的阿依，显得有些愁苦：“阿依已经长成大姑娘了，不能再跟我们挤在这个火塘边睡了，得给他们另外盖一间房子，另外挖一个火塘了。”

加布同样显得愁苦：“雪儿一直躲在外面，这下又去考高小，而让阿依一个人住在外面也要不得哇。”

“雪儿要是考不上高小就好了。”

“我也很担心他考上。”

“不行！他考上了也不能让他去读了！”

“我已经答应李老师了。”

“雪儿从雪水河小学毕业了，那里的老师管不着他了。”

阿依的脸被太阳晒伤了，她健步走进屋子：“阿大阿妈，我看见雪儿高高兴兴地回来了。”

雪儿掩不住满脸喜色地随后走了进来：“阿大阿妈，我考上高小了！”

这个消息让家里一下子沉闷起来。

加布说：“你不能再读了！”

娥嫫也说：“是哇！”

雪儿很生气：“你们不是答应得好好的了哇！”

加布不管他的感受：“反正你不能再去读了！”

雪儿转身跑了出去：“我去找老师去！”

加布看着娥嫫：“老师来了我们咋个整哇？”娥嫫没有把握地低下了头。

第二天早上，李老师和雪儿翻过又高又陡的山梁来到了热雪村。加布和娥嫫很无奈，他们沉默地抽着兰花烟。李老师又讲了很多道理，最后说：“考都考上了，就让他去读吧，好不好？”加布和娥嫫无言以对。李老师继续说：“娃娃还没有成年，让他再去读两年书多学点文化，这是好事啊。娃娃考上了,家长不准去读,这是犯错误的。”

加布停顿了一下,从嘴里拔出了烟杆:“那就去读哇。”

娥嫫见雪儿送老师离去后,有点生气地对加布说:“你咋个又答应让雪儿去读书了哇?”

“老师是有文化的人,我对付不了他,也不能跟他翻脸,只得顺着他。等过一段时间,我们就把雪儿叫回来。”

“拖得时间长了,我们的麻烦就大了。”

加布很无奈地嚷起来:“不要再说了,过一段时间我会把雪儿叫回来哩!”

41　豆花来帮忙

加布在教室外面等了两袋烟的工夫终于下课了，雪儿随着同学们从教室里走了出来。加布赶紧跑过去："雪儿！你阿妈病了快要死了，你还有闲心坐在这里读书！你赶忙点跟我回去！"

雪儿惊慌地叫了起来："我阿妈病了哇？我向老师请假后马上走！"

雪儿脸色铁青地跑向木老师，语气都变了："木老师，我阿大来了，说是我阿妈病得很重，我要请假回去！"

木老师关切地说："好，你赶快回去看你阿妈吧。"

雪儿急匆匆地跟着加布离开了学校。走在山路上，雪儿忍不住问道："阿大，快走哇！你今天咋个走得这样慢哇！"

加布有点倚老卖老："阿大在飞快地变老，走不快了。"

"那你慢慢在后面走，我要先走了！"

"你急啥子哇！我们就这样走着回去，你也能看见你阿妈。"

"我阿妈究竟得的是啥子病哇？"

"心病，很严重的心病！"

"我阿妈以前一直没有得过心病，现在咋个就得了？"

"这个心病是你给她的哇！"

"我啥子时候给她心病了哇？"

"谚语说：诺苏媳妇，来三年，回三年。你媳妇来了就一次也没有回去过，你说你阿妈能不得心病哇!”

“这样说我阿妈根本就没有得病,是不是?”

“都怪你读汉嘎的书,把诺苏的规矩都丢到水塘里去了。”

“我咋个就不懂诺苏的规矩了?”

“按规矩,你和你媳妇到了分灶另过的时候了。”

“我……我要当老师……当了老师以后再说……”

“我们现在就管不到你了,等你当了老师我们就更管不到你了,而我和你阿妈的意思是让你现在就跟你媳妇分灶另过。”

回到家里,见阿妈果然好好的,雪儿气呼呼地跑到了尔杰家。

“气死我了!我阿大跑到学校说我阿妈病了要死了,我急匆匆地跑回来看见我阿妈好好的哩,真是气死我了!今晚上我就在这里睡了,我不想回到那个家里去。”

尔杰说:“我晓得哩,他们是想让你快点跟你媳妇分灶单独过。我就整不明白了,你媳妇阿依还是可以的哇,你咋个就不想着早点跟她那个……”

“姨爹,你不要乱说哇。”

“我咋个是乱说哩!这是人生大事哇,你晓不得,我还不能教教你哇?一般来说,都是男的追女的躲。你咋个反过来了?反而是你在躲你媳妇!”

尔杰的老婆说:“老倌,你好好地教教这个啥子都晓不得的娃儿哇!”

“小夫妻分灶安了新家后,新姑娘还会故意躲到别家,被心急火燎的新郎找到后也不会轻易投降,拼命在他的脸上和手上抓出一些伤痕,伤得越厉害她的名声就越好。”

雪儿害羞地问道:“咋个会这样哇?”

“新姑娘用反抗证明了自己是干净哩,这样生下来的娃儿才是正规哩。没有反抗就睡在一起,生下的娃儿就是‘不抗拒母亲生的儿’,那样会被人耻笑,也会在人前抬不起头来哩。”

屋里的人都笑起来。

雪儿说:“这跟我有啥子关系哇?”

“现在你想让你媳妇来追你,由你来进行反抗哇?”

屋里又是一阵哄堂大笑。

加布家里，一家人坐在火塘边烤火，也发生着类似的故事。

娥嫫看了一眼阿依："老辈人的规矩是，小两口单独另过了，媳妇也不和丈夫说话，越这样就越会受到人们的称赞，说她懂礼节、正经。"

阿依委屈地说："雪儿连看都没有看过我一眼，更不会跟我说话了。"

娥嫫语重心长地说："媳妇总是不跟自己说话，这对丈夫来说是很不开心的事情，他要千方百计地让媳妇早日开口说话。"

"现在是我想跟雪儿说话，可他不理睬我。昨晚上我夹了一个洋芋给他，他看都没有看自己去夹了一个。"

"我讲一个《豆花来当和事佬》的故事：丈夫实在是太想跟媳妇讲话了，媳妇就是不睬他。一天，他看见媳妇在磨黄豆准备煮豆花，就凑上去帮忙做这个做那个。媳妇要滤豆浆了，他就帮着准备石膏水；媳妇要点豆花了，他就不停地朝灶孔里加柴。"

阿依在认真地听着。

"媳妇把豆浆倒进锅里，豆浆很快就涨得溢了出来。他假装啥都没有看见，慢腾腾地调着石膏水。媳妇一着急把啥规矩都忘掉了，叫起来：'砍脑壳哩，快把石膏水给我！'"

阿依笑了起来。

"丈夫把石膏水递给她说：'我再加点柴哇。'她更着急了：'加你脑壳的柴！没看见豆浆溢出来了哇？'从此，小两口开始说话了。"

大家都笑起来。

阿依还在笑着："真是好笑哇！我想，雪儿是不会这样做哩。"

娥嫫鼓励道："雪儿不会这样做，难道你也不会哇？你要想办法让他这样做哇。你们这样做了，我们就放心了哇。"

一大早，阿依就开始推磨了，燕麦炒面香喷喷的清甜味扩散在屋子里。

娥嫫做好了饭喊起来："各各，去喊你五哥回来吃饭！阿依，你的磨推完了没有哇？"

各各离开火塘走出屋去了。

阿依甜甜地说:“推好了,我这就把它装在雪儿的皮拉褡里。”

雪儿跟在各各的身后回来了。加布说:“雪儿,今天你阿妈专门煮了肉,吃过饭你就带着阿依回你舅舅家一趟。再不回去一次,你舅舅的意见就更大了。”

阿依表功似的把鼓胀的皮拉褡放在雪儿眼前:“雪儿,你看,这是我刚才推的燕麦炒面,我们带在路上吃。”

雪儿的脸一下子变得铁青,转身快速走了出去。各各在后面追:“五哥!五哥!你要去哪里哇?”

雪儿没有回头:“我回学校去了!”

“那你吃了饭再走哇!”

雪儿还是没有回头:“我吃不下!”

屋子里的人一下子变得像是泄了气的皮球。

雪儿在气冲冲地走着,一下子撞在了尔郎的身上。尔郎笑起来,还开玩笑地逗弄说:“咋个?被媳妇欺负了?我看你脸上好好哩,手上也好好哩,昨晚上你媳妇没有反抗你哇?”

双都也站在一边说:“雪儿,你不要光顾着读那没用的书了。三年了,你和你媳妇也没有相互说话,你也该用豆花来帮一下忙了!”

哪壶不开拎哪壶,双都的话一下子戳到了雪儿最敏感的那根神经上,这丝毫不亚于捅了马蜂窝。还没等双都的话说完,雪儿就暴跳如雷地叫起来:“她不是我的媳妇!我不要!你要你拿去!”

别的人笑了起来,双都感到很尴尬,雪儿加快速度离开了村子。

42　整夜睡不着

中午的时候，雪儿回到了马店小学，他走进木老师的家里，木老师正在吃饭。

“木老师，我回来了。”

“你阿妈怎么样？”

“她好好哩！我阿大想把我骗回去，不让我读了。”

“你阿大怎么能这样做呢！”

“他们想让我回去完婚过日子。”

“啊？你才多大呀，他们就要你结婚。”

“他们把我的媳妇都讨到家里三年了，我总是看都不想看她一眼，她的存在一天天成为我的心病，这让我痛苦不堪，而我唯一能做的就是尽力抗拒和逃避。”

“啊？家里真的给你讨了媳妇？”

“是真的哇！自从我十二岁时被阿大带到稻香雪山我舅舅家之后直到现在，我阿大总是紧追不放想把我牢牢地拴在这桩婚姻上，我总是在回避并千方百计要挣脱婚姻的笼头。”

“你这次又是跑出来的？”

“是。”

“你打算怎么办？”

"我想读书,以后当老师。"

"我支持你!我能帮你一些什么忙吗?"

"以后我阿大要是再来给我请假,请木老师不要批准。"

"可以,一言为定!"

"谢谢木老师了!"

"谢什么!这是老师分内的事情。那么,你还没有吃午饭喽?"

"是。"

木老师取出一只碗:"跟我一起吃一点。"

雪儿饿坏了,狼吞虎咽地吃起来。

晚上,加布和娥嫫盖着羊毛毡被子睡在火塘一边的篾折笆上面,阿依和几个小娃儿盖着羊毛毡被子睡在火塘另一边的篾折笆上面。火塘里的火依然燃烧着,加布闪着眼睛在暗黑中犹豫了一会儿后还是不动声色地爬到了娥嫫的身上,而娥嫫在加布的肩膀上不重不轻地掐了一把把他推了下去,她自己也把身子转到了一边。静了一会儿之后,火塘对面的羊毛毡被子扭动起来,阿依开始翻身,然后翻来覆去地不安生。加布和娥嫫在黑暗中睁着眼睛不敢再动,一夜都没有睡着。

天刚亮,阿依就起床了。娥嫫听着阿依摸摸索索地走出屋子去了,这时才长长地叹了一口气。加布也长长地叹了一口气,爬了起来:"各各!阿牛!起来背柴去!"

娥嫫也爬了起来,等到娃儿们都出去了她才说起话来:"真的是女大不能留哇!阿依已经长大了,长成了女人,我看见她身上来那个东西了,已经开始整夜整夜地睡不着了。她就在火塘对面,我们也不能再像以前那样晚上想咋个样就咋个样了。唉——"

"雪儿只想读书不想媳妇的怪异做法让我很是不安,该咋个整哇?"

"我们还是不要让他再读书了,把他叫回来跟阿依分灶另过,一边种地一边为家支传宗接代增添人丁。"

"我再到马店小学去把他骗回来,等他一回来就看牢了不要再让他跑了,这回捆也要把他跟阿依捆在一起!"

雪儿正在上课，一扭头从窗户里看到了加布，心情立即变得阴郁和沉重。下课了，他不愿意走出教室。加布等不到雪儿，就自己钻进教室去，故意把声音弄得低沉颤抖："雪儿，昨晚上你阿妈吐血了，连饭都没有吃，她想最后见你一面！"

雪儿从窗户里看着木老师走向了厕所，于是从座位上站起来："那我去给老师请假，我们马上回去！"

加布高兴得很："好！你真是一个孝顺的好儿子哇！"

雪儿走了出去，来到厕所内小声地说道："木老师，我阿大又来了！他说我阿妈吐血要死了，想见我一面。其实我晓得他想干什么，围绕这桩婚姻我跟他已经形成一对暗中的冤家和对手，虽然我嘴上不说啥，但是他的一言一行究竟要说明啥我都心知肚明。"

"哦。"

"现在他又追到学校来了，我当然已经明白了他的目的是啥。我提前来给木老师打一个招呼，如果我阿大向您替我请假或者要求退学，请您千万不要同意！好吗？"

"好，这个忙我来帮你。"

"谢谢木老师！那我先出去了。"

雪儿来到加布面前："我给老师请假，老师说要考试了，没有准假。"

加布开始着急了："难道你阿妈要死了，老师也不准你回去看一下哇？"

"不信你去请假，看看老师准不准哇！"

木老师正好从不远处走过去，加布急慌慌地跑过去截住了他："老师！雪儿的阿妈吐血要死了，想见他最后一面。雪儿说，他向你请假了，但你没有准假，这是为啥哇？"

木老师关切地说："傥城雪儿的阿妈得什么病吐的血？你赶紧回去把她送到马店医院来检查一下，得病了是不能拖的。傥城雪儿现在学习很紧张，回到热雪村会很浪费时间的，我会让他到医院去看他阿妈，这样就两全其美了。好不好？"

"那老师是不准假了？"

“你快回去把病人送到医院来医治，我准他去医院看他阿妈。”

加布灰溜溜地回到雪儿的身边。

“老师准假了没有哇？”

“算了！我还说你是一个孝顺的好儿子哩！”

木老师走了过来：“傥城雪儿，我让你阿大赶快回去把你阿妈送到马店医院来医治，到时候我再准你去医院看你阿妈。如果回热雪村去，我不准假。好吗？”

“好的！谢谢木老师！”

加布碰了钉子就把希望寄托在了儿子身上，哄劝道：“读书有啥子意思哇？又不能填饱肚皮，填饱肚皮才是最重要哩。你现在就跟我回去，不要再读书了。”

“我不回去，我要读书，我当了老师后就能填饱肚皮了。”

说来说去，雪儿就是不愿意跟着加布回去，加布终于没辙了，再一次受到了挫败的悻悻离去了。

加布很伤心，黄昏时候才回到家里，眼睛红红的诉起委屈来：“雪儿现在听说你吐血要死了都不会回来了，我就搞不懂他咋个会这样喜欢读书哇？他每次回来都巴不得马上就离开家到学校去，他回家的目的也就是推磨，推好够自己吃一个星期的苦荞面或燕麦炒面，然后再拿一些洋芋和酸菜，第二天一早就背到马店去。”

娥嫫的心里也不好受：“我看要是继续这样下去，他的这桩婚事真的是麻烦大了。”

加布的话还没有说完：“……第二个星期的星期六放学后，他又要从马店出发走山路直到天黑才能回到家里，然后准备另一个星期的盘缠，第二天早上又背走。这是为啥哇？他咋个要去做这样艰苦又无用的事情哇？”

43　呼吸困难

雪儿和刘光平走进了木老师的家里。木老师说:“我找你们两个来,是想听一下你们自己对下一步有什么打算。这样,我好为你们作毕业报考的参谋。”

雪儿的汉话已经说得相当流利,这增强了他的表达欲望:“雪水河的李老师是我在人生中遇到的第一位恩师,自从李老师开了一个头后,我在每一次处于命运转折的关键时刻,都会有一位强有力的恩师来帮助我化解危机,引导我走上正确的道路。在马店小学,我遇到了一生中的第二位恩师就是木老师,如果没有木老师,我早就读不成书了。”

木老师挥挥手:“行了行了,别老说些没用的东西！你说你下一步有什么打算嘛?”

“我的理想就是考上州城初级师范,毕业后当一个小学老师。”

“刘光平呢?”

“我也跟傥城雪儿差不多。”

“我的想法跟你们的想法差不多。傥城雪儿入校时是倒数第三名,现在已经跃居正数第二名。刘光平是第一名,傥城雪儿要超过你是不容易的,但你是坝区的汉族同学,他是来自高寒山区的彝族同学,而他能够稳居第二名也不是一件容易的事情。”

雪儿的表达欲还没有减退:“这都是木老师悉心培育的结果。”

“这是你们自己刻苦的结果，跟我无关。”

刘光平也来了劲：“没有木老师，我们哪里会有这样的成绩哇？”

“好了，不要净说些没用的了。我知道你们的家境，也了解你们本人的情况，经过折中考虑后我放弃了把你们培养成大学生的打算，而是建议你们去考州城初级师范学校。”

雪儿看了看刘光平：“我们听木老师哩。”

刘光平也说：“对。”

木老师对两个爱徒说：“这所师范学校牌子很过硬，只要考得进去，不仅不收学费，而且还免费供应伙食，一毕业就分配工作发工资。考试时间快要到了，我马上用区上的电话给你们向州城招考办报名。你们赶紧回家去准备一点路费，三天后在学校集中，我带着你们去州城考试。”

晚上，一家人都在火塘边，雪儿怀着喜悦的心情报告说：“阿大阿妈，我现在是整个马店区的第二名，木老师打算带着我和刘光平去州城考初级师范学校。三天后就要出发去州城了，可能需要十五块钱做路费。”

这个要求当然遭到了全家人的极力反对。加布说：“你已经高小毕业了，在本地算是一个最高知识分子了，当个会计啥哩已经足够了，以后还可以到乡上或区上工作，不要再去读啥子师范了。”

雪儿有点着急：“可是我最想当一个老师哇！”

娥嫫流着眼泪说：“弟妹们还光着屁股，家里哪有钱供你读那吃力不讨好的书哇？”

雪儿难过得说不出话来：“读初级师范不要钱，一读出来当老师就有工资了。”

“哪里有这样好的事情哇？就算有这样的事情，你现在最主要的事情还是尽快跟媳妇分灶过日子。”

“跟你们永远都无法扯得清楚，反正我要去考初级师范！我去双都家睡觉去了。”

雪儿站起来走了出去。阿依猛地站了起来想追出去，但立即又坐下了。从此，当夜家里无人再说一句话。

第二天，雪儿跟着加布和娥嫫在地里挖洋芋。他咳了一声："阿大阿妈，时间就这样一点一滴地过去，已经到了跟木老师约好去州城赶考的日子了，你们赶紧给我十五块钱作路费哇！"

娥嫫继续干活，看都没有看他："我跟你阿大商量好了，这回说啥子也不同意你再去读书了。"

加布在火上浇油："我们哪里有路费给你哇！我们精打细算，好不容易才积攒下一点小钱，它只能用在刀刃上，不能用在一件毫无意义还有害的事情上面。"

这时，雪儿真的开始着急了："木老师跟我们约好去州城的时间已经到了，你们又不给我路费，我咋个整哇？"

加布说："你不要去了，老师有啥子好当的哇！就在家里，好好跟阿依在一起过日子。"

雪儿有点歇斯底里了："这样还不如要了我的命哇！"他不再理睬父母，开始疯狂地挖洋芋，右手上的旧伤都被震出血了，一些洋芋也被挖烂了。

晚上，一家人又一起围坐在火塘边。各各喊道："五哥，快过来吃饭。"雪儿没有听见，眼睛盯着火塘里的火，好像身边一个人也没有一样。各各过去摇着雪儿的胳膊："五哥！吃饭！"

雪儿突然醒过来似的："我不饿，我不吃。"他露出了心急如焚的情态，抓耳挠腮地走了出去。一家人的情绪都被雪儿的痛苦和反常举动感染了，变得脸色阴沉，话语减少。

高远的雪峰顶上，终年不化的积雪在夜色中依然白亮，而周围的山阿像鬼怪、像野兽，黑乎乎的。雪儿站在一个山包上遥望着雪峰尖顶，他已经狂热地进入了自言自语的境地，好像是在跟雪峰对话。

"转眼间，时间已经过去了两天，我的身体还在家里，但心早已出发了。这种身心分离的痛苦令我坐卧不安，但是我还得强作镇静不能表露出半点迹象来，因为我绞尽脑汁千思万虑之后终于有了一个弄到钱的办法。我是雪的儿子，是雪族的后代，请雪山上的神灵保佑我！"

加布和娥嫫在重复着前一天的日子，又在地里挖洋芋，而雪儿像中了魔一样呆怔怔地坐在地边的山坡上。

娥嫫挖着洋芋，没有抬头看谁："雪儿会不会出啥事情哇？"

加布也没有抬头："能出啥事情哇？"

"你没见他茶饭不思，嘴上都起满了水泡哇？"

"我就不信治不住他！你就不要妇人心肠了，过几天他不就好了哇！"

"我箱子里藏得有二十多块钱，要不干脆拿十五块钱给他。"

"不行！一分也不要给！"

"他去考了也不一定考得上，这也好让他断了再读书的念想。"

加布放下锄头，腾出手拍了拍自己的胸脯："我们省吃俭用一分钱掰成八瓣，好不容易才省下这点钱，只能用在刀刃上，不能让他拿去白白糟蹋了。你看，我早就担心你跟他一齐动这个心思，已经把钱取出来放在身上了，哪个也不要打主意。"

"看他的样子，太可怜了。"

"妇人之见！"

晚上出现了意外。全家人都在火塘两边的篾折笆上睡下了，只有雪儿还在坐着。过了好长时间，他用手拨了拨各各和阿牛的身子，让他们依次向里面靠近阿依，然后在阿牛身边躺下来了。阿牛有点不习惯："五哥，你不是一直都在双都家睡的哇？今晚上咋个要在家里跟我们挤了哇？"雪儿没有理睬他。

火塘两边各铺着一张大大的篾折笆，对面的那一张被父母占据了，这边的一块由娃儿们占据。秋夜里，雪山脚下开始变得冷凉，火塘里的火仍然终夜不灭地燃烧着。雪儿度日如年地苦苦煎熬着，却不敢翻动一下身子，而是做出了已经睡着了的样子。屋子里还有三个人无法睡着，也装出已经睡着了的样子，那就是加布、娥嫫和阿依。好不容易才到了半夜三更，雪儿静静地环顾确认了一下：全家人终于全部在酣声中进入了沉沉的梦乡。

要开始行动了，雪儿的心跳立即急促起来，让他几乎喘不过气来。他蹑手蹑脚地爬起来，悄悄地摸黑走到屋角碰到了被妈妈当作宝贝看管的竹柜——家里重要的东西都装在里面。竹柜上面挂着一把古旧的将军锁，他用竹片轻轻地试了好几次才把锁捅开了,然后用一只手撑着柜盖,另一只手伸进去摸索,一层一层地在衣裙中过滤,直到摸到了柜底却还是没有摸到一张钱。由于紧张和害怕被发现,他只得失望地把锁舌重新卡上,然后摸回去重新躺下来。

但他怎么睡得着呢?他辗转反侧了一会儿,便又爬起来摸到竹柜前再一次捅开了将军锁,然后在柜子里面一点一点地摸索,直到每个角落都一遍又一遍地过滤完了,却还是没有找到钱的影子。他在想:是不是阿妈事先洞悉了我的心机而把钱转移到了更隐蔽更安全的地方去了呢?或者是可怜的阿爸阿妈根本就没有积攒下一文钱呢?在无比紧张的折磨中,他失望得呆立不动,感到自己正在一点一点地被绝望的无边潮水彻底淹没。然而,就像是蜡烛微弱的火苗轻轻地弹跳了一下一样,突然完全陷入了一片漆黑之中,本以为它已经熄灭了,可是就在一刹那间火苗又轻轻一弹跳,蜡烛又开始重新燃烧起来并渐渐恢复了正常,而他的思维也像这样突然间明晰起来,异想天开地出现了一个绝妙的主意:我明天盗用阿大的名誉去信用社贷款!

雪儿又重新轻轻地在原来睡觉的位置上躺下,装作什么事都没有发生,只是彻夜未眠的清醒地熬着。等鸡叫头遍的时候,焦急的他再也按捺不住了:时间已经超过两天了,按照约定,木老师前天就应该领着他和刘光平向着州城出发了。待鸡叫第三遍时他爬了起来,这时天还没有完全亮明,路上还很危险,可是他顾不了那么多了,就算是碰上猛虎和老熊也不管了,就算是信用社的人不贷给他款而白跑一趟也不管了,反正是要去试一下,就算是死马当作活马医吧!如果就这样在家里白白地等死,那他会疯掉的。于是,他披上披毡开门走了出去。

加布和娥嫫像是约好了一样,差不多同时长长地出了一口气,把憋了一夜的紧张轻轻地释放出来。

44　去了江的下游

朦胧的天光中，小鸟在树梢上清亮地唱歌，万物在静静生长，山野一片生机勃勃，秀丽的景色无边无际。同时，密林中也暗藏着众多莫测的危险。但是，好也罢，坏也罢，此时雪儿什么都没有看见，什么也没有想起，他的生命里只有一个念头：如何早点到达信用社，如何说服信用社的人顺利地贷到十五块钱。

从这个念头延伸出去，他的内心世界忽东忽西，在相互分离又相互撕扯地折磨着自己：最好是直接就贷着款，然后揣着钱直接就去马店，木老师他们说不定还在等着我，如果他们等不得已经走了，那我就一个人从后面去追他们。但是，如果信用社的人不相信我，不贷款给我这个未成年人，那我该咋个整哇？我还空着手去追木老师他们哇？或者生不如死地回到家里？

他这样想着，这样自我斗争着，然后一路小跑着穿山越岭，而他越接近目的地就越感到胆怯。当他终于来到雪水河信用社时，他的心更虚怯了，而信用社的木板小门铁将军把守地从外面锁着。他在想：是因为天太早了信用社的人还没来上班呢，还是人家今天根本就不会来上班了呢？是等着还是不等？如果等，那要等到啥时候呢？如果不等，那我该何去何从呢？……在复杂的心理斗争中，时间并没有停下来，而是比原来走得更快了。对他来说，每一分每一秒都事关人命，于是他作出了一个决定：我直接跑到信用社刘会计的家里去找人！

太阳升起来后，加布和娥嫫又在地里挖洋芋，再次重复着前一天的日子。

娥嫫伸着舌头说："啊吧！雪儿昨晚上差点把我吓死了！他半夜爬起来，我还以为他要到阿依的身上去哩！"

"得马上盖一间房子给他们了。"

"你说，雪儿真的会到阿依身上去不？"

"要是真会那样就好了，那啥麻烦都不会有了！"

"幸好你把钱揣在身上了，不然……"

"你以为你老倌是吃干饭的哇？"

信用社刘会计家在很远的弯子村。雪儿奔跑起来越过了河谷，再从河谷那边沿着河向西走，然后再爬坡翻山又下坡。他保持着小跑而行的状态，这是在山里长途赶路的最佳选择，速度快而又不至于累得瘫倒在地。他的脚步远远没有他焦急的心情快，但他还是在邻近中午的时候跑到了刘会计的家里。

有几个老倌在刘会计家里喝酒摆龙门阵，难怪他迟迟没有去上班。雪儿礼貌地打了招呼："刘叔叔！"他强抑着自己焦虑不堪的心情，"刘叔叔，我阿大叫我来贷十五块钱去买农具。我跑到信用社你不在，我又跑到这里才找到你。麻烦你贷十五块钱给我哇，我急着要用。"

一次就要贷款十五块钱，还要把这十五块巨款交给一个娃儿，刘会计不情愿也不放心，他迟疑着找借口和理由推翻雪儿的贷款计划："十五块钱？买锄子、买铧口、买镰刀用得了十五块钱？是不是要买牛哇？"

雪儿心里不由得狠狠地一沉，正在担心计划失败的时候，那个姓毛的老倌帮了他的大忙，一句话扭转了乾坤："加布老倌的娃儿，你还不放心哇？你就贷给他得了。"

刘会计想了想不好再推脱，走进里屋去了。不一会儿，他里拿着手续单和十五块钱出来了。看到了十五块钱，雪儿的心脏突然跳到了喉咙口，喜悦的感觉像潮水一样差点把他掀翻。等办好手续后，他便从刘会计手里迅速抓过钱来并抬头看了看天空，太阳已经开始偏西了，而一股急促的新生心情从喜悦中升腾而起，很快就溢满了他的整个身心，于是他转身就朝着马店所在的方向奔跑而去。

雪儿顺着雪水河在河谷里奔跑，然后翻过黑石山垭口，再顺着弯水河在河谷里奔跑，不知道过了多长时间，天色也在不停地变换，而他依旧还在不停地奔跑……

在他的身后，在路的另一端，一家人在等着他吃饭。各各从屋外进来："我到双都家看过了，又到尔郎家去找了，五哥都不在。"

娥嫫抱怨起来："一整天没有见着他的影子了。"

娥嫫看向阿依，阿依突然低下了头，有一丝无法掩饰的难堪从她脸上划过。一直到夜里，阿依都低着头坐在火塘边流泪。

加布说："我问遍了村子里的每一个人，哪个都没有看见雪儿究竟朝哪个方向上走了。"

娥嫫说："我叫则伙去雪水河小学李老师家找过了，李老师说雪儿没有去过他那里。明天我再叫则伙去马店高小找一下，说不定雪儿去那里找他的老师和伙伴耍去了。"

各各抱着娥嫫的胳膊摇了摇，并看了一眼阿依。娥嫫安慰说："阿依，你不要担心！这回说啥都要把雪儿拴在家里了，等他一回来我们就给你们建房挖火塘。"

阿依忧伤地说出了一句："雪儿去了哪里哇？"大家都无法回答她。

雪儿失踪很多天了，家里的人开始着急起来。晚上坐在火塘边的时候，他们又讨论起他的事情来。则伙报告说："我去了马店高小，学校的大门是锁起哩，一个人都没得。我问了学校附近的人，他们说学校放假了，老师和学生都回家去了，学校的门天天都是锁起哩。"

阿依突然哭起来："雪儿会不会是去州城考试去了哇？"

加布断然道："不可能！州城连我都没有去过，他去得了哇！"

娥嫫也说："他没有一分钱路费，他咋个去哇？"

则伙说出了不同的意见："他会不会背着炒面去哇？"

阿依还在伤心："我看过了，他的皮拉褡还在，推好的炒面也没有少。"

娥嫫想不通地说："这个考试就这样重要哇？还不如把路费给他，让他去考哇。”

加布瞪了娥媄一眼：“说的啥话哇！”

“州城那么远连你都没有去过，他能考得上？考不上他不就死心了哇。”

“不能啥事都依着这头犟驴！”

第二天，娥媄坐在社上刚打过的荞秸秆上一下一下地咂着石头烟锅，脸上布满了愁苦，双眸里的光束忧伤地投向远方。阿依站在村外的山头上翘首凝望，脸上布满着泪痕，而她的前后左右全是苍茫的群山，上面则是高深的天空，天空里只有缥缈的白云。阿依的身影落在娥媄的视野里，娥媄很有力量地发自内心地叹了一口气，但是不知情的外人很难感觉到这一口气。

则伙牵着马，老毕摩骑在马背上，他们来到了加布家门前。

“阿大，我把毕摩爷爷请回来了！”

加布急忙从屋里跑出来冲到老毕摩跟前，眼里含着泪说：“家里忙翻了天，雪儿要去州城考师范的事遭到了我们的坚决反对，还一分路费钱都不给他，让他无法动身去州城，然后他就变得行为怪异了。那天天不亮他就不声不响地离家出走了，人不见了下落不明，十九天了都毫无音讯，所以我们想请毕摩大叔来打一卦。”

毕摩祭祀，苏尼撵鬼，但他们的工作也有交叉相似的地方，有时同样是鬼神的化身，有时又同样是掌管着鬼神的人，而他们都与凡人不一样，喜怒从不显于色。老毕摩就这样一言不语地被别人扶下马来，而他的手里拿着石头烟锅，见加布捧着打燃的火机凑上来，便把铜皮烟嘴含进嘴里接住了火苗，顿时呛人的兰花烟雾随着吧嗒吧嗒的声音从他的双唇间冒了出来。

加布虔诚地请教道：“雪儿去了哪里？他会咋个样？他究竟出了啥事？我们东猜西想都无法晓得，只得请毕摩大叔来杀鸡打卦，好让神鬼指引一下找到他失踪的去向，也为他乞求平安。”

已是秋日的黄昏，阿依又站在村口翘首凝望，乡邮递员走进了她的视野。邮递员向她招了招手：“傥城加布家来信了。”阿依转身向着村子里飞跑。

加布的家里，老毕摩手里捉着一只大公鸡口中念念有词，他拔了几根鸡毛，准备好了法器，便载歌载舞又吼又跳，肃穆之气顿时笼罩着乌烟瘴气的房间。在这个过程中，大公鸡已经被老毕摩杀死了，而聚集在这里的亲戚们正在安排着什么，也一并等待着打卦的结果。

六斤说："等毕摩搞清了雪儿的去向后，男人们就出去寻找雪儿的下落。"

老毕摩继续念念有词，把死鸡的一只翅膀撕开一个口子，一只手托着鸡肚腹，另一只手拎起鸡冠把嘴含在口子上吹气，而公鸡仿佛突然间又活过来了发出了奇怪的鸣叫声。此时，观众的脸上露出了敬畏的表情，老毕摩的脸上也出现了自信得意的神态。吹过了死鸡，他又把死鸡在锅桩石上蹭来蹭去，然后突然大吼一声甩手把它扔到了门外，它在地上落定后头指向了东南方向，而聚集在这里的凡人亲戚们心情释然地叫了起来，他们都把目光投向了鸡头所指的方向。

加布脸上放光地叫了起来："雪儿过了江，去了江下游的方向！"

六斤说："好！我们打完荞子就出发，顺着那个方向去寻找雪儿。"

村里的人在一起打荞子。两个负责煮饭的妇女背来了两背篼煮熟的洋芋，加布扔下手里的扬叉喊了一声："吃洋芋了！"男人们扔下手里的打荞棒，妇女们扔下手里的撮箕、浪筛和木刮子，他们都纷纷向洋芋围拢过来，并伸手从背篼里拿出洋芋来吃。娥嫫手里捧着几个洋芋向独自坐在一边抽烟的加布走去，她把洋芋放在他的面前后便在那里坐下吃起来，而加布在地上把烟锅巴敲出来后把烟杆放在了一边，然后拿起洋芋放在膝盖上开始剥皮。

娥嫫吃着洋芋："这么久我的头真是被雪儿闹痛了，你说读书真的会像吃大烟一样上瘾哇？"

"哪里会有那么严重哇！我还看不出来哇，他就是为了不想要他的媳妇才这样做哩。"

"不读书可以，不要媳妇可不行！"

加布开始吃洋芋。"这个不听话的背时儿子要是继续去读书就走得更远了，就更不会要媳妇了。这桩婚姻肯定要引起纠纷并弄得亲人反目且损失惨重，最后搞不好还会闹出人命来。"

娥嫫望见了坐在另一个地方吃洋芋的阿依。阿依偷偷地痴望着树林边的路，手里的洋芋都不能准确地塞进嘴里，有时还会塞在下巴上和脸上，但嘴里的洋芋好像是吞不下去了,而饱满的泪水早已噙满了两只眼眶。

长辈们扭开了头不去看阿依,而年轻人们则哄的一声笑开了。有人冲着流泪跑开的阿依戏弄起来:“阿依,你看着那片树林眼睛都不转一下,连泪水都出来了,是不是又在想雪儿了哇? 看,看,你这样急慌慌地钻进树林里去,是不是雪儿在那里等起你哇?”年轻人们笑得更厉害了。

人们又重新开工打荞子。阿依脸上泪痕依稀地低头干活,抱荞杆、扫荞籽,不看任何人。双都暧昧地凑到阿依跟前:“阿依,雪儿在树林子里等起你哩,你赶忙点去找他哇!”身边的年轻人听了都暧昧地笑了起来。阿依没有理睬他们,转到另一边干活去了。

一些妇女和半大娃儿在运送荞捆,许多荞捆被穗头朝上地紧挨着站立放着,形成了一道道长长的矮墙,墙的两边各站着一个拿着打荞棒的男人,他们一左一右地先轻轻地把荞秆的穗头反复击打一遍,然后双双退回去从头开始打,再一点一点地把整个矮墙都打散打垮,最后顺脚向后一踢把打光了籽粒的散乱荞秆不断地踢到后边去,而一个妇女或者一个半大娃儿则跟在后面用镰刀一钩就把荞草弄走了,地上就露出了一长串厚厚的淡黑色籽粒。就这样在原地上打完一铺又打一铺,当地上的籽粒再厚起来的时候,跟在后面的人就要用木刮子把它们刮成一堆,而两个妇女在那里用浪筛过滤碎草,然后有人用撮箕把过滤好的籽粒运到场中,向小山一样大的籽粒堆上去。在打荞场上,这样的组合有好几个。

娥嫫又运回来一大抱荞捆子,还有五六个小捆:“加布,支书来了。”

加布正用扬叉把打过的荞秆叉起来扬到场边,回头看见雪水河的支书严肃地向打荞场上走过来,于是他停止了工作并扔下扬叉向支书迎过去:“支书来了哇?”

“看样子,今年你们的荞子收成不错。”

“还不是支书领导得好哇! 支书来是有啥子指示吧?”

“就不要给我戴高帽子了。我这次来也没有什么指示,就是专门来找你哩……傥城雪儿是你的儿子吧?”

“是哇。”

支书从衣服口袋里掏出一封信:"傥城雪儿从州城写信回来了。"

加布急得差点跳了起来:"你帮我读一下哇!"

支书撕开信封,读起来:"……我没有考着师范学校,已经被州城一中录取了,穿衣吃饭都由国家包干,不会给家里带来负担。路很远,也没有路费,我就不回家了,直接在这里开学了。"

娥嫫惊呼起来:"这个背时鬼,读书读疯掉了哇!"

阿依站在一旁,两行大大的泪水终于滚了下来。

"一跑出去就是一个月也不吱一声!"加布想骂又骂不成,"反正我也不会让他去读这个烂中学了!"

支书脸上露出严肃的神色:"整个雪水河只有他一个考上中学,整个马店也才有他一个人考上,多么难得的人才,咋个能不让他去读哇?"

加布很为难:"他的媳妇是他舅舅家的姑娘,都讨回来四年多了,他们应该分灶另过了。再说了,读不读书都还不是要靠劳动来吃饭,读了书有啥子用哇?"

热火朝天的打荞场景继续进行着。双都有些沮丧:"雪儿是我的同学,现在他考上中学了,以后就要去当干部了,不消再当农老二了,而我却要在家里当一辈子农老二了。"

阿依扔下了抱着的荞捆,脸上还挂着泪痕,而加布、娥嫫、则伙几个家人的脸上也露出了愁闷的神色。

打荞在继续。双都偷偷地看了看阿依,脸上露出了不正经的笑意,他故意堵在她面前:"阿依,你就要当干部婆娘了。"

阿依把抱着的荞草扔到了双都的身上:"你才是干部婆娘哩!"

除了家人外,近处听到的人都笑了起来。

45　公开翻脸了

雪儿的下一次失踪发生在三年后的同一时节，他直接从州城去北京读中央民院预科班去了，而他的这一次失踪终于把两个家支之间的亲情推上了绝路。

旺林父子、六斤和他的几个儿子以及稻香家支的几个当家男人都齐聚在六斤家里，围着火塘喝着酒、抽着烟。

六斤发话了："明摆着，雪儿是不会要阿依了。我也听说了，各各放话出来说她打死也不会嫁到尔杰家来。听说，各各私自喜欢上了大队上的干事小马。这就说明，稻香家支和傥城家支要起纠纷了。我把大家都找来，就是要商量这个事情哩。"

尔杰火气很大："我阿大说得对，稻香家支和傥城家支要起纠纷了。在诺苏的心目中，你嫁给了我家却不要我家，或者你娶了我家的姑娘却不要她把她撵了回来，这就是从骨子里面瞧不起我家。傥城家支是在左一次右一次地瞧不起我们稻香家支，我们的脸面没有了，心被戳伤了，骨头也被刮痛了，里里外外都伤了一个透。"

旺林拿出了主意："雪儿在北京，我们够不着，但各各就在村子里，我们可以叫她马上跟阿比完婚，要是她同意了那还好说一些，要是她坚决不答应，我们这边的人都会恨死了傥城家支的人，他们从此不再是我们的亲戚了，而是不共戴天的仇人了，到时有他们好瞧哩！"

阿比跟着旺林父子来到加布家，而加布和娥嫫愁苦不堪地坐在火塘边。旺林不客气地说："前两天尔杰家请加布过去商量各各和阿比的婚事，也请毕摩算好了日子，他们把结婚的时间定在今天了。现在我们来把各各接过去，可是你们这里却是冷火秋烟哩，一点动静都没得。"

加布狠了狠心："各各说，她不喜欢阿比，她喜欢的是大队上的小马。昨天，听说要跟阿比结婚后她就跑到大队上去了。"

旺林朝地上狠狠地吐了一泡口水："你们傥城家支真是有本事哇，连自家的姑娘都管不起！"

加布伤心地说："在这件事情上，我们傥城家支的确是有错的一方。儿女的事情不能放任自流，现在你们过来了，正好我们一起去大队上把各各捆回来交给阿比。"

旺林脸上露出了点笑意："这倒是加布的性格！那我们走哇！"

一帮表情沉重的人冲动地从山路上走到了雪水河大队院子里，这里一时喧腾起来。

加布叫道："各各！快点跟我们回去！"

各各的声音从屋子里传出来："我宁可吊脖子死掉也不嫁给痴傻的阿比！"

加布继续叫道："这由不得你，我们捆都要把你捆回去！"

大队支书站在走廊上声嘶力竭地吼起来："这是包办婚姻，是强迫婚姻，是违反婚姻法哩，你们要犯错误哩！旺林，你是社管会主任，政策你是晓得哩，你不劝阻这种错误行为而且还掺和在里面，你是要犯错误哩！"

旺林看了看加布，低下了头。

加布才不管支书咋个说呢："我管的是自己的姑娘，咋个会犯错误哇？"

支书有的是道理："现在是新社会，不能再包办婚姻了，更不能强迫婚姻！你坚持这样做，当然是犯了错误！"

加布还在犟："为了两个家支之间的利益，我今天就是要犯这个错误了！"

加布往各各所在的房间里冲去，却被支书死死抱住了，他们两人在互相挣扎着。

支书累得气喘吁吁:“旺林！今天你不劝走加布,我就向公社党委书记和主任反映情况,撤了你的社管会主任职务!”

旺林一愣并反应过来,冲上去拉住了加布:“加布,我们回去!”

加布顺水推舟:“那稻香家支不能把这个账算在傥城家支的身上!”

旺林狡猾地说:“这个我做不了主!”

加布又开始拼命挣扎:“那我今天一定要把各各捆回去交给阿比才行!”

支书大声叫道:“旺林!”

旺林一惊,也大声叫道:“加布！我们回去!”

加布借机下台,挣扎着被旺林拖走了。

晚上,加布来到尔杰家不住地道歉:“我没有本事管住自己的姑娘,丢了你们稻香家支的脸,伤了你们稻香家支的心,对不起！对不起了!”

六斤此时已经换了一张脸和一个人:“嘴上说有啥子用哇,你晓不得祖祖辈辈传下来的规矩哇？你要是把雪儿也找不回来,我们稻香家支跟你们傥城家支两台官司一起打!”

加布用衣袖擦掉脸上的汗水:“我给拉莫的财礼不要了,尔杰给我的财礼我想办法还回来。”

“诺苏的规矩你晓不得哇？订了亲,双方都得遵守婚约:要是男方毁约,女方家不退聘金,还要男方家杀牛打酒花钱赔礼;要是女方毁约,得退还聘金的几倍,万一女方跟别的男人发生恋情私奔,男方就有权利按照拐妻九命的诺苏法则要求女方家按九个人的命价赔偿,还要打狗诅咒与她断绝关系。你说,各各算不算私奔哇？傥城家支该咋个整,你晓不得哇?”

“规矩我晓得,但是你们动员我加入了集体社,现在我的所有工具、大牲口和粮食都交给了公家。我一家老小,连吃饭都要去集体食堂吃,我哪里还有更多的钱财哇?”

尔杰开口了:“想不到大英雄加布也会耍赖哇!”

加布无力极了:“我有啥子办法哇?”

尔杰发怒了:“稻香家支跟傥城家支从此势不两立!”

46　摔死了一个疯子

热雪村的社员们在地里挖新洋芋，现在收工的时间到了，那些没有娃儿和老人去打饭的社员径直往集体食堂去打饭，而那些有娃儿和老人去打饭的社员则回家去了。食堂今天做的是盐水油汤和煮洋芋，前者是菜，后者是主食。来打饭的人正在排队打饭，每家都拿着一个大盆子装汤，拿着一个撮箕装洋芋。

旺林正在帮他老婆打饭，一边数着数，一边把洋芋放到人家递过来的撮箕里："尔杰家六个人，每个人四个洋芋……一共二十四个……一、二、三、四……"

旺林的老婆用勺子把汤水从大铁锅里一下接一下地舀到人家递过来的盆子里："一、二、三、四、五……"

到加布打饭了，他把撮箕递过去："旺林，你又不是晓不得吃洋芋不经饿，每个人每顿要吃十个洋芋才够，你才给四个这不是要饿死人哇？我家有五个人在家，你给我五十个洋芋哇。"

旺林叫起来："现在是困难时期，大家都要勒紧裤腰带过日子，今天每个人只能吃四个洋芋。大家都是这样分哩，你咋个要十个哇？这不是反对人民公社大集体哇！"

"入社的时候，你们告诉我'住的是楼上楼下，用的是电灯电话，使的是洋犁洋耙，路上的喇叭会说话，苏联有啥咱有啥'。还说要'天天喝羊肉汤，顿顿吃荞疙瘩’。现在连酸菜汤都喝不上，只能喝盐巴水了，吃洋芋也只能吃平常的一小半，弄得人人黄皮寡瘦哩，再这样下去会饿死人哩！‘食堂好处天天说，端起饭碗打哆嗦，正要张口把饭吃——哎呀，不好！碗中饿鬼要吃我。我吃它来它吃我，这回我怕不得活’哇！”

“我警告你，不要发布反动言论！现在就给你这些，你爱吃不吃！”

“不行！你得再给我这些的一倍！”

“为啥子哇？”

“我以前都是放开肚皮吃哩，现在入了社就得勒紧裤腰带吃了，这是为啥子哇？”

“就给你这些！下一家！”

加布自己动手去大竹筐里拿洋芋：“你要是再这样下去，还不如把东西和粮食都退回到各家各户去，就像以前那样各过各哩！”

旺林的老婆不怀好意地叫起来：“加布抢公家的饭了！”

旺林吼叫起来：“你敢反对人民公社大集体？你敢抢公家的饭？”边吼叫边跑进里屋，把一杆火老弯和一把土长刀背在身上向加布奔了过来：“你敢反对人民公社大集体？你敢抢公家的饭？”

加布把头伸给旺林：“你想拿枪打就拿枪打，想拿长刀砍就拿长刀砍！量你也不敢，你一个外来户少给我在这里充老大！”

旺林把枪拿在手里挥舞：“为了保护集体财产，我打你就打你了！”社员们立即拥上来把旺林拉住推走了。

人一闹饥荒，好像野兽也跟着闹饥荒了。好几个地方都传来了消息，成群结队的狼群跑进村子里吃家畜，而且还吃了人，所以到处都成立了打狼队。这天深更半夜，狼群终于偷偷摸摸地侵入了热雪村。一个妇女摸黑到篱笆柴围栏下面上厕所，一群饿狼早就在边上等着了，此时已轻悄悄地形成了扇形编队向她围拢过来，而她还以为狗要来吃屎了呢，直到她被扑倒在地才明白是一群狼来吃她了。当她刚惊叫了两声：“山猫驴吃人了！救命啊……”喉咙就被一匹公狼一嘴咬断了。这时，全村的狗都疯狂地咬起来。那个妇女的男人害怕被狼吃掉不敢跑出屋去，只是哭着在屋里吼叫想把狼群吓跑。狼有点心虚了，它们便一边拖着那个妇女跑一边撕扯着吃她的肉，而全村的狗都在后边追着咬，但远远的试探着不敢靠得太近。此时，全村的人都醒了过来，更多的吼叫声从各座篱笆柴房里传了出来，但没有一个人敢走出屋子。

这时，人们听见加布的吼叫声，他冲出了屋子追向了狼群，随后传来了他奋力用石块攻击狼群的响动和叫喊。狗仗人势，它们也咬得更凶了，叫声里的胆气也越来越壮了，而屋里的人们听见狼群不甘心地退到一边去了，便开始坐在地上嚎叫起来。

加布的说话声在那个妇女家的屋前响起："我把人从山猫驴嘴巴里抢回来了，大家快出来看看还有没有救哇！"

人们手里拿着家伙、打着松明子火把小心翼翼地纷纷从自家的篱笆柴房里钻出来，嘴里还在叫着吓唬狼群的声音，他们就这样汇集到了受害人家的篱笆柴房前。这么多松明子火把把躺在地上的受害人照得一览无余，她喉咙管断了，颈子上的肉都没有了，头向后仰垂着，衣裙也破了，全身到处是血洞，而一条腿已经不见了。跟着受害人家属的凄惨哭啼，村人的哭叫声也越来越多、越来越洪亮。

时值盛夏，第二天黄昏里热雪村下起了小雨。人们正在集体大食堂排队打饭，而大食堂今天做的主食是荞窝窝。

旺林仍然在帮他老婆打饭："子坡家七个人，每人两个荞窝窝，一共十四个……一、二、三……"

前面打好了饭的那个社员在埋怨："荞窝窝做得这样小，给猫吃还差不多，给人吃哪里会够哇？"

旺林眨了眨眼睛，继续在数子坡家的荞窝窝："……二十三、二十四。好了，够了。"

子坡的疯儿子嘎嘎端着盆子不走："要！要！"

旺林说："没有了！快走开！"

子坡在后面端着汤："嘎嘎，我们不要了，快走。"

正在这时，嘎嘎自己伸手从大木盆里抓了两个荞窝窝拿在手里："要！要！"

旺林大叫一声："傥城家支的人一个比一个不是好东西哩！今天这个来抢，明天那个来抢，社会主义大集体都要被你们傥城家支抢光了！"说话间，他已经冲到嘎嘎身后，双手抓住他用力把他向侧面摔了出去。谁也没有想到，旁边刚好有一个石碓，而嘎嘎的头正好摔在上面，当场便吐血而亡。

排在后面打饭的加布气血冲天，扔下手里的盆子冲了过去："丧天良哩！一个疯子你也不放过……"旺林吓坏了，下意识地从身后拔出了土长刀。加布像一只猛虎扑翻了旺林，旺林手里的土长刀摔了出去，两个人在地上发疯地翻滚扭打起来，而周围的人惊慌失措地却控制不住场面。子坡抱着满头是血的嘎嘎哭得撕心裂肺，石碓上的嘎嘎的血还清晰可见。

加布抱着旺林滚下了一道小坡，停下来时加布占据了完全优势，他紧紧地压在旺林的身上，秃手压其胸，左手单拳出击，用尽全力地揍着旺林，旺林已失去了抵抗之力。几个男人跑下来把加布拉开了，加布甩开了他们，看见旺林的土长刀正好在附近，冲过去便用独手抓起了它："丧天良哩！我今天不把你的脑袋取下来……"男人们拥上来抱住了加布，加布在挣扎："你这个外来户，不是有公社主任鲁长命给你撑腰，你哪里有这样大的本事哇！你给我滚蛋！热雪村不要你！"

自此以后，一件接一件的麻烦事排着队来找加布，躲都躲不掉。那个妇女被狼群咬死吃掉一条腿后，她的男人精神垮掉了，一天比一天不像一回事。当他又一次听见一个妇女说他"眼睁睁看着山猫驴把自个的媳妇吃掉了"时，他的自尊心彻底失落了，觉得再也无脸见人了，于是他把牛皮条拴在篱笆柴房的中梁上吊脖子死了。黑夜里，邻居家听见那家的两个才两三岁的小娃儿饿得直叫唤，便打着松明子火把过去一看，而悬挂在空中的死者的舌头已长长地伸了出来，眼睛也大大地鼓了出来，甚至连屎尿也掉在了地上，那样子实在是太吓人了。于是，这个邻居连魂都差一点吓掉了，慌忙叫唤着逃走了。

这家人太晦气了，人们议论纷纷的都不敢去收尸，而他家的亲戚又都在别的村子里。这时有人提出来说："村里的领导旺林该出面主持大事了。"旺林听到后没有抬起头来，连声都没有吭。他老婆却叫了起来："非亲非故哩，又这样晦气,你们都躲开了,凭啥子要旺林去哇?”

加布没有说话,一步步走进了那家人的篱笆柴房。人们看见他又出来了,手里提着柴刀,从屋侧矮小的猪圈上爬到了房顶,把房脊上的黄板掀开了几块,挥刀一砍,拴在那里的牛皮条断了,屋里传出了人体重重地砸在地上的声音。人们看见加布又走进了屋里,再也没有离开。直到第二天,那家人的亲戚来了,这才揭开了谜底:加布给尸体穿好衣服放好,然后做饭给两个娃儿吃,给他们做伴睡了一夜。

47　拼死保卫一条猪

尔杰于夜里来到加布家，只有加布和娥嫫坐在火塘边吃着烟。尔杰一进门就说出了自己的来意："我和加布之间的账还没有算完，我是来算账哩。"

加布从嘴里拔出石烟锅，朝火塘里吐了一口唾沫："你来订亲的时候拿了170块钱给我，后来各各不去你家了，我不是把170块钱都退给你了哇？"

"你弄得我脸没有了，心也受伤了，难道你不打算拿更多的财物向我赔礼哇？"

"诺苏的规矩我晓得哩，按照旧习我应该拿出几倍的钱财向你赔礼，可现在不是新社会了哇，新社会我也还是可以加倍向你赔礼哩，但是我的全部财产都入了集体社，我拿啥子来赔给你哇？难道你要我去抢公家的东西来赔给你哇？"

"你不赔是不？你真的想耍赖是不？"

"你要我的命你就拿去哇，你要钱要东西我都没得。"

"你这是在欺负我尔杰哇，你以为我尔杰就没有靠山来跟你讲理了哇？"尔杰气呼呼地离去了。

娥嫫想哭了："我们被雪儿和各各害死了哇！要是他们把雪儿的事情也一起拿来追究，我们就更没有活路了。"

尔杰背着双手气呼呼地走在夜色中，最后直接走进了旺林家。

旺林招呼道："尔杰快来坐。"

尔杰坐下接过旺林递给他的一小撮兰花烟叶在手心里搓揉起来："加布简直是欺人太甚了哇，我跟他势不两立！"

"这个人的确实很可恶！连我这个社管会主任他都敢打，你尔杰他就更不放在眼里了！"

尔杰把兰花烟草塞进石头烟锅里，从火塘里拿起一根燃着的柴点着了烟并深深地吸了一口，然后把浓烈的烟雾吐了出来："我来找你，就是想商量一下咋个样才能让他向我赔礼，我总不能白拉拉地丢了面子且白拉拉地伤了心哇！"

"那是一个不服软的烂人，而且还很瞧不起我们这样的人，我们是得想方设法好好地收拾一下他了。"

"你有啥子办法哇？"

"现在是集体社，你想要从他那里弄到更多的钱财那是不可能哩，就是把他的骨头都熬成油去卖了他也赔不起你。在热雪村，我们稻香家支这边的势力现在比他们傥城家支那边的强大了，靠山也比他们硬，而麻烦的人只有加布一个，这个人在一天我们就不得安生一天，我们想要治住傥城家支也就办不到。"

"你说，我们该咋个整哇？我肯定对你全力支持！"

"现在正在开展阶级斗争，我们背后有工作组在撑腰，完全可以向加布大开杀戒，杀只鸡儿给猴子看。加布一完蛋，傥城家支就跳不起来了。"

"好！我听你哩！"

白天，全体社员都坐在村中空地上随意摆放的一些石块和木杆上面，工作组的几个干部和旺林坐在群众的前面。旺林吆喝起来："现在开会了！工作组的张组长要讲话了，大家都不要说话了！"下面立即安静下来。

张组长发言了："毛主席教导我们：'千万不要忘记阶级斗争！''在整个社会主义社会，始终存在无产阶级和资产阶级之间的阶级斗争，存在社会主义和资本主义两条路线的斗争。阶级斗争和资本主义复辟的危险性，必须年年讲，月月讲。'我们的总路线是'以阶级斗争为纲，在无产阶级专政下继续革命'。听说，你们这里的阶级斗争形势相当复杂？"

旺林接嘴说:“是哩。加布就是一个潜伏在革命队伍里的阶级敌人！毛主席说‘人民公社万岁’,可是加布天天反对人民公社的集体大食堂,拿长刀逼着我这个管委会主任要把粮食和东西分回到各家各户去走资本主义道路。我不同意,他就差点把我杀了……”

子坡气得跳了起来:“放屁！加布打你是因为你把我的疯嘎嘎摔死在石碓上了!”

旺林显得很生气:“你敢说毛主席放屁?”

子坡辩解道:“我没有说毛主席！毛主席伟大正确,我不说他！我说的是你旺林,你旺林在放屁!”

加布也气得不行:“你摔死了一个疯子,我们没有要你赔命就便宜你了!”

旺林的声气有点软了:“我是失手哩,那是意外哇！他跟着你抢大集体的饭,破坏社会主义和人民公社,这个账又该咋个算哇?”

会场上一下子静了下来。加布想争辩,但被坐在身边的娥嫫紧紧地控制住了。

子坡说:“吃不饱肚子,说一下都不行哇?”

旺林又开始唾沫横飞了:“你们傥城家支的人喝了鸡血酒,秘密组织了一个反革命集团准备造反杀共产党,而且为了扩大力量还从傥城雪山拉拢过来了几家人。这个你们咋个说哇?”

加布有自己的道理:“毛主席说,没有调查就没有发言权。你没有调查就乱说,你这是在反对毛主席!”

阿哈附和道:“加布说得对！我们在哪里喝的鸡血酒？我们哪些人参加了这个反革命集团？准备杀哪一个？你说出来!”

旺林看了看尔杰。尔杰站起来说:“我要向工作组报告!”

张组长点了点头:“知无不言,言无不尽。你说嘛!”

尔杰高声说:“解放前,加布和娥嫫从山下背回来一个汉嘎小娃儿,可能是偷来哩,也有可能是抢来哩,被当作奴隶娃子剥削了好几年,后来卖到山背后去了。他养娃子、卖娃子,就是奴隶主剥削阶级!”

旺林早有准备,站起来把两块青柴块子并排放在一起:“今天就是要对加布这个反革命奴隶主剥削阶级进行无产阶级专政，要狠狠地批斗！来几个民兵把这个反革命奴隶主剥削阶级拉来跪在这上面！”

几个民兵围上去拉加布，当加布正在准备变成一匹发怒的豹子时，娥嫫首先发怒了，一下子冲到加布面前就地坐下：“你们凭啥子要批斗加布哇?!”

旺林脸都气绿了：“把这个反动的奴隶主婆娘一起拉过来批斗！”

这时傥城家支的妇女飞快得像老鹰一样，转眼间飞过来和娥嫫坐在一起，把旺林他们和加布隔开了。

旺林气得脸都要爆炸了：“这是奴隶主反革命团结起来在太阳底下造反，不镇压简直不行了！”

娥嫫声嘶力竭地喊道：“哪个不晓得我是莫度黑彝家的阿加娃子哇？哪个不晓得加布是他家的曲诺娃子哇？我们反对奴隶主，自由恋爱逃婚到了稻香雪山，而我们的故事远远近近哪个不晓得哇？最早到热雪村的这些人都是结盟闹革命脱离了海泽黑彝的统治，翻过九十九座山和趟过九十九条河后才逃到这里哩，而且我们还跟跑来这里侵略的黑彝统治者打过仗。你们要批斗革命的奴隶哇?”

全场都静下来了。旺林好不容易才找到了反击的话语：“我们说的是后来的事，说的是加布和你们家养的奴隶娃子！”

张组长抬手压了压让旺林停止说话，自己说道：“加布，你来说，有没有这么一回事?”

加布实话实说：“有是有，但是尔杰没有实话实说！那一天我们背着柴拉着羊到街上卖的时候碰到了一个汉嘎，他带着一个五六岁的小娃儿，说是他的侄儿子，他的哥哥嫂嫂都死了，他自己又抚养不起，就请我们带回家抚养，给他一口饭吃，让他长大了帮我家放羊。”

尔杰拿到了口实：“养了没有哇?”

加布仍然实话实说：“养是养了，但不是你说的那样！”

尔杰还是有口实：“卖了没有哇?”

加布没有承认：“没有卖！我们把这个小儿子带回家养到十几岁大，这时山背后的黑彝奴隶主家看中了他，想要他去为自家放羊，我家势力不济只得把他送出去了，而黑彝奴隶主给了我两匹马作为代价。事情就是这样！”

旺林底气更足了：“你这就是反动的奴隶主，还买卖过奴隶！”

加布反击道：“那个夺走了我家干儿子的黑彝奴隶主就是旺林的表伯，旺林家才是买卖奴隶的反动派！”

六斤插话了：“这件事就不要再提了！在解放前，稍微富裕一点的人家，哪家没有养过一两个孤儿哇？”

子坡说：“说得对！”

张组长站了起来：“好吧，这件事我们再调查研究一下。今天的会就开到这里，散会！”

大家气呼呼地站起来一窝蜂地离开了。

加布和娥嫫刚回到家里，旺林就带着几个民兵跟来了。他们手里提着羊毛绳和皮条一直走到了猪圈前，猪圈里面只有一条肥猪，它害怕地叫了起来。

娥嫫警惕地问道：“你们要整啥哇？”

旺林头都不回：“我们以组织的名义来没收反革命奴隶主家的猪！”

娥嫫真是不敢相信：“你们把我家唯一的一条猪拉走了，我们还咋个过年哇？我们还拿啥来做油荤哇？”

加布此时显得疲软，愤怒不起来了似的：“这条肥猪带着尾巴的那一半是要上缴给国家哩，我们是在替国家养着它，你们敢没收国家的猪哇？”

旺林不管他们说什么，就是要把猪拉走：“你们几个不要站着听反革命奴隶主废话了，赶紧钻进去把猪捆起来拉走！”

几个民兵正在动手打开圈门时，任何人都想象不到的事情突然发生了。娥嫫像发疯了一样一把扯下头上的罗锅帽冲到旺林身边，一边向他吐口水一边用罗锅帽抽打他。诺苏妇女头上的罗锅帽很神圣，不能当众取下，更不能用它来打人，而这样做的女人已经恶鬼附身、离经叛道，已经成为了不吉利的坏女人，不但自己要倒血霉而且一家三代都要跟着倒血霉。为了保卫自己家的一条猪，她此时管不了那么多了，就把旺林当作鬼来对待了，而向他吐口水就是向恶鬼吐口水。同时，男人被女人的罗锅帽打着不但自己要倒血霉，而且全家三代都要跟着倒血霉并成为不吉利的人。

旺林吓慌了，一边躲避一边求救："你们快来把这个鬼一样的疯婆娘捆了！"面对着娥嫫的疯狂举动，那几个民兵早已吓慌了，生怕被她的罗锅帽打着，早就不要命地逃跑了。旺林见状，也只得拼命地逃跑走了。

48　这个地方有点异常

热雪村又被笼罩在另一场大雪里。加布披着披毡把从屋外抱进来的一大抱柴块扔在地上：“今年的雪比去年的要大得多，幸好我们已经提前把社里的牛羊赶到山下的畜圈里去了，不然又得冻死一大半了。”

娥嫫也披着披毡坐在篾折笆上烤火，并抽着兰花烟：“不要说牛羊了，人活得下去就谢天谢地了。”

加布坐下来：“是哇，这个年头……唉——”

此时，三名公安人员正冒雪在雪地上前进，他们走过的地方留下了深深的脚印。黄昏的时候，他们来到了热雪村里，而整个村子已被厚厚的积雪覆盖了，但大雪还在漫天飞舞而下。

三名公安人员踩着积雪来到了旺林的家里。旺林吐着舌头惊叫道：“啊吧！啊吧！这么大的雪你们还在保卫社会主义，真是毛主席的忠诚卫兵哇！快进来烤火！”

公安人员甲：“我们接到报案，说有人偷了胜利大队的一条耕牛，他们一直指到了热雪村，我们来这里了解一下情况。请主任支持我们的破案工作。”

旺林：“一定支持！一定支持！保卫社会主义，人人有责哇！”

公安人员乙：“请你给我们带一下路，我们要挨家挨户地去了解情况。”

旺林：“要得哇，我带你们去！如果破坏社会主义和挖社会主义墙脚的坏分子就在我们这里，我们一定要把他挖出来！”

旺林带着三名公安人员挨家挨户调查，他们来到了尔杰家里。

公安人员甲："这两天你有没有看见什么人下山和上山？"

尔杰："我看见加布上前天下山了，前天又上山了。"

公安人员乙在记录："还有别的人上山和下山吗？"

尔杰："我没有看见别人。"

公安人员甲："你知道加布下山去干什么吗？"

尔杰："去山下的畜圈里看牛羊。"

旺林："是哩，是我安排他去哩，要记工分哩。"

公安人员甲："加布上山来的时候，你看见他身上背着什么，或者手里拿着什么吗？"

尔杰："我看见他手里牵着一条耕牛。我还奇怪哩：这么冷的天，牛只能关在山下的畜圈里，牵回来只会被冻死。"

公安人员丙："我们现在就去找出这条耕牛来！"

旺林带着三名公安人员继续踏雪而行来到了加布家的门前，他们走进了加布的家里。见状，加布和娥嫫都站了起来。

公安人员甲："你叫加布吗？"

加布："是哩。"

公安人员乙在记录。

公安人员甲："你上前天下山了？"

加布："下山了。"

公安人员甲："你前天又上山来了？"

加布："上山来了。"

公安人员丙："你前天拉回来的那条耕牛，现在关在哪里？"

加布："我们的牛全部关在山下的畜圈里，要是关在山上说不定会被冻死掉哩。"

公安人员甲："那你把它关在哪里了？"

加布："我们的牛前段时间就全部赶到山下去了，昨天我没有牵着牛……"

公安人员甲:“那你哪一天牵着牛上山来了?”

加布:“农忙季节,我们天天都要牵牛出出进进哩。”

公安人员甲:“那你前天牵上山来的那条耕牛在哪里?”

娥嫫:“你前天牵了一条耕牛上山来了哇?”

加布:“我没有哇。”

公安人员丙:“你可以带着我们去你家的畜圈里看一下吗?”

加布:“走,我带你们去看哇!”

几个人穿过院坝走到了畜圈门口,三名公安人员仔细地看着猪圈和空置的牛圈、羊圈。

加布:“看哇,牛在哪里哇? 自从入了集体社后,我的牛圈里就空下来了。要是真的有一条耕牛在这里面,我倒是高兴死了!”

三名公安人员绕着畜圈走了几个来回,又挨个钻进每间圈里面查看,用脚踩探羊圈里夹杂着干荞秆的羊粪。

公安人员甲:“这个地方好像有点异常。”

公安人员丙:“有钉耙吗?”

加布站在圈门外:“有哇。”他走过院坝里的积雪,从窄小的屋檐下拿了一把四齿的钉耙回到羊圈前面。公安人员丙接过加布递来的四齿钉耙,开始在羊粪里翻刨起来。不一会儿,公安人员丙向两位同事示意了一下,三个人突然变得相当迅猛地一个接一个地从羊圈里钻了出来,一拥而上把加布一下子按翻在雪地上,加布的披毡抛落在一边被面朝下地按了个结结实实,而他的大半边身子都陷入到积雪里去了,双手被公安人员从后面铐上了,但是由于他的右手没有手掌,手铐便滑了出来。“这是一个爪爪,手铐用不成。快去找绳子来捆!”一个公安人员顺手取下挂在牛圈木摞墙上的一根羊毛缰绳把加布捆了个五花大绑。

加布想说话但嘴被雪堵住了,直到公安人员把他从雪地上提拎起来才说得出话来:“你们整啥子哇?”

公安人员丙:“你说呢?”

加布:“我晓不得哇!”

公安人员丙重新钻进羊圈里去了,很快从里面提着一张新鲜的牛皮钻了出来:“这是什么?!”

加布:“哪个把牛皮放在我家羊圈里的哇?”

公安人员丙:“这个要问你自己!”

加布朝屋里叫起来:“娥嫫!是你把牛皮放在羊圈里的哇?”

娥嫫披着披毡跑了出来:“啥牛皮……啊!加布你咋个了?他们咋个要……”

公安人员丙:“快说!牛肉藏在哪里?!”

加布大叫一声:“啥牛肉哇?”

公安人员丙抖了抖手里的牛皮:“就是这条牛的牛肉!”

加布:“我晓不得这条牛……”

公安人员丙:“料你也不会老实交代!我们自己找!”

三名公安人员押着加布在屋里屋外翻找,然后又拖着加布在里里外外的雪地里翻找。

公安人员甲:“你再能吃也不能两天就把一条牛吃光了呀!快交代,剩下的牛肉都藏在哪里?”

加布:“我啥都晓不得哇,现在我都还在稀里糊涂哩!”

公安人员丙突然在加布的腰上踹了一脚,把他踹倒在雪地上:“再不老实,有你好受的!”

加布挣扎着从雪地上爬起来,仰天长呼:“这是哪个在害我哇?”

公安人员丙又开始对加布拳打脚踢。

娥嫫惊叫着跑过去:“不要打!不要打……”

公安人员丙住了手:“好,我不打了。你快说,加布把牛肉藏在哪里了?”

娥嫫:“啥牛肉哇?我晓不得,我没有见着。”

加布一下子被打倒在了雪地上。

娥嫫扑到加布的身上,更加撕心裂肺地叫起来,:“不要打!不要……”

公安人员甲轻声对公安人员丙说:“好了,到这里为止,先带回去。”

天黑前,三名公安人员带着加布离去。娥嫫跌跌爬爬地追在后面:“加布！加布……”她跌倒在村口的积雪上。

江西县劳改农场四处都有持枪的站岗执勤人员，而一些劳改人员在劈柴，更多的劳改人员在开挖建房的地基槽，他们有的挖土有的运土。围院的角落里，披着披毡的加布心情抑郁而且精神极为委顿，此时的他正在发挥着特长：用一只秃手帮着一只好手用竹片编撮箕。

加布吃力地站起来，全身虚弱地缩着：“报告政府！我又要拉稀了。”

看守人员讨厌地说：“这都是偷吃牛肉吃出来的怪毛病！牛肉好吃吗？”

“报告政府！我没有偷吃牛肉，我拉稀也不是因为吃了牛肉，而是因为水土不服患上了严重的疟疾。”

“少啰唆！快去快回！”

加布的身体已经完全垮掉了，形销骨立的整个人都脱了形。他站不起来了，只能躺在地上：“报告……政府……我可能活不成了，我想……让家里的人……来看一下我……”

看守人员很严厉：“一个偷牛贼哪有这样娇贵！”

“我真的没有偷牛……俗话说：好汉子经不起三泡稀。我已经拉了三个月的稀了，我再强壮……也差不多了……叫我的家人请个毕摩来……给我撵一下鬼，除一下灾……”

“你那是封建迷信！”

“汉嘎的药……不管用哇！”

“我去叫狱医来给你看一下。”

看守人员转身出去了，加布张了张嘴又闭上了。不一会儿，看守人员带着狱医回来了，狱医开始为加布检查身体：“这个人患了严重的疟疾，拉了这么长时间的肚子现在已经严重脱水了，而且还有别的并发症，目前已经进入病危状态了。他能够坚持这么久，差不多算是奇迹了。”

49　一个长形的矮土堆

公社秘书把一份文件递给旺林："你们村的傥城加布在劳改农场病得厉害了，这是公安部门给他家属下达的病危通知，请你带回去交给他的家属。"

旺林接过通知书装进衣服口袋里："要得哩。"

旺林走在雪地上，他想了想从衣服口袋里摸出了加布的病危通知打开看着，但他并不识字只好自言自语："加布病得很厉害？病危是啥意思哇？"

转过一道弯，旺林还在自言自语："病得很厉害？我晓得了！加布是想叫家里的人请毕摩去给他撵鬼治病的哇，想得倒好！"他把通知撕得粉碎并随手撒了出去，碎纸片很快就变成了雪片似的纷纷扬扬飘落无踪了。

初春就这样无情地到来了。天阴了，加布的尸体盖在自己的披毡下面，穿着破旧翻毛皮鞋的一双瘦脚露在外面，而他用一只好手和一只秃手编了一半的竹撮箕就放在一边。

一名看守人员问道："傥城加布家里难道没有人吗？十天前下了病危通知，直到现在都没有人来；三天前下了死亡通知，也没有人来料理后事。"

另一名看守人员说："尸体这样摆在这里要不得！实在没有人来，我们只得叫几个犯人把他抬到乱葬坡挖个坑埋掉算了。"

两名劳改犯在劳改农场背后山上的乱葬坡上挖坑的时候，加布的尸体干翘翘地放在一边的地上，而他的披毡没有带来，他干柴一样的尸骨就这样松松垮垮地包裹在黑布衣裳和麻布裤子里面，同样像干柴一样的一双脚同样松松垮垮地套在那双破旧变形的翻毛皮鞋里。

一个挖坑的犯人说："可以了，何必挖得太深？"另一个挖坑的犯人说："说得也是，我们能够把他埋掉已经对得起他了！"他们扔下了手里的锄头，一起把加布的尸体抬起来放进坑里，再挥起锄头把新土填回到坑里。加布的身上盖起了一层薄薄的泥土，最后隆起了一个长形的矮土堆。

这个春天快要过去了。晚上，细细的春雨淅淅沥沥，一些亲人聚集在加布的家里，娥嫫在嘶哑地恸哭："天呀！加布死了几个月了我们还晓不得。天呀！他们把他的身体丢到哪里去了哇？"

拉塔流着泪安慰道："大嫂，你不要伤心了！我们明天就去找大哥，把他的后事料理一下。"

别的人也在凄恻地流着泪。

直到夏天到来，娥嫫、拉塔、则伙和阿牛才伸伸缩缩地来到劳改农场大门口，而执勤的卫兵威严地把他们拦住了："请出示证件！"

拉塔胆战心惊地说："我们来寻我大哥的身体。"

"你大哥是谁？"

"加布，傥城加布。听说他死在监狱了，死了三个多月了，我们是来找他哩。"

卫兵抛开他们打了一个电话，然后说："你们等着。"

不一会儿，另一个看守出来了："我们及时下达了病危通知和死亡通知，你们怎么这个时候才来？"

则伙和阿牛都哭起来了，娥嫫只流泪没有出声。

拉塔问道："我大哥在哪里哇？"

"你们跟我来。"看守带着四个人走进了劳改大院里。在围院一角，看守用手指着："傥城加布就是病死在这里的，他死前一直待在这个院坝里。你们看，他当时就正在编那一个撮箕。"

娥嫫、拉塔、则伙、阿牛都看到了一个没有编完的撮箕放在角落里。娥嫫拾起那把没有编完的撮箕，更多的泪水刷地流了下来："加布在哪里哇？"

看守伸手往外一指："我叫人带你们去那里找。"

看守人员又把手势变成了召唤:“来,我把死者留下的披毡拿给你们。”

娥嫫抱着加布的裹成一个大卷筒的披毡,阿牛扛着一把板锄跟在拉塔和则伙的身后,在一名知情人的带领下来到了劳改农场背后山上的乱葬坡。知情人用手一指那堆塌陷后几乎与地面相平了的黄土:“我们当初就是把他埋在这里的。”

四位亲人的眼泪马上又重新开始哗哗地流下来。娥嫫说起话来:“加布啊! 你在泥巴里面埋着受委屈了哇,我们现在就把你取出来拿去火化让你升天哇!”

拉塔从阿牛手里拿过板锄开始挖土,加布的双手露了出来。娥嫫几乎昏倒在地:“那是加布的秃手! 他真的在这里……”拉塔继续挖土,加布的双脚露了出来。“那是阿大的翻毛皮鞋! 阿大真的在这里……”则伙和阿牛跟着号哭起来,拉塔也抽咽不止。

拉塔、则伙、阿牛用加布的披毡裹着他已经腐烂了的尸骸往树林里走去,娥嫫跟在后面。不久,山林中升起了一柱青烟。

又是隆冬时节,又下雪了。拉塔喝醉了,他吼叫着冲进了马店公社一间办公室,不仅踢倒了一把椅子,还把桌子上的口缸和墨水瓶拨到了地上:“我大哥病危下了通知,我大哥死了又下了通知,通知在哪里哇?! 我大哥的身体都烂掉了我们才晓得!”

公社秘书厉声呵斥起来:“通知不是让你们社上的旺林带回去了吗? 你在这里发什么酒疯? 你知道你犯的是什么错误吗? 这是冲撞人民公社! 这是打砸人民公社! 这是反革命行为!”

拉塔朝外跑去:“旺林! 该死的旺林! 我今天不杀了你,我就不是人!”

公社大院里的人早就全都听到了动静,都从自己的办公室里跑了出来。公社主任鲁长命在大呼小叫:“赶忙点通知民兵,通知民兵! 一定要控制住这个酒疯子!”

旺林的儿子骑着马在黄昏的飘雪中飞奔,马蹄把雪地上的雪块踏得四处乱飞。

旺林的儿子急慌慌地跑进屋里:“阿大快跑! 拉塔杀你来了!”旺林腾地

站了起来，并忙着去取东西："我的枪哩？我的长刀哩？"他的儿子拼命地在推他："来不及了！赶忙点跑！跑哇！"旺林被他的儿子硬是又推又抱地弄出门去，又被强行推上了马背。

拉塔提着斧头冲了过来："旺林！该死的旺林！我今天不杀了你我就不是人！"旺林这才真的吓坏了，赶快惊慌失措地策马逃跑。拉塔把斧头甩了出去："我砍死你这个狗儿子！"马已经惊跳着跑开，斧头从背后旋转着飞到了旺林的肩膀上，并在那里咬开了一道血口子，而半个上身被血污糊满的旺林骑着马在飞奔："反革命杀人了！反革命杀人了！"马蹄把积雪踏得四处乱飞，空中的飞雪也被搅乱了。

拉塔斧头重新在手，在后面蹿蹿倒倒地跑着追赶："今天就是杀你了！"

旺林在一片雪地上碰到了公社上派来的十多个民兵："快来救命！反革命杀人了！"旺林把马勒住站在这群民兵的身后，但是他已经吓得全身僵硬下不了马了。民兵们看到马背上不光流着旺林的血还流着他的尿，而血和尿把马背上的薄雪冲化了，正腾腾地冒着热气。

拉塔已经发狂了，民兵们做好准备的时候他才追到这里，边走边叫："今天就杀你了！"民兵们一下子都冲上去夺下了拉塔的斧头，并把他按翻在积雪上，而半边脸埋在雪里的拉塔喊出的声音很沉闷："放开我！我要杀了旺林那个狗儿子！"

50　舅舅来算账了

下一个初春的一个白天，天气晴朗。拉莫骑着马走到了热雪村口，他头上缠裹着一大堆黑色的包头帕，身上披着厚厚的羊毛披毡。旺林一家、鲁史一家、尔杰一家，还有别的一些稻香家支的人，都纷纷向拉莫迎过去。

旺林快步走着："好！跟傥城家支算账的人又多来了一个！"来到拉莫身边时，旺林把拉莫从马背上扶了下来："可把你等来了哇！信带出去那么长时间了，你咋个才来哇？"

拉莫说："你以为从稻香雪山走到江西雪山只是一天两天的事情哇？"

迎接场面喧闹复杂，有的笑、有的哭、有的骂。

一个男人叫道："这回非把加布的房子拆了不可！"

一个妇女擦了一下眼泪："非把他们家男人的脑壳夹在大腿里不可！"

则伙惊慌地飞跑到正在往家里走去的阿牛跟前，一把拉起他叫道："赶忙点走，叫上叔叔们一起到山上去！"

"咋个了哇？"

"舅舅来了！"

阿牛一下子也惊慌起来："那我们赶忙点走哇！"

傥城家支的几个成年男人在村外的山坡上飞快地奔逃。

娥嫫愁肠百结地坐在火塘边的篾折笆上烤着火、吃着烟。

阿依哭着跑进屋里来了："阿妈，不好了！我阿大来了，我们该咋个整哇?”

娥嫫的眼泪唰地一下冲眶而出:“他迟早都要来哩,来就来哇。”

她们听到了喧闹声拥到了自家门前。

阿依哭出声来了:“他们来了!”

娥嫫想站起来,可是她一时无法站起来:“阿依,你来帮我一把哇。”

阿依把娥嫫扶了站起来,而拉莫已经在一帮人的簇拥下钻进屋里来了。

娥嫫叫了一声:“阿哥!你来了。”

拉莫决然道:“我不是你阿哥!我是你的仇人!”

娥嫫泪流满面:“阿哥,你咋个这样说哇?”

“那你叫我要咋个说哇?!我把阿依送到你这里十来年了,你一次也没有让她回去过!你的儿子抛下我的姑娘,跑这里跑那里最后跑到北京去了,永远也不回来了!这么多年也不给我一个说法,不但把我的脸丢尽了,而且还把阿依也拖老了!”

“我们是早就要解决这个事情了哩,可是家里面接连不断地出事情……”

“今天解决!我要把阿依带走!俗话说,订亲的身价钱是一生的钱,可以慢慢给;打官司的钱是一天的钱,要当天了结。阿依被你们弄成这样,你们必须要给她清洗全身,从头赔到脚——脚上挂银铃,从脚赔到头——头上戴金帽。你们把该赔我的财物都准备好,我一起带走!我要你们傥城家支赔给我一千块钱、两条牛和二十只羊的代价!赶忙点给我准备好!”

阿依挤到拉莫面前:“阿大!我阿妈已经够伤心的了,你还这样说……”

拉莫一下子把阿依拨拉开:“滚开!你这个吃里扒外哩!傥城家支欺负了你,欺负了我们稻香家支,你竟然还帮着傥城家支说话,你傻不傻哇?难怪要被雪儿那个狼心狗肺的家伙扔掉了!”

阿依从地上爬起来:“阿大!我跟你走,你不要为难我阿妈了,要得不?”

娥嫫一下子把阿依抱在怀里:“阿依是一个孝顺的好姑娘……是我们错了,是我们对不起阿依……也对不起阿哥……”

拉莫毫不让步:“规矩你是晓得哩,光嘴上说不行!”

尔杰跳起来:“雪儿不要阿依,各各不要阿比,两件事了!你们傥城家支真是欺人太甚了，今天就一起算账！我也要你们赔一千块钱、两条牛和二十只羊的代价！”

抱着阿依的娥嫫一下子昏了过去，差点把阿依也带倒了。

阿依惊呼起来：“阿妈！阿妈！”

傥城家支的妇女这时已经来了一些，有几个挤进人圈把娥嫫抱起来抹着胸口。一个妇女哭着：“造孽哇，真是造孽哇！”

娥嫫醒了过来，大声地呼吸着：“天啊！你这个该死的加布呀……把这么多事情丢给我一个人……我咋个扛得住哇……”

拉莫从刚才小小的震惊中恢复了过来：“哪个要你扛哩？该扛这些事情的是傥城家支的男人！他们都死到哪里去了哇？”

一个小娃儿在门外说：“他们吓得跑到山林里去躲起来了哇！”

阿依重新冲到了拉莫面前，她哭得更厉害了：“阿大！你的每一句话都是一把刀子，说一句就杀向我阿妈胸口上一刀哇！你再说话，我阿妈就没命了……我阿大死在监狱里三个多月了，被随便埋在山坡上的泥巴里，人都烂掉了我阿妈才晓得……你想，我阿妈还受得了不……”

拉莫一下子怔住了，半天说不出一句话来：“……加布死掉了？……真是这样……的哇？”

“阿大！真是这样的哇！我求你了，马上离开这里，我跟你一起走！”阿依在往外面拖拉莫。拉莫回头看了伤心欲绝的娥嫫一眼：“我……我找雪儿算账，找傥城家支的男人算账！这个账总有一天要算哩……你给我听着，以后我死了不会叫人来告诉你哩，你死了也不要叫人去告诉我……”

阿依在拼命地拖着拉莫走：“阿大，不要再说了！走，赶忙点走……”

尔杰非常不甘心地跟着拉莫离去：“这个账，傥城家支躲不掉哩！”

娥嫫一下子又瘫软下去。

51　隔着一条雪水沟

巫杰意气风发地扛着一面红旗行进在江西雪山松树林里的一片雪地里，他身后是一队革命意志坚定的红卫兵小将，他们踏雪而行。

热雪村里的小娃儿们兴奋起来了。一个小娃儿跑去告诉拉塔的老婆："阿妈，我阿哥回来了！带着一支部队！"屋外也有人在报信似的高声喊道："失踪了的巫杰回来了！"

红卫兵们已经来到拉塔家门口。拉塔的老婆双泪长流，迎出门去："背时的巫杰哇！你阿大被抓去坐牢了，你刚刚到放得起猪的时候就跑掉了，我一个人带着你的一帮弟弟妹妹，差点气死、苦死哇！"

巫杰忍不住哭起来："阿妈，不要再叫我巫杰了，我现在的名字是卫红。你看，我带来了一帮造反派的革命小将！他们听说这里有几个坏透了的走资本主义道路的当权派后，就叫我带路来了！我们清除阶级敌人的时候到来了，我们为大伯、阿大和嘎嘎他们报仇的时候到来了……"

则伙、阿牛跑到了这里。

阿牛说："我要参加你们的革命派！"

则伙也叫起来："我也要参加！"

巫杰说："我们要把旺林两父子结结实实地绑起来结结实实地痛打，然后游街示众！"

山林雪地里，旺林的老婆跌跌撞撞地在黄昏里跑动，终于碰见了骑马归来的旺林父子："失踪了的巫杰带着红卫兵回来了，还把则伙、阿牛那些可恶的家伙都收进去了，他们要把你们两父子当成资本主义当权派绑起来狠狠地收拾。你们赶忙点走，不要落在他们的手里！"

则伙、阿牛、巫杰带着一大伙人朝这边跑过来了。旺林父子吓慌了，勒转马头就狂奔而去。旺林扭头对老婆说："他们不会伤害妇女和小娃儿哩，我们先出去躲一下……"

则伙在愤怒地吼叫："旺林不要走！"但是两匹飞马已经踏雪远遁。

另外一天，马店公社大街上，小雪在飘扬，革命小将和革命群众在游斗公社主任鲁长命，他们在跟着领头者呼喊口号："打倒走资本主义道路的当权派！"

"打倒鲁长命！"

"打倒短命的鲁长命！"

旺林父子远远地躲在一边张望。旺林绝望地说："我们在外面躲了这么多天，本想依靠你表叔做靠山再回到热雪村，现在连你表叔都被打倒了，我们不能再回热雪村了。"

儿子无计可施："那我们咋个整哇？"

旺林也没有更好的办法了："我们悄悄地搬回老家去算了。"

儿子想推翻这个方案："那里的生活并不好过。"

但是旺林决心已定："总比死在热雪村要好哇！"

春天就要结束的时候，热雪村的亲人收到了傥城雪儿报告自己在北京结婚的信件。这时村子里里外外都春暖花开了，傥城家支的社员们正在坡地上点洋芋，有的在前面打坑，有的在下洋芋种，有的在上羊粪，有的在后面盖坑，有的在运送洋芋种和羊粪。而同样的一种劳动场景就在雪水沟那边的坡地上进行着，那是稻香家支那边的社员们。

大队领导带着公社的领导姗姗来迟，他举着手里的信喊道："傥城加布家的信！从北京来的信！"

阿牛欣喜若狂地蹦过去接过了信，立即撕开看了起来："啊！五哥在北京结婚了！还有五嫂的照片！”

傥城雪儿在信中写道：“我已经和照片上的姑娘在北京结婚。”

大家一拥而上把照片抢来夺去的。

阿哈很好奇：“北京的女人是啥子样的哇？让我看看！”

子坡的媳妇惊叫起来：“啊吧！啊吧！北京的婆娘像神仙一样漂亮哇！”

相片上，段玉蝶穿着一套诺苏服装，亭亭玉立站在一道布景前面。这时，照片终于到了娥嫫的手里，她的手有些发抖，眼泪开始不自觉地流出来。

大队领导说：“好了，现在我要说正事了！毛主席教导我们：抓革命，促生产。可是你们热雪村只顾抓革命却误了生产，别的生产队洋芋都发芽了，而你们才开始点洋芋。今天，公社上的领导下来就是要解决这个问题哩。”

子坡发起牢骚来：“我们傥城家支跟他们稻香家支已经闹得乌烟瘴气了，除了在一起斗争以外，互相都不来往了，路上见着都不说话了。你看，点洋芋都要分开各点各的了。”

公社革委会主任开口了：“按照你们的意见，下一步打算怎样做？”

子坡断然道：“分社！”

别的人也纷纷表了态：“对！就是分社！”

“分社！各管各！”

革委会主任想了想：“我们再去征求一下稻香家支那边的意见，等歇一阵你们两边各出几个管事的人，我们在一起开一个会。”

主任一行往沟边走去，他们跨过雪水沟去到了稻香家支的社员跟前。傥城家支的社员们看着上面来的干部在跟稻香家支的社员们谈话，沟那边的人也同意分社。于是，上面来的几个干部和傥城家支、稻香家支的几个管事的人坐在沟边开起了分社的会议。

革委会主任振振有词地说：“中央下发了《关于抓革命、促生产的十条规定(草案)》和《关于农村无产阶级文化大革命的指示(草案)》，规定群众要在业余时间自行安排搞文化大革命。热雪村的革命是抓得好的，而且抓出了成效，但是生产却没有搞上去，甚至远远地落后了。这是跟中央的精神相违背的，继续这样下去是十分危险的，所以必须要尽快解决这个问题！”

六斤已经垂垂老矣，他把石头烟锅的竹柄从嘴里拔了出来："只要分社，我们就能够按照中央的精神去办！"

尔杰说："我们要抓革命促生产！"

革委会主任征求意见说："怎么个分法？你们有初步的意见了吗？"

子坡提出了建议："沟那边是稻香社，沟这边是傥城社。"

尔杰举手说："同意！"

革委会主任想要得到肯定的一致意见："那就基本上这样划分了？"

六斤坚决地说："就这样得了！"

分完了社，大家的心情好得多了。则伙一家和别的几个亲人都来到娥嫫的火塘边烤火摆龙门阵。娥嫫长时间地拿着一张照片凑在松明火把下面打量着：照片上的段玉蝶穿着一套诺苏服装亭亭玉立站在一道布景前面。她看着照片说："阿牛，你说你五哥在信里写了啥子话哇？"

"他在信中说：'我已经和照片上的姑娘在北京结婚'。"

"那么，这个姑娘就是你五嫂了哇？"

"是哩！就是她！"

"我为你五哥的婚事伤够了心，现在他终于结婚了。这个姑娘真的是穿着我们诺苏的衣服，想不通的是北京咋个会有诺苏姑娘哇？她到底是不是一个诺苏哇？我一直放心不下。"

子坡的老婆说："是哇，诺苏的男娃儿都不准去读书哩，女娃儿就更不准去读书了。北京咋个会有诺苏姑娘哇？"

他们又把照片拿在手里反复琢磨。

娥嫫反复判断着："老五媳妇身上穿的衣服倒是诺苏的衣服，人长得不像是一个诺苏姑娘。"

有人又猜想："说不定，她是从凉山跑去北京读书的诺苏姑娘。"

则伙说："这个姑娘脸上很白，诺苏姑娘哪有这样白的哇？"

子坡的老婆说："我看也是！"

阿牛说："从五哥的信上看，他好像晓不得阿大的事情。"

娥嫫定了定神："他在信上咋个写的哇？"

阿牛说："五哥问：'是不是阿大或者阿妈被抓去劳改了？不然，为啥有人说我是劳改犯的儿子？'"

则伙说："这里的事传到那么远的北京去了哇？"

娥嫫又开始流泪。

火塘里的火光忽闪忽闪的，娥嫫的一串泪从初秋时节流到仲秋时节。她披着披毡坐在火塘边，又把那张照片凑在松明火把下面反复打量：照片上段玉蝶穿着一套诺苏服装亭亭玉立站在一道布景前面。黑暗中传出了她长长的叹息，而这一串长长的叹息一直延伸到了初冬的一个晚上。火塘里的火光仍然忽闪忽闪的，她还是披着披毡坐在火塘边，又把那张照片凑在松明火把下面反复打量，而黑暗中仍然传出了她长长的叹息。

阿牛走了进来："阿妈，你又在想五哥和五嫂啦？"

"你五哥没有在信里面说啥子时候回来看我哇？"

"他没有写。"

"那他们是不会回来了。"

"五哥变成了北京人，找的媳妇都是北京哩。北京那么远，他们怕是不会回来了。"

"唉——我怕是活着见不到你五哥了。"

52　竹筛在娥嫫脸前颤抖

天空下，苍茫的群山无穷无尽，金沙江在群山中像巨蛇盘行。倪城雪儿孑孑孤行在苍茫群山中的曲折小路上，心里回响起一首古诗：“岭外音书断，经冬复历春。近乡情更怯，不敢问来人。”夕阳西下的时候，他走进了阔别已久的热雪村。

一阵狗咬之后，有人抬眼看见了已经脱胎换骨地回来了的倪城雪儿。一个同辈人喊了起来：“雪儿回来了！”山村立即骚动起来，有人激动地向他跑过来，这时倪城雪儿快要走到家门口了。娥嫫从屋里钻出来，看见了这个仿佛已经隔世了的儿子真的回来了，边惊叫边转身回到屋里去了：“放慢脚步！放慢脚步！站在那里等一下，等我用竹筛遮住脸你再走过来！”倪城雪儿站住了。

则伙已经来到倪城雪儿的身边：“雪儿！你成了北京人，不会忘记诺苏的习俗哇？久别的亲人见面都要用竹筛遮住自己的脸。”

倪城雪儿把话接了过来：“这里面有多重意思，一是很久没有见面了，现在来的究竟是不是所说的那个亲人，不能在没有搞清楚之前就贸然相见，要透过筛眼先看清楚；二是害怕这个人从遥远的外面把不干净和不好的东西带回来，要用竹筛来过滤一下，把不干净和不好的东西都过滤后隔在外面。”

娥嫫用一把竹筛遮住自己的头脸走出门来了：“好了……过来哇……”

隔着竹筛，凄哀的娥嫫泣不成声，长年漂泊在外的倪城雪儿也泪流满面，竹筛在娥嫫脸前颤抖。“我本来就晓得哩，来的正是我那可怜的儿子雪儿……透过竹筛，我更加肯定这就是我那可怜的多灾多难的儿子……我已经把该过滤的都过滤掉了……”

竹筛已经被则伙拿走了。娥嫫情不自禁地抓住傥城雪儿的右手，突然她像是被鬼咬了一下惊恐地丢开了傥城雪儿的手：“不！你不是雪儿！雪儿的右手被烧成了鸭手，你的手咋个是好好的哩……”

大家都惊恐起来，他们的眼光都带着火苗射向傥城雪儿的右手。傥城雪儿心头一震，痉挛的疼痛从右手背上紧张划过，痛得他有些神情恍惚。

则伙也很惊恐：“这个人真的是雪儿！可是你的手……是不是被汉嘎施魔法换掉了哇？”

傥城雪儿定了定神：“你们不要害怕，我的手没有被换掉，只是做了一个整形和植皮手术……也就是修理了一下，包了一块皮子上去，就是这样。”

子坡声音都发抖了：“他们包上去的是啥子皮哇？是不是人皮哇？哪里来的人皮哇？”

傥城雪儿说：“是我自己的皮。”他不自觉地想要脱下裤子给大家看取皮的地方，可是他的手在裤带上停住了，最后他没有指出取皮的具体地方，只是说：“是我自己大腿上的皮。”

人们一下子又惊叫起来：“啊吧，啊吧！”

子坡的老婆声音也在发颤：“我听说汉嘎很厉害，还会换人的脑子和心子……雪儿的手被换掉了，脑子和心子换了没有哇？”

傥城雪儿哭笑不得地摸摸脑袋，又摸摸胸口：“这不是好好的还在哇，要是被换掉了我还能活哇？”

大家突然对傥城雪儿敬畏起来。子坡还在惊叫：“神哇！雪儿真是从我们当中出现的神哇！当年你的手被烧了，救了全村人的命；现在你的手又换成了新手，肯定还会给我们带来福气哇！”

一帮亲人簇拥着远道归来的一个被神化了的亲人，钻进了娥嫫矮小狭窄的篱笆柴房。不一会儿，傥城家支的亲人们都来了，旺旺的火塘边挤得满满当当的，大家还在放心不下傥城雪儿的手，还在睁大眼睛看个不休。

阿牛小心翼翼地征求道："五哥，我可以摸一下你的新手不？"

傥城雪儿把阿牛的手抓起来放在自己的右手上面："摸哇，你摸哇。"

阿牛像是被火烫了一下把手闪开了，然后才又试探着放回去，之后他就不害怕了，反复地抚摩着五哥的新手："这是真手……活生生的真手！五哥你真了不起，你真是我们的神哇！"

子坡还在吃惊中，不住地吐着舌头："啊吧，啊吧……"

一个小娃儿也显得好奇："我也摸一下哇！"

小娃儿把小手指在傥城雪儿的右手背上快速地点了一下，然后惊笑着跑开了。大家一阵哄笑过后，开始变得镇定下来。娥嫫的眼光还紧紧地粘在傥城雪儿的右手背上，欣慰、惊痛、愧疚、自豪、担心……复杂的心情溢于言表。

傥城雪儿环眼一看加布并不在座，便没心没肺地问道："我阿大哩？他咋个不在屋头哇？"

这时，娥嫫突然又哭了起来，边哭边责备道："你这个背时儿子啊！你阿大都已经死了几年了，你还晓不得哇？"

傥城雪儿说不出话来，一下子怔住了，并呆呆地坐在那里哭不出声，只是任由双泪长流。

阿牛也哭起来："都是旺林和稻香家支的人干的好事！二叔为了报仇，拿着斧子追砍旺林……幸好他逃得快只砍伤了肩膀，让他逃掉了。"

娥嫫哭得伤心至极："你二叔也被当成反革命拉去劳改了……呜呜呜……嘎嘎也被旺林摔死在石碓上！"

傥城雪儿眼睛红红的："热雪村人都是喝鸡血酒后从稻香雪山一起搬迁过来的患难亲戚，解放前黑彝仇家高价雇了骑兵队乘夜赶来围歼我们，大家都能够团结一心地以少胜多、以弱胜强地打败了前来灭族的仇人，而一个好端端的村子里一群共患难的亲人咋个会这样你死我活地斗来争去的哇？"

娥嫫像是才想起来似的："还不是因为你和各各这两个背时鬼哇！各各一岁的时候就跟还怀在肚子里的阿比订了亲，长大后各各那个死丫头死活不去阿比家，惹起了我们和稻香家支的第一场婚姻纠纷……你这个背时哩，你阿大为你把你舅舅家的阿依娶回来了这么多年，你却不要她而跑这里跑那里最后跑到北京去了，又惹起了我们和稻香家支的另一场婚姻纠纷。”

子坡愤愤不平：“旺林那个人真的是太坏了！没有他从中捣鬼，稻香家支的人也不至于这样往死里整我们哇！”

娥嫫描述着说：“你舅舅带走阿依的时候我气得差点吐血，他还说以后我死了不要去告诉他，他死了也不会叫人来告诉我，还说总有一天要来找你算账。”

阿牛心有余悸地说：“舅舅来的那天，我们男人都跑到山上去了，不然他不会轻易就离开这里。”

则伙说：“还是巫杰厉害，他从外地带回来一帮红卫兵在这里造反，要把旺林和他的儿子当作资本主义当权派抓起来游斗，他们被吓跑了再也不敢回来了，连家都搬走了。”

阿哈补充说：“旺林逃走后，稻香家支不敢再像以前一样来收拾我们了，我们也不想跟他们死活地纠缠在一起就分社了。大家都在一面坡上，只是中间隔着一条雪水沟，现在双方都不相互往来了。”

傥城雪儿哽咽起来：“我对不起阿依，对不起舅舅，对不起热雪村的人……对不起阿大和二叔……我对不起……我欠下的账，我一定会还！”

娥嫫开始唠叨傥城雪儿的婚事了：“你的媳妇到底是不是一个诺苏哇？我们反反复复看了照片，始终放不下心。”

傥城雪儿沉默着。

则伙也在追问：“是哇！我们一直在怀疑，北京咋个会有诺苏姑娘哇？你是得跟我们说一下了！”

满屋子的人都在追根刨底地问这件事情，傥城雪儿已经被逼得无处躲藏：“我的媳妇不是诺苏，是一个汉嘎。”

一语既出仿佛打了一个沉重的闷雷，一屋子的人都被打哑了，他们震惊得呆愣的脸上写满了羞愧和痛苦，有的人甚至伤心得哭起来。

有人终于叫起来：“不可能！不可能！咋个可能哇！”

娥嫫重又伤心的落泪：“雪儿啊，你晓不得诺苏是不能跟外族通婚的哇？”

“傥城家支没有脸面活在世上了！”有人唧唧咕咕地发着牢骚站起来走掉

了，别的人也陆续跟着走掉了。

娥嫫的哭泣充满了十足的霸气："你的媳妇要是真的是一个汉嘎姑娘，你最好跟她离婚，实在离不掉就按照诺苏的规矩再找一个诺苏也合理。你说你要山这边的还是要山那边的？只要你说了，我们都会去给你找到一个。"

傥城雪儿无可奈何地说："诺苏姑娘都在几岁的时候就被大人许配了人家，有的还在妈妈的肚子里就被指腹为婚，现在我都这么大的岁数了，还到哪里去找诺苏姑娘哇？"

娥嫫仍然有她的理由："我们问过了，小龙弯、大坪子还有水草坝，好多地方都有我们傥城家支的亲戚，每个村子都有姑娘愿意做你的媳妇，你可以随便挑一个，可是你总是躲得远远的不回来。现在你的媳妇不是一个诺苏，我们在人前都抬不起头来了！"心急如焚的娥嫫还是不依不饶地透过黑夜遥指着这家的姑娘、那家的姑娘，问他要这个不要、要那个不要："要的话，我明天就去跟人家说。你要是害怕法律来整你，你的这个诺苏媳妇和她生的娃儿，我们都给你养在村子里面，哪个也晓不得。"

傥城雪儿寸步不让："经历了这么多事情，我更加觉得自己的选择是对哩。所有的事情，包括阿大的死，都是由这种不合理的婚姻直接造成哩。稻香家支跟我们傥城家支原来是一家人，骨头一样、血一样，就是因为婚姻纠纷才闹到今天这个地步，你瞧不起我，我更瞧不起你，你恨我，我更恨你，你要整死我，我更要整死你……整得死的死、伤的伤、劳改的劳改，一片乌烟瘴气。哪个能告诉我，这是为啥哇？"

子坡劝告着："雪儿，你不要这样说哇。"

傥城雪儿一发不可收拾了："不说不行了！现在我懂得了这个道理，我要用自身的行动来打破这种存在问题的习俗，已经有这么多的人因此受了太多的苦和罪，我希望以后的人们不要再为这些事来受这样多这样大的苦和罪了。"

娥嫫不依不饶地说："有人跟我说，山那边有一些诺苏姑娘会出去工作。你不要农村哩，那我们就给你去找一个当干部哩。"

傥城雪儿无言以对："不，阿妈！不！"

着急的娥嫫又一次真的生气了，开始严厉地骂起来："这不愿意，那不愿意，你读汉嘎的书读憨掉了，脑袋都成了汉嘎的脑袋了。你舅舅家的姑娘都娶回家来了，你硬是不要，给我们找了多少麻烦哇！现在又找一个汉嘎媳妇来丢我们的脸，你让我们咋个做人哇？"

傥城雪儿沉默了，他又一次狠狠地伤了阿妈的心。此时，他的心里有如刀绞，很难再面对伤心至极的阿妈，而尽快离开家去东山县报到是他最想要做的事情，他不在身边了，母亲就会眼不见心不烦。

此时公鸡已经叫了第三遍，天色渐渐亮开了。

53　你的事最让我放心不下

早上，朝向路边的篱笆墙上赫然出现了一张字迹歪歪扭扭、缺胳膊少腿的大字报："毛主席教导我们：千万不要忘记阶级斗争！劳改犯的儿子从北京回来了，带来了资产阶级的重大流毒，广大群众千万要提高革命警惕！"

阿牛跑了过来："五哥！有人写大字报批判你了，我晓得那个人就是双都！"

娥嫫很担心："这几天工作组正在村子里，千万不要出啥子事情哇！"

傥城雪儿说："阿妈你不要担心，我身上清清白白哩，啥子坏事都没有做过，他们批判不了我。"

子坡来了："看来，稻香家支还想继续闹下去哇！公社上来的清理阶级队伍工作组马上就要组织群众召开揭发和批判大会了，他们这是想要拿雪儿来开刀哇！"

傥城雪儿说："不要怕，我不会让他们轻易批判哩。"

揭批大会现场就在村边的一块草坪上，群众都来了，很多人都在表情复杂地抽着石头烟锅。

工作组组长说："毛主席教导我们：千万不要忘记阶级斗争！现在全国上下都在积极清理阶级队伍，都在开展轰轰烈烈的揭发和批斗运动，全国形势一片大好，我们马店公社也毫不例外。我们已经听到了一些说法，热雪村的阶级斗争形势仍然十分严峻，所以打算把这里作为一个典型来抓。现在请大家踊跃发言!”

尔杰第一个站了出来:“毛主席教导我们:知无不言,言无不尽。我要揭发倪城则伙,他是混在我们革命队伍里的阶级敌人!”

倪城雪儿正在家门口劈柴,阿牛急匆匆地跑来了:“五哥! 不好了,有人批判大哥了!”

倪城雪儿扔下斧头,边走边问:“批判大哥的是哪些人哇?”

“是尔杰! 他气势汹汹地揭发了大哥,说大哥当过土匪杀过人,是一个混在革命队伍里的阶级敌人。”

倪城雪儿边走边说:“这还得了! 如果工作组相信了,那大哥就会罪名成立,就地清理出阶级队伍并被打倒,甚至游斗劳改。”

阿牛非常着急:“咋个整哇?”

倪城雪儿安慰说:“不要怕,有我哩!”

倪城雪儿走进会场,向工作组的人举手说:“对不起,我想说两句。我叫倪城雪儿,是中央民院刚刚毕业分配到东山县工作的大学生,我可以讲几句吗?”

工作组组长说:“毛主席教导我们:知无不言,言无不尽。你讲嘛,你讲嘛。”

倪城雪儿用手指头直指着信口雌黄的尔杰,厉声说:“毛主席说过:没有调查就没有发言权。你说我大哥当过土匪杀过人,你调查过吗? 证据呢? 证据在哪里? 你有没有证据? 有你就拿出来! 没有证据,你就不要乱放屁! 这是污蔑!”

尔杰一下子汗毛倒立地惊叫起来:“鬼! 鬼! 你们快看雪儿的手!”

稻香家支的人这时才知道,倪城雪儿的右手已经不再是原来的那只难看吓人的爪手了,他们都齐刷刷地看向那只完好的手,惊恐之感在所难免。倪城家支的人现在仍然对倪城雪儿的右手感兴趣,仍然配合着稻香家支的人齐刷刷地把目光聚向那只手,但他们的表情不再是惊恐,而是自豪和有恃无恐。

一个小娃儿说道:“我阿普说,雪儿是我们倪城家支的神!”

工作组组长严肃地说:“不能乱说啊! 牛鬼蛇神的东西都被彻底打倒了,

哪里还有什么神？如果说这世上还有什么神，那就只有毛主席他老人家一个！”

尔杰的嘴唇在颤抖：“雪儿的鸭手变成了这样可怕的妖手，这就是牛鬼蛇神的流毒，我们千万要小心！”

傥城雪儿在众人眼前晃动着那只手：“我这只手过去的确是一只被火烧残废的爪手，可是我在北京的时候，党和国家领导人亲自作了安排，让医院给我做了整形和植皮手术。这是首长的关心，这是科学，不是牛鬼蛇神！”

会场上又起了一层轩然大波：“啊吧，啊吧！”

“神仙也做不到这样哇！”

尔杰显得无言以对了。傥城雪儿精神大振，一下子说开去：“大表叔啊，我们本来是一家人却闹成了这个样子，一个小小的村子活生生整出了那么多冤假错案，死伤了那么多人。有很多事情我都没有见过，这次回来可是亲眼看见了其中的一些。根源在哪里哇？你分析过了吗？”

尔杰缓过来了一点神：“你分析过了吗？”

“我是分析过了哩：一是婚姻制度；二是旺林的水平太低，他只是一个头脑简单性格粗暴的人，整天只会背着一杆火老弯和一把土长刀到处吓唬人。他是最大的一个根源，但还有很多根源，而且连你本人也是其中的一个根源。”

“为啥子我也成了根源哇？”

“你说我阿大养过奴隶娃子，你家照样养过；你们叫公安来抓我阿大的时候，从我家的羊圈里挖出了牛皮，但那正是旺林叫你们干哩；你还叫人写大字报说我是劳改犯的儿子，但这是哪个认定哩？我现在还是共产党员呢！……总之，我是调查过哩，我阿大是被冤枉哩，那是你们制造的冤案。要认真说起来，你才真的有罪，当年你去稻香雪山走亲戚时参加了土匪叛乱，有一个民兵差点被你打死。人家没有追究你，你却在这里乱说乱讲，今天应该被批判的人正是你自己！”

尔杰无助地低下了头：“啊吧！啊吧！”

有人在说：“不愧是被北京换过手的人哇！”

有人在说:“神哇……不能得罪哇……”

现场一片议论声起,乱哄哄的,批斗会无法再进行下去了。

工作组组长站了起来:“毛主席教导我们:有屁就放,有话就说,知无不言,言而无罪。大家的发言都很好,今天的批判大会就到这里吧!”

晚上,人们都纷纷走掉了,而直到天都要亮了娥嫫和傥城雪儿还坐在火塘边。

“阿妈,天都要亮了,您就睡一下哇。”

“你明天就又要离开走掉了,晓不得哪一年才会回来,我要整夜不睡地守着你。”

“我现在参加工作了,我会经常回来看阿妈哩。”

“下一次回来,一定要把你的媳妇带回来……唉——她真的不是诺苏哇?”

“真的不是。”

“她会跟我们诺苏一条心不?”

“会哩。她已经跟我一条心了,也会跟你们一条心哩。”

“那就好,那就好!”

“阿妈,您就不要为我操那么多的心了。我看见阿妈的脸上皱纹更密更深了,头发也白了。可以想见,这些年里阿妈不仅在生活上过得不好,心里也在受着伤啦。”

“我能不操心哇?亲人因为婚姻纠纷反目成仇,大家都靠运动来整人,今天你整我,明天我整你,直到把大家的心都整碎了。傥城家支有用的男人有的被整死了,有的被整进劳改队去了……你的事又最让我放心不下……”

54　她的身后是整个凉山

侃城雪儿十四岁逃婚出走后的四十年里只回过四次家，给阿妈奔丧是第四次。第三次是在十二年前，那时阿妈心痛的老毛病越来越严重了，一不注意就会发作并痛得昏过去，请毕摩念经早就不管用了，送到医院治了一段时间才好的。初夏的时候，阿妈再一次眼睁睁地望着东边的山顶念叨起来："我怕是活着见不到你五哥了。"她在背篼里装满了腊肉、燕麦炒面和岩蜂糖，让阿牛背着走路去东山县找侃城雪儿。

"五哥，阿妈放心不下你，叫我来看一下。"盛夏里的一个中午，阿牛走了七天才风尘仆仆到达目的地，"阿妈身体不好，她常常想你，心里放不下你，你啥时候回去看一下。"

侃城雪儿的眼睛红起来了，鼻孔里也滑出了清鼻涕。他用手巴掌擦了一下鼻子："明后年……我一请准探亲假就回去看阿妈。"

"把五嫂和娃儿也带回去给她看看。"

"是得带他们回去一趟了。"

直到秋天，阿牛才回到热雪村的家里。他拿出一双布鞋递给娥嫫："阿妈，这是我五嫂给您哩。您看，我身上的衣服裤子都是五嫂给哩。五嫂本来是要给您买衣服和裤子哩，我说您穿裙子不会穿那些，这才买了鞋子。"

"他们过得好不好哇？"

"五哥又黑又瘦哩，但身体好好哩，精神也好好哩。"

“你……那个五嫂……你看到了不?”

“当然看到了！不然这些东西从哪里来的哇?”

“她咋个样哇？能跟我们一条心不?”

“她很和气,好是好,只是不会说诺苏话,连听都听不懂。我感到好笑,也有一点点失望。”

娥嫫长长地叹了一口气,然后沉默了。

过年前,傥城雪儿终于带着儿子和段玉蝶回到了江西雪山。天空飘起了大雪,热雪村又被蓬松的厚雪覆盖住了,一缕缕炊烟从篱笆柴房顶上的积雪中不屈不挠地冒出来,雪朵仍然在漫天飞舞。黄昏的时候,大小狗儿们在村子里蹿动,它们开始狂吠起来,那是因为有长期出门在外的人和陌生的人向村子走来了。阿牛从一堆积雪一样的篱笆柴房里钻了出来,娥嫫也从另一座像积雪堆一样的篱笆柴房里钻了出来,而大家早已经心知肚明:傥城雪儿带着他的汉嘎媳妇和娃儿回来了。

热雪村傥城家支的人又一次迎来了集体狂欢,男女老少都条件反射地陆续来到了娥嫫的篱笆柴房里,除了有酒喝有肉吃之外,这一次他们都怀着一种看稀奇的心情而来。有的人不但脚在快速走动,而且嘴里也在快速地说话:“走,我们去看一下雪儿的汉嘎媳妇是啥样哩,他们生出的娃儿又是啥样哩!”

娥嫫家的篱笆柴围院里,几个男人开始去圈里逮猪来杀,而阿牛用撮箕端来洋芋倒在火塘里烧着。此时,火塘里的柴火烧得旺旺的,屋子里早已坐满了人。

段玉蝶把礼物拿出来分发给婆家的人,并向他们打招呼:“阿妈,这是您的;大哥大嫂,这是你们的……”但是,因为她这个汉嘎媳妇的存在,大家与傥城雪儿之间仍然始终隔着一层什么别扭的东西,令双方都感到不爽快。

大家都很好奇,不时偷偷地打量着傥城雪儿的汉嘎媳妇,打量他与汉嘎媳妇生的娃儿,想看出一些不一样和不对劲的地方。子坡的老婆说:“我看没有啥不对劲的地方。”

傥城雪儿的姐妹们却看都不看段玉蝶一眼,更不会跟她说话了。吃洋芋的时候，一个姐姐用诺苏话对另一个姐姐说："那个洋芋烧煳了，把它夹给汉嘎婆娘吃。"烧煳的洋芋是没有人会吃的，只能拿来喂猪，而她们要拿给段玉蝶吃，段玉蝶却不知道这个。傥城雪儿很生气，但他什么都没有说。

夜里，人们陆续散去。段玉蝶调好了热水端到娥嫫面前："阿妈，我给您买了一双保暖的棉鞋，让我给您洗脚然后换上新鞋。"

娥嫫听不懂这个汉嘎媳妇在说些什么，也从来没有面对过这样的情形，愕然地看着傥城雪儿。

傥城雪儿说："阿妈，雪玉的妈妈要给您洗脚，再给您穿上热乎乎的新棉鞋。"

娥嫫一下子惊慌起来："不！不好意思……要不得……"娥嫫在回避和挣扎，但她的双脚已经被段玉蝶捉住并塞进了温水里，而她的全身都显现出了不自在的样子，嘴里还一直念叨着："要不得……"

傥城雪儿说："儿媳妇给老婆婆洗脚有啥要不得哩，阿妈你就好好地让她洗哇。"

这个过程费了段玉蝶和傥城雪儿很多的口舌和很大的力气，而段玉蝶不知道的是她的婆婆像过去居住在高山上的绝大多数诺苏人一样有着自己恒久的生活习惯，现在逼着她做这做那让她很为难：好不容易老五才回家一趟，不理他的汉嘎媳妇他会很伤心，理了又有违自己的心愿。

脚洗好了，段玉蝶擦干了娥嫫的脚并给她穿上了新棉鞋。段玉蝶打量着说："还好，正好合脚。"

傥城雪儿帮腔说："阿妈，新棉鞋软不软哇？"

娥嫫显得很不自在："软哩。"

傥城雪儿又问："暖和不暖和哇？"

娥嫫小心地在地上踩了踩："暖和哩。"

篱笆柴房的外墙是用藤条把长长的木柴块竖着编织在木架子上形成的，在外墙里面贴着一层篾折笆当内墙挡风，房顶上盖的是黄板片。娥嫫就睡在火塘边的篾折笆上，而傥城雪儿一家三口睡进了屋子一角的围子。围子朝外的两壁是房子的柴篱墙壁，朝屋里的两壁是篾折笆围栏，高度大约有一人之高，这是用来装洋芋的。这个季节围子里面的洋芋不多了，傥城雪儿一家三口就睡在洋芋上面，但围子很窄小，甚至连脚都伸不直。雪玉白天闹腾够了，到晚上已经很累了，便在好奇中很快就沉沉地睡去了，而两个大人也很累了，但他们却很难入睡，都在睁着眼睛想心事。此时，娥嫫也躺在火塘边的篾折笆上难以入睡，眼睁睁地想着发生过的很多事。

傥城雪儿轻言细语地讲着悄悄话："让你委屈了……老家的条件就是这样。"

段玉蝶往傥城雪儿的胸前钻了钻："我感觉很好。我们竟然以洋芋作为床垫多有诗意啊，而雪中的村子就像童话世界一样！"

第二天，雪朵在继续飘落，傥城雪儿和段玉蝶在村路上踏雪而行。傥城雪儿的话语弥漫在雪地上："这几天，大家每晚都会来到阿妈屋里围坐在火塘边摆龙门阵，像过节一样。"

就在不远处，雪玉成了这里最有地位的人，穿着光鲜，活跃异常，而且村里的娃儿都围着他转，他们还拉着性格温顺的老马让雪玉骑。雪玉穿着小棉袄在地上急不可耐地蹦跳着："噢——骑马喽！骑马喽！"

两个稍大的娃儿抱起雪玉往马背上送，雪玉开始害怕了，并龇牙咧嘴地往后退缩："马会咬我吗？"一个娃儿争着把手放在马嘴上："雪玉不要怕，马不会咬人哩，你看，你看。"

雪玉还是不放心："我怕摔下来。"

那个娃儿说："这匹马很乖，我们一直牵着马，雪玉不会摔下来哩。"

雪玉被娃儿们放在了马背上，果然很安全，这才开始兴奋起来："驾！驾！我骑马了！"娃儿们的笑声响了起来。

傥城雪儿和段玉蝶回到屋里，火塘里的火果然是旺旺的，而火塘边现在只有自家的几个人了。段玉蝶在火塘边的篾折笆上坐下来，轻声说："雪儿，家里的人在想些什么说些什么我不知道，但我能感觉得出来是很温暖的。"

傥城雪儿想了想，找不到更恰当的话："原汁原味，很纯朴。"

段玉蝶终于找到了自己想要的答案："对，就是这个意思。"

雪玉在娥嫫的双腿间折腾着，他在观察这个奇特的奶奶：高高的个子，头上戴着电影里才会有的又高又怪的罗锅帽，身上穿着百褶裙装，一脸的慈祥和忧虑。娥嫫把这个不安分的小孙子搂在大腿间，爱惜有加。

段玉蝶轻声地与傥城雪儿呢喃细语："毕竟是骨肉相连、血脉相通啊，祖孙两个让人看得十分感动。"

傥城雪儿如释重负地叹了一口气："所有的担心都不复存在了。"

雪玉对娥嫫衣领上挂着的一个物件特别感兴趣，便爬到娥嫫宽大温和的双腿上去忍不住用小手去摸那个物件，并不停地拨拉着玩耍："奶奶，这是什么呀？"娥嫫不言不语地取下了那只小竹管，从里面抖出了一只口弦，用手指一分后三支铜片便呈扇形打开了，然后她把它放在嘴唇前面哈着气，并用手指在上面一弹，随即清新悦耳的音乐便响了起来。雪玉目不转睛地看着这一切，他吃惊得张开了小嘴。

傥城雪儿和段玉蝶的眼睛湿润了。

雪玉离开了娥嫫，钻进了傥城雪儿的怀里："爸爸，我有一个奇怪的奶奶。她跟爸爸总是有讲不完的话，讲些什么我也听不懂。她为什么总是不跟我和妈妈讲话呀？为什么总是看着我们笑？她还有很奇怪的口琴！"

傥城雪儿抱着他说："奶奶人好，总是对人笑。她是诺苏，不会说汉话，跟你们讲话就少了，其实她是很想跟你们讲话的。你说的那种乐器不是口琴是口弦，诺苏人差不多人人都有一支，而且都一直带在身上。"

时候不早了，傥城雪儿和段玉蝶又躺进了围子里，雪玉在他们身边睡熟了。

段玉蝶在轻言细语："雪儿，阿妈一直在哭。"

"我知道。我们明天就要走了，阿妈肯定要伤心地哭上一夜。"

"你怎么也哭了呢？"

"我难受。"

段玉蝶在用身体默默地安慰着傥城雪儿。

天还没有亮，娥嫫就爬起来烧起了火，并忙着做着早饭。傥城雪儿和段玉蝶赶紧起了床，他们看见阿妈的两只眼睛又红又肿，知道她伤心了一整夜。终于到了离别的时刻，娥嫫抹着泪几乎不能言："雪儿，我老了，身体不好，晓不得还能不能再看到你们。”

倪城雪儿含着泪心如刀绞，因为阿大不在了四年之后他才知道消息，连最后一面都没有见着，这成了他一生中最大的一个遗憾，而现在阿妈这样一说又不由得勾起了他的万般愁绪。此时，他是多么想把阿妈接到东山县带在身边好好地尽尽孝道啊，可是他的处境却是如此糟糕：一家三口挤在一个单间里，做饭都要在门外做。现实的实际情况不允许他把阿妈带在身边，他只得对阿妈说些宽慰的话：“有条件时，我一定要来把阿妈接走。”

雪玉歪着头看看这个又望望那个，然后扯了扯倪城雪儿的衣角：“爸爸，你和奶奶都哭了。”

倪城雪儿再也忍不住地转过了脸，一手拉着妻子一手拉着儿子：“走，快走！我们走！”

雪花在纷纷扬扬地飘落，家人都出来送倪城雪儿一家三口离去，倪城雪儿和段玉蝶带着在雪地上活蹦乱跳的雪玉在村外的山路上走出了很远……

当倪城雪儿转回身，望见妈妈仍然站在漫天飘舞的飞雪中左一把右一把地擦泪水，她在用目光长久地为亲人送行。远远望去，她披着黑色的羊毛披毡和戴着黑色的罗锅帽站在雪地里的身影就像一座黑色的山峰，而她的身后是江西雪山，江西雪山的后面是整个凉山。

55　纷扬的雪花继续飘落

雪在继续下，前来送葬的人纷纷离去，娥嫫的葬礼算是圆满完成了。

晚上，则伙家火塘边的人围了个里三层外三层。傥城雪儿终于说出了埋藏心间多年的话："来奔丧的人很多，各个地方的都有，稻香家支的一些人也来了，但他们心头的疙瘩却没有解开，一办完阿妈的后事他们就回去了。恰英是处理矛盾纠纷的能人，我买来了几桶酒想请你这个能人做中间人，调解稻香家支与傥城家支之间的恩怨和纠纷。"

恰英点头说："都闹了那么多年了，是到了化解的时候了。"

第二天，恰英来到尔杰家，他后面跟着几个抬酒桶的小伙子。

恰英对尔杰说："雪儿买来了酒，请我做中间人，调解稻香家支与傥城家支之间的恩怨和纠纷。两个家支都闹了那么多年了，是到了化解的时候了。"

"他们开啥子价哇？"

"一千块钱、两条牛和二十只羊。"

稻香家支的好几个男人叫了起来："我们不干！"

"这只是针对江西雪山这边哩，稻香雪山那边，雪儿说他会另外开价另案处理。你们还有啥好说的哇？还有就是，加布都死在劳改队了，拉塔虽然放回来了，但人家也劳改了那么多年，这些傥城家支都没有再提起了，你们还有啥好说的哇？"

尔杰陷入了沉思："我想也是……大家原来都是一家人，只是脸上放不下，心头上的疙瘩解不开，最后才闹成这样哩。”

“只要愿意解，现在很容易就解开了。尔杰，晚上你带几个人去则伙家哇。”

“要得哇，恰英都开口说话了，我们再不点头就不像话了。”

晚上，尔杰带着稻香家支的一群男人来到则伙家里。稻香家支的人与傥城家支的人，终于十分难得地重新一起围坐在同一个火塘边了。尔杰的二儿子双都坐在傥城雪儿的身边，他时刻在留意着傥城雪儿的右手，最后他终于忍不住了：“雪儿，我能看一下你的神仙手不？在那次批斗会上，它可是把我吓得够呛哇！”

傥城雪儿大大方方地把右手伸给双都：“老辈人说，这只手曾经救过全村的人。其实，它真正救过的人只有我自己一个。”

双都拿着傥城雪儿的右手翻来覆去地琢磨着：“真的是奇怪哇……真的是神仙哇……你说怪不怪？一只被火烧成爪子的鸭手咋个会重新就长好了哇？这不是神仙是啥子哇？”

恰英最会抓时机：“人心伤坏了都能够重新修复，何况只是一只手哇？”

傥城雪儿也最会附和：“就是这个道理嘛！”

双都有些难过了：“雪儿，我真后悔没有跟你一起坚持读书，要不然我现在起码也是一个县长了！”

尔郎开始自我解嘲：“关键是，我和你都没有这样的一只手，所以我们跑回来放羊了。”

满屋的人哄堂大笑。

恰英不易觉察地松了一口气：“雪儿，你看是不是就这样了哇？”

傥城雪儿用独具特色的语言作了总结性的发言：“恰英说得对！过去的那些事，虽然是由婚姻纠纷引起哩，但也是由没有水平、心术不正的外人从中捣鬼造成哩，弄得我们这些过去坐在一条板凳上、穿一条裤子的人成了仇人。但那些都是过去的事情了，现在就不要再提了，都把它丢到水塘里去、扔到岩子里去，我们一切要向前看，要以团结为重。”

尔杰心情复杂，他多担忧了一些：“我们这里没有啥问题了，看你咋个了结你舅舅拉莫那里的问题哇。”

傥城雪儿调整好呼吸:“我正好要去稻香雪山视察冬季旅游的准备情况,到时我会把自己整个人都交给他老人家任由他发落。”

凉山的这个季节每座雪山上都在下雪,纷纷扬扬的雪片从稻香雪山上空飘落下来。傥城雪儿坐在越野车内喜忧参半地说起话来:“好啊,这场雪一过,厚厚的积雪就会从雪线上一直铺到山脚下,稻香雪山的旅游旺季又要到来了。我就是有些担心游客的行车安全……”

车子在积了一层薄雪的柏油路上打滑。突然,小张飞快地转动着方向盘紧张地大叫起来:“它怎么不听我的……我踩了刹车它也不停……”车子冲出路基,一头扎进了坡脚的背沟里。大约十秒钟后,身强力壮的小张苏醒了过来,而身边的傥城雪儿却不省人事。小张凄厉的呼叫声引起了一阵阵冷清的山野回应:“州长!州长!”小张连忙打电话,可这里是一个信号盲点电话打不通。于是,小张又掏出傥城雪儿的手机来打,还是打不通。

小张正在无计可施,猛地听见了嘈杂的说话声和踩在积雪上的脚步声:“就是从这里翻下去哩,怕是没有活人了。”小张心头一抽:糟了!这一带是稻香家支聚居的地方,这样的相遇真是冤家路窄,除了束手待毙就没有别的办法了。

一帮人来到了他的身边,正是稻香家支的人。小张想隐瞒身份,但是有人叫了起来:“里面的这个刚好是傥城雪儿,我在电视上看见过哩!”

“稻香家支的人正在到处找他哩,天天等着他都没有等着,而现在正好!快来把他弄回村子里去!”他们七手八脚地把车里的伤员抱了出来,并把他放在了一个小伙子的背上。小张真的着急了,傥城雪儿说了多少年、说了多少次他要来看望舅舅拉莫,可是自己总是没有时间,而且家人每一次都在对他的这个疯狂计划进行阻止,并对他说“到被自己离过婚的家支的村子里去,人家正好在等着你自己送上门呢,至少他们家的妇女要把火灰撒到你的身上,把锅烟子抹到你的脸上,还要骑在你的脖子上任意捉弄和侮辱。”

小张更加紧张了:“不是的,这不是傥城雪儿!你们搞错了!”

一个人这样说道："小伙子，一起走，我们会好好地招待你们哩。"

小张惊恐地倒退着，一转身钻进密林里去了。

另一个人说："看得出来，他很害怕稻香家支的人。"

先前说话的人说："那是当然，很多人都晓得傥城雪儿跟我们稻香家支还有一场恩怨没有解决，他肯定也是晓得内情的人。"

一个汉子背着傥城雪儿，一帮人在前后左右簇拥着，他们来到了拉莫家的院落里。走在前面的汉子向一个迎出门来的老太太报告说："姑妈，雪儿表叔翻车了，我们把他背回来了。"

年近六旬的阿依一边咂着石头烟锅，一边迎了上来："受伤了不？伤得咋个样哇？"

"除了右手腕伤得厉害一点，别的地方都没有伤着，只是被震昏了。"

"快背到屋里去！"

众人把傥城雪儿放在火塘边的篾折笆上面，然后在他的头下塞了一只枕头。阿依拉亮了电灯，俯身拉着傥城雪儿的右手看起来："让我来看看……哦，这手可伤得不轻……不过，你们整拐了，这个人不是雪儿哇。"

先前说话的汉子转身从桌子抽屉里找出了一张彩色的报纸向阿依展示："看，看哇，这是不是他的照片哇？看这字——'州长傥城雪儿在稻香雪山指导民俗旅游开发和建设'，难道这个是假的哇？"

别人也说："是他哇，我在电视上看见过很多次了。"

阿依的眼睛还盯在报纸上："这几个字就是雪儿的名字哇？他小时候犟得很，我叫他教我写这几个字，他理都不理，还总说：不会！不会！"

大家都哄笑了起来。阿依放下石头烟锅，转身从晾在火塘上空悬挂着的篾折笆上拿了一根还新鲜的芩归咬断后在嘴里细细嚼起来。她又把傥城雪儿的右手拿起来细细观看，由于嘴里在嚼芩归，她的话显得含混："不过，这只手真的不是雪儿的手哇……他的右手小时候被火烧爪变成了鸭手，别人总是嫌弃他的右手，他也总是藏藏掖掖的不让人看，我想好好看一下他都不让……那只手我应该认得出来哇……也说不定，他的手被汉嘎换过了……"

拿报纸出来看的汉子怔了怔："姑妈你是不是在说梦话哇？"

“是啊……就像做了一场梦一样……”

大家又哄笑了起来。阿依从嘴里吐出了嚼烂的芩归敷在傥城雪儿肉皮绽开的右手腕上，然后从身上的兜里摸出一块小手巾缠裹起来打了结：“从鼻子和别的长相上来看，他真的是雪儿。”

傥城雪儿的右手开始火烧火燎地刺痛起来，朦胧中他又感到太阳像一个大火球从江西雪山上飘飘然向他滚落下来……就像做梦一样，而这个深藏着模糊暗示的梦他断断续续地做了整整五十年……太阳一下子咬住了他的整只右手，然后把他拽走了，他痛得惊叫起来。

阿依叫道：“他醒了！”

傥城雪儿睁眼看见一个五十多岁的诺苏妇女坐在面前，感觉很奇怪：“你是哪个哇？”

一个人说：“表叔，这一位就是你以前的那个小媳妇阿依哇。”

阿依微笑着坐在那里，冲着傥城雪儿憨厚而无私地笑着。她的脸上已经布满了皱纹，一张嘴讲话便会露出一个小黑洞，她的牙齿都已经掉了一颗，而她肯定觉得自己这个样子并不好看，于是不时地用手去遮住自己的嘴巴。她的这个样子令傥城雪儿大为释怀，也令他感到更加辛酸，毕竟他欠了她太多太多，她现在居然在这样憨厚地冲着他微笑，要是那颗牙齿还在她肯定不会用手去遮挡一下，那样她就做到了没有一丝一毫的设防了。

傥城雪儿泪水都下来了：“我们都是快六十岁的老人了，牙齿都掉了，你就不用拿手遮住了！”

在场的每一个人都爆笑起来，而以往的无数过节、无数担心、无数隔阂和无数坚冰在谈笑间都早已灰飞烟灭了。

傥城雪儿用左手擦掉泪水：“这些年，你过得好不好哇？”

阿依显得淡定而无所谓：“你不要我，我还能等你一辈子哇？我早就嫁人了，有六个娃儿了，过得好好哩。”

傥城雪儿环眼一看，宽大的砖房里站着一屋子的诺苏人，他就躺在烧得旺旺的火塘边上，而他的头顶上方晃着一盏电灯。此时，他竟然不知自己身在何方：“我在哪里哇？”

“你在稻香村，在你舅舅拉莫家里哇。”

“舅舅？舅舅在哪里？”

“他在外边。”

傥城雪儿顾不得痛，一下子翻爬起来扑出门去。

拉莫家门外宽大的石棉瓦遮雨篷下面放着一盆炭火，闲不住的拉莫坐在火盆边上编着竹筐，而这个现在已经八十岁的老人神情淡定，不因物喜不为物悲，只是专心做着手里的竹活。

傥城雪儿早就听说舅舅一直在找他这个冤家，现在冤家自己送上门来了，舅舅可以任意处置他。现在舅舅多沉默一分，他这个罪人就得多担心一分，哪怕老人家站起来给他一耳光，他也得老老实实地待着不动。但他是一位应对局面的高手，他在老人面前弯下腰伸出右手说：“舅舅！我是雪儿哇！您还好吗？”

老人淡定的眼光斜斜地落在傥城雪儿的右手背上，那手腕刚才翻车的时候受伤了，现在已被包裹上了，但手背和五个手指都清清爽爽地露在外面。老人手里的篾条突然抖动起来，脸上露出惊异的神色：“不，你不是雪儿！雪儿的右手是爪手，你的手好生生哩……”舅舅的眼光像带着火苗般射向他的右手背，他心头为之一震，痉挛的疼痛从右手背上紧张地划过，痛得他有些神情恍惚。当舅舅疑问的眼光再次射向他的右手背时，他忍痛向舅舅讲述了这只多灾多难的手所发生过的变化。听完了他的讲述，舅舅的眼皮跳了跳，手上的活计停住了，不敢相信地抬起头来看着他。

面对善良本分的老人，傥城雪儿的心情异常复杂，他开始发自内心地检讨起来：“以前我人小不懂事，又想读书，伤了老人家的心了，对不起了！请您老人家原谅！”

老人枯瘦的双手和脸颊都有些微微颤抖，继而是嘴唇：“你要读书，这才不要我姑娘哩，我不怪你。不读书，咋个能当这样大的领导哇？咋个能给我这么大的面子哇？只是，不跟你算一下账，我这心里头还是去不得哇！”

傥城雪儿的头低下了：“舅舅，这个账一定得算！这个账不算清楚，我心里总是揪扯着痛。您是通情达理哩，说的字字句句都在理且都是要害，它们都一下一下戳着我的心，我在等着您来狠狠地打几巴掌哩，这样我的心里可能会好受一点。现在我把脸给您任由您打十个巴掌，而且您要多少钱我也赔给您！”

傥城雪儿伸手去扶拉莫站起来，而拉莫的左手小心翼翼地握住了傥城雪儿右手的四个指头：“我们的路是你帮忙修哩，旅游是你帮忙开发哩，畜牧基地和药材基地是你帮忙建哩，学校和医院是你帮忙建哩，电灯是你帮忙点亮哩，我们还有啥子好说的哇？我就打你一巴掌算了哇。”说着，枯干的右手巴掌落在了傥城雪儿的脸颊上“啪”地轻响了一声，可能连一只苍蝇都打不死，却把傥城雪儿打得痛哭失声，因为那只巴掌还停留在那里轻轻地摩挲了片刻。

傥城雪儿流着泪：“这时我才明白过来，我刚刚醒过来时看见的像火球一样刺眼的太阳，可能就是悬挂在屋顶下面的那一盏电灯。”

“我叫几个小伙子去畜圈里拉牛去了，今天就留在这里杀牛吃哇。”

纷纷扬扬的雪花继续在飘落。小伙子们拉回来了一条壮牛，刚刚把牛杀翻时，小张就带着十多辆越野车风驰电掣地来到了拉莫家的大门口，稻香县的县委书记、县长等领导都紧张地快速跳下车来了。拉莫迎了上去：“书记和县长也来了哇？正好吃牛肉！”

县委书记恍然大悟，如释重负地出了一大口气：“这……哦，原来是这样！谢谢你们救了州长！”

“都是一家人，还说啥哇！”

天色向暗，纷纷扬扬的雪花继续在飘落，山野变得一片柔和亮白。就在这个背景上面，远远地传来了正烧牛肉吃的众人不甚清楚的说话声……

2008年冬第一稿

2009年至2012年第二至第四稿

2013年4月~5月第五稿

2013年7月~10月定稿